KB240197

재중 조선인 문학 연구

재중 조선인 문학 연구

지은이 최학송(崔鶴松, Choi Hak-song) 1979년 중국 길림성 화룡시 출생으로 2002년 연변대학교 신문방송학과를 졸업하고, 한국 인하대학교 한국학과에서 문학석사(2006), 문학박사(2009) 학위를 받았다. 2002~2004년 연변인민출판사에서 편집자로 근무하였으며, 2009년부터 중앙민족대학교 조선언어문학학부 조교수로 재직 중이다. 「'만주' 체험과 강경애 문학」 등 다수의 논문을 발표하였으며 역서로『1946년 북조선의 가을』(2006)이 있다.

재중 조선인 문학 연구

초판 인쇄 2013년 1월 5일 **초판 발행** 2013년 1월 15일
지은이 최학송 **펴낸이** 박성모 **펴낸곳** 소명출판 **출판등록** 제13-522호
주소 서울시 서초구 서초동 1621-18 란빌딩 1층
전화 02-585-7840 **팩스** 02-585-7848 **전자우편** somyong@korea.com **홈페이지** www.somyong.co.kr

값 19,000원
ISBN 978-89-5626-782-1 93810

재중 조선인 문학 연구

Research on literature of Korean Chinese

| 최학송 |

소명출판

내가 재중 조선인 문학을 주요 연구 분야로 설정한 것은 우연이 아니었다.

2002년 8월, 연변대학교 신문방송학과를 졸업한 나는 연변인민출판사 『중학생』 잡지 편집부에 근무하게 되었다. 중국 조선족 중학생을 대상으로 하는 잡지를 꾸리면서 나는 취재와 잡지 판매 때문에 중국 전역의 조선족 중·고등학교를 돌아보게 되었다. 이는 동시에 중국 조선족 사회와 폭넓은 접촉을 진행할 수 있는 기회이기도 하였다. 이 과정에서 차츰 중국 조선족 사회의 현실과 그 역사에 주목하기 시작할 즈음인 2003년 초, 나는 사업의 수요에 의하여 문예부로 부서를 옮기면서 본격적으로 중국 조선족 문학을 접하게 되었다.

당시 연변인민출판사 문예부에서는 『20세기 중국 조선족문학사료 전집』과 『20세기 중국 조선족역사사료 전집』이라는 대형 프로젝트를 기획하고 있었다. 중국 조선족의 문학과 역사에 대한 한차례의 총화라고 할 수 있는 이 작업에 참여하여 조선족문학을 대표하는 여러 선생님들 아래에서 일하다 보니 자연스럽게 조선족문학의 역사를 배우게 되고 문학작품들을 읽어나가게 되었다. 이는 또 조선족문학에 대한 흥취로 이어졌다.

나의 한국 유학은 이런 흥취의 연장선상에서 이루어진 것이다. 유학생활 5년간, 한국 현대문학을 공부하면서 내가 가장 주목한 것은 해방 전 중국에서 생활하면서 창작 활동을 진행한 작가들이었다. 조선족문학 관련 일을 하다 문학에 흥취를 갖고 선택한 유학이었기에 조선족문학의 한 부분, 또는 전사(前史)라고도 할 수 있는 해방 전 재중 조선인 문학을 주요 연구 대상으로 삼은 것은 어쩌면 자연스러운 일이었다. 그리고 재중 조선인 문학 연구는 한국의 연구자들과 비교할 때 성장 환경, 언어 등 면에서 우세를 갖고 있는 동시에 졸업 후에도 지속적으로 진행할 수 있는 분야이기도 했다.

근년에 재외 한인 문학에 관한 연구가 활성화되면서 재중 조선인 문학 연구도 많은 진척을 가져왔지만 아직도 적지 않은 문제점을 안고 있는 것이 사실이다. 재중 조선인 문학은 크게 만주에서 생활했던 작가들에 대한 연구와 관내(산해관 이내)에서 생활했던 작가들에 대한 연구로 나누어볼 수 있다. 나의 재중 조선인 문학 연구는 내가 태어나서 성장한 둥베이(만주)에서 생활하였던 강경애로부터 시작되었다. 강경애의 만주 행적과 작품에 대한 꼼꼼한 확인, 분석과 함께 나는 문학 연구의 길에 들어섰다. 석·박사논문을 강경애로 쓰면서 나는 얼핏 보기에는 충실한 것 같은 강경애와 같은 중요한 재만 조선인 작가들도 재확인해야 할 행적이나 작품 속에서 새롭게 주목해볼 부분들이 적지 않음을 느꼈다. 연구가 비교적 활발히 진행된 재만 조선인 문학이 이러할진대 아직은 초기단계에 머물러 있는 관내 조선인 문학은 더욱 정밀한 고증과 깊이 있는 작품 분석을 요구하고 있었다. 주요섭에 관한 연구를 통하여 이 점을 실감했다.

이번에 박사논문과 한국 유학 시절에 썼던 몇 편의 재중 조선인 문학 관련 논문들을 『재중 조선인 문학 연구』라는 이름 아래 한 권의 책으로 묶었다. 이 한 권의 책을 써내기까지 참으로 많은 분들의 도움이 있었다. 지도교수인 최원식 선생님은 말보다는 행동으로 가르침을 주셨다. 선생님을 거울로 나는 학문과 생활에 대한 나의 자세를 단정히 할 수 있었다. 최옥산 선배님을 비롯한 연구실 선배님들의 관심과 사랑도 잊을 수가 없다.

이들의 도움이 있었기에 학업을 무난히 마칠 수 있었다.

　유학 생활이 나에게 가져다 준 또 하나의 선물로 가정이 있다. 2004년 8월 홀로 한국에 유학을 갔지만 2009년 8월 귀국 할 때에는 아내와 아들의 손을 잡고 돌아왔다. 이들과 함께 하는 오늘이 즐겁다. 그리고 양가 부모님들께는 늘 고맙고 미안한 마음이다.

　오늘에야 비로소 오랜 유학 생활을 끝내는 느낌이다. 이 책의 출간이 재중 조선인 문학에 대한 나의 공부의 결속이 아닌 또 다른 시작이라는 생각을 해본다.

　끝으로 책의 출간을 위하여 애써주신 소명출판 박성모 사장님과 직원 여러분께 감사드린다. 이는 오로지 젊은 조선족 연구자에 대한 배려라 생각하고 다음에는 보다 우수한 연구물을 내놓는 것으로 그 지지와 관심에 답하고자 한다.

중국 북경에서
최학송

차례

003 ▌ 책머리에

1장 강경애 소설의 주제와 변모양상 연구

2장 강경애와 샤오훙 소설 비교 연구 재고
『인간문제』와 『생사의 마당』 비교를 통하여

3장 해방 전 주요섭의 삶과 문학

4장 '만주' 체험과 김조규의 시

5장 『만선일보』를 통해 본 만주 조선인 문학
만주 조선인 문학 건설에 관한 '지상토론'을 중심으로

재중 조선인
문학 연구

강경애 소설의 주제와 변모양상 연구

1. 서론

1) 문제 제기와 연구사 검토

강경애(姜敬愛, 1906~1944)는 사회주의적 이념을 갖고 만주[1]에서 창작활동을 진행한 여성작가이다. 때문에 강경애에게는 재만 조선인 작가, 동반자작가, 2세대 여성작가 등 여러 타이틀이 따라다닌다.

---

[1] '만주'라는 말은 본래 만주족(滿洲族)의 자칭이었다. 19세기에 들어와서 '만주'는 'Manchuria'로 서구 사람들에게 알려지기 시작하면서 만주족이 거주했던 지역을 가리키는 말로 확대되었다. 러일전쟁(1904~1905) 후에는 중국 둥베이[東北]지역을 가리키는 개념으로 정착되었다. '만주'라는 말은 세 가지 의미를 지닌다. 민족 명칭으로서의 '만주'는 1653년에 통일된 만주족 부락을 지칭하는 말이며 지금의 만족(滿族)에 해당된다. 지역 명칭으로서의 '만주'는 만주족이 살았던 지역을 가리키는 말로서 지금의 둥베이 3성(東北三省 : 헤이룽장성[黑龍江省], 지린성[吉林省], 랴오닝성[遼寧省])과 네이멍구자치구[內蒙古自治圖]의 동북지역에 해당된다. 역사 개념으로서의 '만주'는 일제가 건립한 괴뢰만주국(1932~1945)을 가리킨다. '만주'라는 용어가 괴뢰만주국의 국호여서 반감을 사기에 중국 학술계에서는 공간적 개념으로서의 '만주'대신에 '둥베이' 혹은 '둥3성[東3省]', '둥베이 3성[東北3省]' 등의 용어를 사용한다. 서여명, 「청마 유치환 만주시편 연구」, 인하대 석사논문, 11면 참고. 본고는 한국의 학술관례에 따라 '만주'라는 용어를 사용한다.

지난 2005년, 문화관광부가 강경애를 '3월의 문화인물'로 선정한 것을 계기로 한동안 강경애에 대한 논쟁이 끊이지 않았다. 강경애가 김좌진(金佐鎭, 1889~1930) 암살에 관여한 공범이라는 주장과 당시 강경애는 김좌진이 활동한 북만지역에는 가지도 않았다는 서로 상반되는 주장이 팽팽히 맞섰던 것이다. 이는 일면으로 아직 전기적 사실마저 제대로 정리되지 못한 강경애 연구의 현실을 보여준다. 강경애는 대표적인 재만 조선인 작가로 불리지만 그의 만주행적은 아직도 베일에 가려진 것이 많다. 강경애의 대부분 문학 작품이 시간적으로 만주거주시기에 창작되었으며 공간적으로 만주를 배경으로 하거나 만주에서의 삶을 통하여 형성된 작가의식을 기초로 쓰였다는 점을 고려(考慮)할 때 강경애와 그의 문학에 관한 연구에서 만주행적에 관한 추적은 그 중요성을 더한다.

강경애는 동반자작가로 불린다. 동반자작가란 원래 "프롤레타리아 혁명의 예술가가 아니고 혁명의 예술적 동반자"라는 의미로 러시아에서 생겨 일본을 거쳐 조선[2]으로 들어왔다. 그러나 조선에서 동반자작가란 카프 측에서 "회원이 아닌 작가가 '카프'가 가진 동일한 사상성을 가지고 어느 정도 '카프'와 보조를 같이 하는 작가"를 일컫는 말로 변화되었다.[3] 강경애는 카프에 가입한 적이 없다. 단체 활동도 고향 장연에서 여성주의단체 '근우회(槿友會)'에 잠깐 다닌 것이 전부이다. 대부분의 창작기간 강경애는 간도 룽징[龍井]에서 평범한 가정주부의 삶을 살았다. 단순히 '카프에 가입하지 않았다'는 기준에 의한다면 동반자작가라고 할 수 있겠지만 사상이

---

2   본고에서는 '한국'이라는 용어 대신 '조선'이라는 용어를 사용한다. 강경애 작품 발표 당시 이미 '대한민국 임시정부(大韓民國臨時政府)'가 중국 상하이[上海]에 존재해 있는 상황에서 일제가 식민지의 명칭으로 불렀던 '조선'을 그대로 사용한다는 부담감이 있으나 '조선'이라는 명칭이 조선왕조의 국호를 연용(連用)하였으며 또 당시에 그렇게 불렸다는 것과 본고에서 인용한 대부분의 자료에 '조선'으로 표기된 점을 고려하여 '한국' 대신 '조선'을 사용한다. '한국인' 대신 '조선인'이라는 용어를 사용한 것도 같은 이유에서이다.

3   곽근, 「한국 동반자작가 연구 서설」, 『한국문학연구』 9호, 동국대 한국문학연구소, 1986, 51~52면 참고.

나 문학적 특점으로 보았을 때 강경애는 카프의 '동반자'에 머무르지 않는다. 강경애는 카프작가를 포함한 동시대 작가들 중에서 가장 강도 높은 현실 비판의식을 보여주었으며 또 확고한 현실 극복 의지와 미래에 대한 전망을 나타냈다. 대표작 『인간문제』는 근대문학 작품 중에서 사회주의 신념을 가장 대담하게 표백한 작품으로 인정되기까지 한다. 강경애는 '혁명의 예술적 동반자'가 아닌 '프롤레타리아 혁명의 예술가'였다. 동반자작가라는 이름 아래에 가려졌던 사회주의자 강경애의 진모를 찾아내는 것은 그의 문학을 정확히 이해하는 전제가 된다. 그러면 강경애의 사회주의적 이념은 어디로부터 왔으며 이는 또 어떻게 작품 속에 반영되었는가? 강경애와 그의 문학에 대한 연구는 이 물음에 대한 해답으로부터 시작해야 한다.

강경애는 2세대 여성작가로 분류된다. 1920년대에 주로 활동한 김명순(金明淳, 1896~1951), 나혜석(羅蕙錫, 1896~1949), 김일엽(金一葉, 1896~1971) 등 1세대 여성작가들이 '여성해방'을 '자의식의 각성'이라는 계몽주의적 방법으로 쟁취하고자 했다면 1930년대에 등장한 강경애, 박화성(朴花城, 1904~1988) 등 2세대 여성작가들은 '여성해방'을 개인적 문제에서 사회적 문제로 확대하였으며 사회의 구조적 모순을 해결하는 것을 통하여 '여성해방'을 실현하려 했다는 것이 오늘의 중론이다. 사회주의적 이념을 갖고 있는 강경애는 동시대의 다른 여성작가들에 비해 훨씬 두드러진 경향성을 보이고 있다. '인간문제'를 '근본적 문제'와 '지엽적 문제'로 나누어 보는 강경애에게 있어 계급문제가 '근본적 문제'임은 자명한 것이다. 그러면 여성문제는 자연스럽게 '지엽적 문제'로 떨어지기 마련이다. 이때 '지엽적 문제'로서의 여성문제가 강경애 문학의 특점으로까지 불릴지는 재고의 가치가 있다.

지금까지 강경애의 생애에 관한 연구는 그가 남긴 몇 편의 자전적 소설과 수필을 중심으로 이루어지고 있다. 강경애의 생애에 관한 연보는 이규희[4]가 양주동(梁柱東, 1903~1977)과 최문려(崔文麗)의 증언을 토대로 처음 정리했다. 그 후, 옌벤[5]이나 북한[6]에서 간행된 자료가 소개되고 이것을 기초로 이상경[7]을 비롯한 여러 논자들이 부분적으로 수정, 보완하여왔으나 아직도 논란이 되거나 공백으로 남아있는 부분이 많다. 이는 주요하게 생몰연대,[8] 출생지,[9] 어머니의 개가(改嫁)시기,[10] 여학교 재학시절의 행적,[11] 1924~1931년의 행적, 1931~1939년의 간도 룽징[龍井]에서의 행적 등으로 나누어 볼 수 있다. 유년기나 소년기의 체험이 한 사람의 의식 형성 과정에서의 중요성을 감안하면 어머니의 개가 시기나 여학교 재학시절의 행

---

4 이규희, 「강경애론―빛과 어둠의 절규」, 이화여대 석사논문, 1974.

5 박충록, 『한국민중문학사』, 열사람, 1988.

6 김헌순, 「강경애론」, 『현대작가론』, 조선작가동맹출판사, 1961.

7 이상경 편, 『강경애 전집』, 소명출판, 2002.
강경애의 생애에 관한 연구에서 논란이 되거나 공백으로 남아있는 부분이 많은 원인은 다음과 같다. 황해도 장연에서 어린 시절을 보냈고, 대부분 창작 기간을 만주에서 보냈으며, 생전에 서울의 중앙 문단과 거리가 멀었기에 당대인이 그에 관하여 남긴 기록이 얼마 없다. 또한 현재 생전에 강경애와 친분이 있었던 사람들이 모두 고인이 된 점 등이다.

8 강경애의 생몰연대에 대해서는 1906~1944년과 1907~1943년이라는 설이 엇갈리고 있다. 지금은 대체로 1906~1944년이라는 설이 힘을 얻고 있다.

9 강경애는 「나의 유년시대」(『신동아』, 1933.5)에서는 일곱 살에 송화에서 장연으로 이주했다고 하며, 「작가 작품 연대표」(『삼천리』, 1937.1)에서는 고향이 장연이라 했다. 지금은 고향이 송화라는 설이 힘을 얻고 있다.

10 강경애는 「나의 유년시대」(『신동아』, 1933.5)에서는 다섯 살 때 아버지를 여의고 일곱 살에 어머니가 재혼했다고 하나 「자서소전」(『여류단편걸작집』, 1939)에서는 일찍이 아버지를 잃고 다섯 살에 의붓아버지를 섬기게 되었다고 했다.

11 "강경애가 평양 숭의여학교에 재학한 기간에 대해서는 이설이 많다. 기석복의 경우는 그냥 '16세 되는 때 …… 평양으로 왔다. 그는 이곳에서 형부의 후원을 받아 숭의여자중학교에서 공부를 하게 되었다(기석복, 「인간문제 서문」, 『인간문제』, 평양 : 노동신문사, 1949)'라고만 쓰고 있다. 한편 김헌순은 강경애가 15세 때 의붓아버지가 죽고 18세 되던 해에 평양 숭의여학교에 적(籍)을 둘 수 있게 되었으며 강경애가 여학교 시절을 보낸 것은 1924~1926년이라고 했다. 양주동의 회고에서는 1923년 3월 자신이 강경애를 처음 만났을 때 그녀는 '평양S여학교 3학년생'이었다고 한다. 양주동, 「청사초―문학소녀 K의 추억」, 『인생잡기』, 탐구당, 1963, 146~155면. 이규희는 강경애가 1921년 평양 숭의여학교에 입학했다가 1922년 학내 스트라이크로 퇴학당했다고 했다. 한편 『숭의 80년사』에서는 1926년의 17회 졸업생 명단에 강경애의 이름을 넣었지만 그 이전에 나온 『숭의 60년사』에서는 강경애의 이름을 찾을 수 없는 것으로 보아, 남한에서 강경애라는 작가의 이름이 알려지면서 적당한 자리에 끼워 넣은 것으로 보인다. 그리고 강경애가 1921년에 입학해서 5년간 정규과정을 마치면 1926년 졸업하게 됨도 고려되었을 것 같다. 여러 기록들 중 1923년 3월 당시 여학교 3학년이었다는 양주동의 기록이 가장 구체적이고 신빙성이 있다." 이상경, 「강경애의 시대와 문학」, 『강경애 전집』, 소명출판, 2002, 827~828면.

적 등도 강경애 문학 연구에서 홀시할 수 없지만 1924~1931년의 행적과 1931~1939년 간도 룽징에서의 행적은 이 시기가 강경애의 작가의식의 형성과 관계되는 시기이며 또 본격적인 창작 시기이기에 더욱 중요성을 갖는다. 1924~1931년의 행적은 강경애의 김좌진 암살 사건 관여 논쟁과 맞물리면서 한동안 의논이 분분하였다. 졸고 「'만주'체험과 강경애 문학」[12]에 의하여 북만 이주 여부와 그 시기가 밝혀지면서 이 사이 강경애의 행적이 일정 정도 밝혀졌지만 아직도 베일에 가려져 있는 부분이 더 많다. 그리고 강경애가 1920년대 후반에 북만에서 생활한 적이 있다면 이때의 체험은 그의 문학에 어떤 영향을 주었는가에 대한 논의는 지금까지 이루어지지 않았다. 1931~1939년 간도 룽징에서의 행적도 밝혀진 바가 많지 않다. 강경애의 거의 모든 작품이 이 시기에 창작된 점을 염두에 두면 당시 간도의 구체적 상황과 강경애의 행적은 최대한 자세히 밝혀져야 한다.

강경애 문학 연구는 크게 작품 발표 당시의 논의와 1970년대 이후의 논의로 나누어 볼 수 있다. 작품 발표 당시의 논의는 신문, 잡지 등의 월평난에 단편적으로 언급되는 데 그쳤다. 당시의 단평들은 대부분 초기의 작품들을 논의하였으며 그것을 정리해 보면, 강경애는 체험을 통해 삶의 현실을 생생한 묘사로 보여주지만 명료한 사상성에 기초한 주제의 형상화에 있어 다소 미흡한 점을 보인다고 한다.[13] 그러나 해방 후에는 이러한 평가조차도 거의 이루어지지 않고 단지 일부 문학사에서 '기타 작가군'으로 몇

---

12 최학송, 「'만주' 체험과 강경애 문학」, 인하대 석사논문, 2007.
　　　강경애의 북만이주 여부와 그 시기는 위의 글에서 자세히 밝힌 바 있다. 강경애의 북(北)만주 이주 여부는 김좌진 암살 사건과 관련되어 한동안 논쟁을 일으켰을 뿐만 아니라 초기 작품에 대한 해석에서 중요한 의의를 갖는다. 이런 중요성을 감안하여 석사논문의 해당 부분을 부록으로 제시한다. 부록2 「강경애의 '만주'이주」 참고.

13 백철, 「문예시평─11월호 잡지를 중심으로」, 『혜성』, 1931.12; 홍구, 「1933년 여류작가 군상(속)」, 『삼천리』, 1933.3; 양주동, 「여류문인 편감촌평」, 『신가정』, 1934.2; 이무영, 「여류작가 개평」, 『신가정』, 1934.2; 김기진, 「조선문학의 현재의 수준」, 『신동아』, 1934.1; 이청, 「여류작품 총관」, 『신가정』, 1935.2.

마디 언급하는 데 그쳤다.[14] 강경애 문학에 관한 본격적인 논의는 1970년대 이규희의 논문[15]에서부터 시작되었다. 논의의 방향은 크게 세 가지로 나눌 수 있다. 첫째는 강경애를 동반자작가 혹은 비판적 리얼리스트로 규정하고 그의 문학을 비판적 리얼리즘 시각으로 보는 것이며 둘째는 작품 속에 나타난 여성인식에 주목하여 여성주의적 시각으로 접근하는 것이다. 그리고 셋째로 만주체험과 강경애 문학사이의 연관성에 대한 연구가 있다.

강경애를 동반자작가 혹은 비판적 리얼리스트로 규정하고 그의 문학을 비판적 리얼리즘 시각으로 보는 것은 오늘날 강경애 문학 연구에서 가장 보편적인 방법이다. 그 대표적인 논자로 이상경, 김정화, 조남현을 들 수 있다.

강경애는 끝까지 현실에 대한 비판력을 발휘한 비판적 리얼리스트라는 것이 이상경의 기본관점이다. 강경애의 만주체험을 특히 중요시한 이상경은 강경애는 간도라는 특수한 공간에서 국내를 바라봄으로써 당대의 어느 작가보다도 튼튼한 낙관적 전망을 가지고 현실을 반영하였다고 한다. 강경애 연구에서 이상경의 공로는 독보적이라 할 수 있다. 석사논문에 이어 다양한 시각에서 강경애 관련 논문을 써낸 이상경은 1999년에는 『강경애 전집』을 묶어 냄으로써 강경애 연구에 튼실한 초석을 깔아놓았다.[16]

김정화는 지금까지 유일하게 강경애를 주제로 박사논문을 쓴 사람이다. 강경애를 비판적 리얼리스트로 규정한 김정화는 강경애는 역사와 시대에 대한 예리한 인식을 기초로 하여 식민지 사회구조에서 하층민이 어떻게 철저히 피폐화되어 가는가를 극명하게 폭로·고발하고 있으며, 파행적인 사회구조 속에서 수탈당할 수밖에 없는 악순환을 드러내는 데 일관된 관심을 보인다고 한다. 그리고 카프의 변방에 있으면서도 현실인식

14　김우종, 『한국현대소설사』, 성문각, 1978; 정한숙, 『현대한국문학사』, 고려대 출판부, 1982.
15　이규희, 「강경애론－빛과 어둠의 절규」, 이화여대 석사논문, 1974.
16　이상경, 「강경애 연구」, 서울대 석사논문, 1984; 이상경, 「만주 항일혁명운동의 문학적 수용－강경애론」, 『한국문학의 리얼리즘과 모더니즘』, 민음사, 1989; 이상경, 『강경애－문학에서의 성과 계급』, 건국대 출판부, 1997; 이상경 편, 『강경애 전집』, 소명출판, 1999.

과 작가의식은 카프작가들과 유사한 입장에 놓여 있었으며, 그 자신이 가능성의 공간으로 선택한 간도에서 대부분의 창작활동을 하면서 독자적이고 개성적인 문학세계를 구축하였음을 지적한다.[17]

조남현은 성실하면서도 끈기 있게 현실을 판독하고자 노력하던 강경애는 『인간문제』를 계기로 이미 그 이전에 어느 정도 윤곽은 갖춘 양심적 리얼리스트, 남성성의 여류작가, 적극적인 동반자작가로서의 면모를 분명하게 확립하였다고 한다.[18]

대부분의 연구자들이 강경애 문학을 비판적 리얼리즘 시각으로 보았지만 이에 반하는 논의도 없지 않다. 김은정이나 최원식 같은 논자들은 『인간문제』에 대한 재고를 통하여 강경애의 문학을 사회주의 리얼리즘으로 본다.

김은정은 서사구조와 인물유형의 특성을 분석하는 것을 통하여 『인간문제』는 1930년대 조선 사회를 총체적으로 반영한 사회주의 리얼리즘 소설이라는 결론에 도달한다.[19] 김은정은 『인간문제』를 사회주의 리얼리즘으로 볼 수 있다는 문제제기는 하였으나 구체적 작품 분석은 이를 제대로 받혀주지 못하고 있다.

작품에 대한 구체적 분석을 통하여 『인간문제』의 사회주의 리얼리즘적 성격을 분명히 보여준 논자는 최원식이다. 강경애를 열렬한 사회주의자로 보는 최원식은 『인간문제』는 강경애의 사회주의 신념을 가장 대담하게 표백한 작품이라 한다. 최원식에 의하면 『인간문제』는 일본 독점 자본의 대규모 진출 속에서 새로이 형성되기 시작한 조선 노동자계급의 동학을 선취적으로 고지한 전형적인 사회주의 리얼리즘 작품이다.[20]

강경애 문학을 여성주의적 시각으로 보는 연구는 1980년대 중반으로부

---

17   김정화, 「강경애 소설 연구」, 동국대 박사논문, 1991.
18   조남현, 「강경애의 『인간문제』, 그 종횡」, 『작가세계』 5호, 세계사, 1990.5.
19   김은정, 「강경애 장편소설 『인간문제』 연구」, 한국외대 석사논문, 2000.
20   최원식, 「『인간문제』, 사회주의 리얼리즘의 성과와 한계」, 『인간문제』, 문학과지성사, 2006.

터 시작되었으나 본격적으로 논의가 진행된 것은 1990년대에 이르러서이다. 1990년대에 들어와 여성학자나 비평가들의 대거 등장 및 페미니즘 논의의 활성화에 힘입어 강경애 문학 연구에도 여성주의적 시각이 적용되었다. 여성주의적 시각으로 진행된 강경애 연구는 크게 두 가지 경향으로 나누어 볼 수 있다. 하나는 여성에 대한 봉건적 가부장제도의 억압에 주목하는 동시에 여성의 자의식 획득 및 새로운 정체성의 확립이라는 계몽주의적 일면에 치중한 연구이고 또 하나는 여성의 현실을 식민지 사회 내부의 계급모순과 연결시키는 사회주의 여성운동 시각으로 진행한 연구이다.

여성주의적 시각으로 강경애 문학을 연구한 대표적인 논자는 서정자이다. 서정자는 강경애의 문학은 자전적인 요소가 많고 여성체험을 바탕으로 쓰여지고 있음을 지적한다. 그리고 『어머니와 딸』, 『인간문제』, 「소금」 등 작품은 페미니스트 성장소설로 분류될 수 있는 여성의 자기발견 내지 성장을 다루고 있어 바람직한 여성주의 문학적 특성을 갖추었다고 한다.[21]

하상일은 사회주의 여성주의 시각으로 강경애 문학을 보았다. 강경애 문학에 대한 연구는 1920년대 계몽주의적 여성문학의 한계를 뛰어넘은 사회주의 여성주의의 차원에서 적극적으로 논의되어야 함을 강조하는 하상일은 당시 여성 문인들이 조혼, 축첩제도와 같은 봉건적인 구습을 비판하고 자유연애를 주창하는 등 계몽적 차원에서 여성해방의 길을 찾았던 데 비해, 강경애는 식민지시기 경제적 모순으로부터 여성문제의 원인을 찾았기에 이들과 확연히 구별된다고 한다. 따라서 강경애 문학 연구는 사회주의 여성문학의 가장 핵심적인 문제라 할 수 있는 '여성성'과 '계급성'의 문제를 통합적으로 바라봄으로써 식민지시기 계급문제에 대한 인식과 여성문제에 대한 인식이 어떻게 만나고 있는가에 유념해야 함을 강조한다.[22]

---

21 서정자, 「페미니스트 성장소설과 자기발견의 체험—강경애의 『어머니와 딸』, 『인간문제』, 「소금」을 중심으로」, 『한국여성학』 7호, 한국여성학회, 1991.
22 하상일, 「식민지 여성의 현실과 사회주의 여성서사」, 『비평문학』 22호, 한국비평문학회, 2006.

상기 논자들이 여성주의 시각으로 강경애 문학을 보았다면 김경수는 이와 정반대의 견해를 제기한다. 김경수는 강경애가 남성적 서사에 의해 작품창작을 했지 그만의 여성적 서사를 발굴해내지 못했다고 한다. 김경수는 강경애가 계급의식의 소설적 수용이라는 차원에서는 일정 부분 성공했는지 몰라도, 오늘날의 많은 여성비평가들이 읽어내는 것처럼 여성의 문제성을 통해 식민지 근대의 문제를 전달하는 데에 있어서는 실패했음을 강조한다. 나아가 김경수는 강경애가 여성적 전망에 의해서 여성들의 삶의 경험을 담아내는 독자적인 이야기 문법을 확보했다기보다는 기존에 존재했던 남성적 경험을 담아내는 이야기문법에 기대고 있음을 지적한다.[23]

강경애 문학에 관한 논의가 어떤 시각으로 진행되었든 만주체험이 강경애의 현실인식과 문학관에 준 영향은 무시할 수 없다. 때문에 대부분의 논의는 강경애 문학에 대한 자신의 주견을 피력하는 동시에 그 배경으로 만주체험을 거론하곤 하였다. 이와 같은 만주체험에 대한 관심은 1980년대 이후 한층 더 발전하여 만주체험과 강경애 문학 사이의 관계를 밝히려는 전문적인 연구에까지 이르게 되며 이는 주로 간도 배경 소설에 관한 분석을 통하여 진행되었다. 간도 배경 소설은 여러 논자들에 의하여 다양한 논의가 이루어졌지만 크게 이주민의 궁핍상을 보여주고 있다는 논의와 이주민의 투쟁과 저항의 모습을 보여준다는 논의로 나누어 볼 수 있다.

처음으로 강경애의 간도 배경 소설을 본격적인 연구 대상으로 삼은 것은 이남훈이다. 이남훈은 간도 배경 소설에서 간도는 식민지 조선의 비참한 삶의 현장으로 상징화되어 있으며 강경애는 간도를 이민족(異民族)과의 대립과 충돌 속에서 빚어지는 조선인의 사회경제적 불안과 위기의 현장으로 인식하였으며, 실향 이주민의 우수와 비애를 간도에서 천착하려 하였다고 한다. 그는 또 강경애는 간도 이주민 사회의 문제점들을 진실되

---

23   김경수, 「강경애 장편소설 재론─페미니스트적 독해에 대한 하나의 문제제기」, 『여성문학연구』 16호, 한국여성문학학회, 2006.12.

게 표출해 내고자 하였지만 문제의 해결에 있어서는 어떠한 해답이나 돌파구를 제시하지 못하고 다만 고발과 폭로에 그침을 지적한다.[24]

강경애의 간도 배경 소설 연구에서 대표적인 논자는 장춘식이다. 장춘식은 간도 배경 소설은 저항적 의지의 표현이라는 차원에서 보면 대체로 하강적 모습을 보이고 있으나 초기 작품은 더 말할 것도 없고 말기 작품에 이르기까지도 작가의식이 저항과 계급이념으로 일관하고 있음에 주목한다. 조선족문학자인 장춘식은 또 간도 배경 소설은 투사로서, 투쟁을 지향하는 사람으로서의 이주민의 정체성을 보여준다고 한다.[25]

상기 시각들 외에 2000년대에 들어와 비교문학적 시각으로 강경애 문학을 보는 논문들이 나오고 있으나 아직 초보적인 단계에 머물러 있다.[26]

2) 연구 대상과 연구 방법

작품에 대한 정확하면서도 풍부한 논의를 위하여서는 작가의식을 제대로 해명하는 것이 필수적이다. 지금까지 강경애의 작가의식에 영향 준 사건이라면 '가난', '불행한 가족관계'와 '만주체험'이 많이 지적되었다. 그러나 본격적인 창작활동을 진행한 1930년대, 강경애는 장하일과 결혼하여 간도 룽징에서 상대적으로 안정적인 삶을 살았으며 또 아래에 구체적으로 논증하겠지만 경제적으로도 비교적 여유롭게 보냈다.

'가난'이나 '불행한 가족관계'도 강경애의 작가의식에 영향을 미친 것이

---

24 이남훈, 「소설에 나타난 간도의 의미 — 최서해, 강경애, 안수길의 작품을 중심으로」, 연세대 석사논문, 1985.
25 장춘식, 「간도체험과 강경애의 소설」, 『여성문학연구』 11호, 한국여성문학학회, 2004.
26 천연희, 「강경애의 『어머니와 딸』과 에디스 워튼의 『연락의 집』에 나타난 어머니의 유산 — '삭임'과 허영의 문제를 중심으로」, 『신영어영문학』 24호, 신영어영문학회, 2003.2; 우한, 「강경애와 소홍 소설의 비교연구 — 여성인물을 중심으로」, 서울대 석사논문, 2004.

사실이지만 보다 구체적이며 직접적으로 영향을 준 것은 '사회주의'이다. 그리고 강경애는 주로 만주에서 사회주의자들과 함께 생활하면서 그 영향을 받았다. 때문에 본고는 '만주체험'과 '사회주의'라는 두 개의 키워드를 중심으로 실증적 방법으로 강경애의 이력을 재구성하고자 한다. 만주에서의 강경애 행적을 집중 추적하는 것은 작품 분석에 토대가 될 뿐만 아니라 지금까지 간과되었던 사회주의자 강경애의 면모를 되살리는 데 도움이 될 것이다.

강경애는 소설, 수필, 평론, 시 등 여러 장르에 거쳐 창작활동을 하였지만 그에게 문인으로서의 입지를 굳혀준 것은 소설이다. 강경애가 창작한 소설은 크게 만주를 배경으로 하는 소설과 조선을 배경으로 하는 소설로 나누어 볼 수 있다. 대표적인 만주 배경 소설과 강경애의 만주체험 사이의 관계는 저자의 석사논문[27]을 통하여 고찰해본 적이 있다. 본고는 석사논문의 연장선상에서 씌어졌다. 석사논문에서 다루었던 작품들을 망라한 강경애 소설 전체를 연구의 대상으로 삼는다.[28]

연구사 검토에서도 보았지만 강경애 문학은 흔히 비판적 리얼리즘으로 불리며 근년에 『인간문제』를 중심으로 사회주의 리얼리즘이라는 논의가 나타났다.

엥겔스는 하크네스에게 보낸 편지에서 "리얼리즘이란 세부의 진실성 외에도 전형적 상황에서 전형적 인물의 진실한 재현을 의미한다"고 말했다. 엥겔스의 이 명제는 비판적 리얼리즘의 핵심을 집약적으로 보여준다.

---

27 최학송, 「'만주' 체험과 강경애 문학」, 인하대 석사논문, 2007.

28 본고는 이상경 편, 『강경애 전집』(소명출판, 1999)을 기본 텍스트로 삼되 『인간문제』는 최원식 편, 『인간문제』(문학과지성사, 2006)를 기본 텍스트로 삼았다. 『인간문제』만은 특별히 전집을 기본 텍스트로 삼지 않은 것은, 최원식 편, 『인간문제』는 바로 동아일보 연재본을 저본으로 하고 이상경 편, 『강경애 전집』은 1949년 북한 노동신문사 단행본을 저본으로 하는데, 『인간문제』는 『동아일보』 연재본을 보는 것이 보다 정확하다는 필자의 인식 때문이다. 이상경은 북한 단행본은 강경애가 신문연재본을 개작해 두었던 것을 훗날 그의 남편인 장하일(張河一)이 북한에서 출판한 것으로 본다.

사회주의 리얼리즘은 비판적 리얼리즘의 세부의 진실성, 전형성 등 핵심적인 내용을 수용함과 동시에 사회주의 혁명과 건설에 적합하지 않다고 생각되는 다음과 같은 몇 가지를 비판한다. 그 비판 가운데서 첫째로 꼽을 수 있는 것이 작가들의 세계관 문제이다. 비판적 리얼리즘은 대체로 합리주의와 인본주의적 사고에 입각해 자본주의적 현실의 모순에 대한 비판을 하고 있다. 그러나 그 비판을 뛰어넘어서 사회적 모순의 해결 방도는 제시하지 못하였는데 그것은 사회주의적 세계관을 갖추지 못했기 때문이라고 한다. 따라서 사회주의 리얼리즘은 사회주의적 세계관의 획득이 필수적이고 그에 의해서 현실의 혁명적 발전을 위해 이바지할 수 있는 창작을 수행해야 한다고 주장한다. 둘째로 비판적 리얼리즘의 장르적 한정성 문제이다. 비판적 리얼리즘은 예외가 없는 것은 아니지만 소설 양식에 국한되고 있다. 이에 따라 부르주아적 양식이라고 규정할 수 있는 규범성, 즉 문예 작품의 기동성의 부족을 드러내는 데 사회주의 혁명과 건설에 복무해야 한다는 사회주의 리얼리즘의 요구에는 그것이 적합하지 않다는 것이다. 따라서 시, 연극, 영화 등에까지 적용될 수 있도록 리얼리즘의 규범성을 이완시키는 작업이 필요했다. 혁명적 낭만주의의 개념이 도입된다든가 브레히트처럼 정치적 모더니즘을 용인하는 양상은 이러한 사실과 결부된다. 셋째로 문학 기능의 의식적 강화이다. 사회주의 리얼리즘의 주창자들은 비판적 리얼리즘이 현실에 대해 거의 방관자 내지 관찰자적인 태도에서 벗어나지 못했다고 보고 이를 적극 지양해서 문학의 정치적 역할을 증대시키고자 한다.

사회주의 리얼리즘은 비판적 리얼리즘의 세부의 진실성, 전형성을 대체하여 당파성과 민중성이 핵심 범주로 등장하게 되며 전형성 범주도 그 의미 내용이 달라진다. 전형성의 변화된 내용을 간략히 소개하기 위해 단적인 예를 든다면 비판적 리얼리즘에 전형적인 인물은 악당이나 편집광, 수전노 또는 문제적 인물로 표상될 수 있는 것이었음에 반해 사회주의 리얼리즘의

전형적 인물은 긍정적 인물 또는 적극적 행동의 인물로 설정되고 있다.[29]

한마디로 비판적 리얼리즘과 사회주의 리얼리즘의 근본적 차이는 모두 자본주의 현실의 모순과 불합리를 비판하나 비판적 리얼리즘은 단순한 비판에 머물고 사회주의 리얼리즘은 자본주의를 넘어서는 대안을 구상하고 추구하는 것이라 할 수 있다. 그러면 강경애의 문학은 비판적 리얼리즘인가, 사회주의 리얼리즘인가, 본고는 강경애 소설의 주제와 변모양상을 추적하는 것을 통하여 이 문제에 대한 해답을 찾아보고자 한다.

강경애의 문학을 여성주의 시각으로 볼 수 있는가도 오늘날 강경애 문학 연구에서의 하나의 쟁점이다. 대부분의 연구자들이 계몽주의 여성주의 혹은 사회주의 여성주의 시각으로 볼 수 있다고 하는 반면에 김경수와 같은 소수의 논자들은 이에 반대한다. 이 방면의 기왕 연구가 대부분『어머니와 딸』,『인간문제』,「소금」등 전기, 중기의 작품에 치중된 점을 고려하여 본고는 후기의 작품도 함께 놓고 강경애 문학을 여성주의 시각으로 볼 수 있는가를 재고하겠다.

강경애는 대부분의 작품을 만주에서 창작했으며 절반 이상의 작품이 만주를 배경으로 하였기에 그의 작품에는 만주의 지명들이 많이 나오며 본고도 만주 관련 자료를 많이 인용하였다. 만주의 지명에 관한 표기에 있어서 일부 자료에서는 한자음으로 표기하고 일부 자료에서는 중국어 발음으로 표기하여 혼란이 나타나고 있다. 때문에 해당 자료를 인용하거나 각주로 해당 자료의 출처를 표시할 때에는 원 자료의 표기법을 따르나 본문에 다시 쓸 때에는 전부 중국어 발음으로 통일하였다.[30] 그리고 이해의 편리를 위하여 한자, 한자음, 중국어 발음을 병기한 대조표를 만들어 부록으로 넣었다.

---

29   최유찬,『문예사조의 이해』, 이룸, 2006, 342~357면 참고.
30   중국인의 이름도 같은 원칙에 따라 표기하였다.

2. 강경애 이력의 재구성

1) 북만·장연 생활과 사회주의 수용

강경애가 사회주의를 처음 접한 것은 북만에서였다.

북만행적에 관한 본격적인 논의에 앞서 강경애의 이력을 간단히 돌이켜보자. 강경애는 1906년 4월 20일 황해도 송화에서 가난한 농민의 딸로 태어났다. 네 살 나던 해 아버지가 돌아가셨으며 다섯 살에 재혼하는 어머니를 따라 장연으로 이주한다.[31] 여덟 살 무렵, 의붓아버지가 보던 『춘향전』에서 한글을 깨쳐 구소설을 읽기 시작한 강경애는 열 살이 지나서야 장연여자청년학교를 거쳐 장연소학교에 들어간다. 1921년, 형부의 도움으로 평양 숭의여학교에 진학한 강경애는 독서회 등에 가입하여 활동을 하였으며 1923년 10월에는 학생들의 동맹휴학과 관련하여 퇴학당한다.[32]

31　의붓아버지는 환갑이 지난 늙은이였고 거기다가 불구자였기 때문에 강경애의 어머니는 거의 몸종 같은 신세였다. 의붓아버지에게는 당시 열여섯 살 가량 되는 아들과 강경애보다 한 살 위인 딸이 있었는데 강경애는 이들과 곧잘 싸웠다.

32　"평양 숭의여학교의 모체는 1897년 평양 신양리 26번지 이길함(Graham Lee) 목사의 집에 세워진 예수교 소학교이다. 이로부터 6년 후, 6년 과정의 소학교 졸업생들을 중심으로 중등교육을 실시하기 위해 1903년 10월 평양의 제중원 자리에 미국 북장로교 선교회 경영으로 숭의여학교가 창립되었다. 숭의여학교는 새로 입학한 학생들을 원칙적으로 기숙사에 입사시켰으며 사감의 지도하에 엄격한 사칙에 복종하도록 하였다. 또 일단 입사한 학생은 전혀 자유행동이 허락되지 않았기 때문에 '숭의여학교는 평양 제2감옥'이라는 별명이 있을 정도였다. 강경애가 참여한 1923년의 숭의여학교 동맹휴학사건이란 다음과 같다. 1923년 추석날 이동옥이라는 학생이 세상을 떠난 친구 한숙원이라는 학생의 묘에 성묘를 가자는 권유를 하여 기숙사생 몇 사람이 나진경(羅眞敬)이라는 사감 선생에게 외출 허가를 요청하였으나 거절당했다. 이에 분격한 학생들이 선우리 교장에게 허가해 줄 것을 간청했으나 교장은 성묘라는 것은 기독교 교리에 어긋나는 불신자의 관습이라고 단정하고 학생들의 요구를 들어주지 않았다. 학생들은 평소부터 사감 선생이 교육이 아니라 감옥에서 죄수를 다루듯 한다 하여 불평이 많았던 터이고 더구나 교장마저 학생들의 사생활을 이해 못하고 지나치게 간섭한다는 데서 학교 창립 기념일을 앞둔 10월 15일 일제히 동맹휴학에 돌입하였다. 당시 학생들은 첫째, 기숙사 규칙을 개정하여 줄 것과 둘째, 사감 나진경

1924년 봄에는 그 전해부터 알고 지내던 양주동을 따라 서울에 와 동거하며 동덕여학교 3학년에 편입하여 1년간 공부한다. 1924년 9월, 양주동과 헤어진 강경애는 다니던 동덕여학교를 중퇴하고 다시 장연으로 돌아온다.[33] 장연에서 강경애는 언니가 경영하는 서선여관에 머무르며 문학공부를 했으나 서울에서 양주동과의 동거로 하여 친지의 꾸중과 이웃의 냉대를 받게 된다. 이에 견디지 못한 강경애는 1926년 초 북만 하이린[海林]·닝안[寧安] 일대로 가게 된다.[34]

북만으로 가기 전의 행적에서 우리는 몇 가지 사실에 주목할 필요가 있다. 하나는 강경애가 불행한 가족관계 속에서 가난한 삶을 살았다는 것이고 또 하나는 평양 숭의여학교의 동맹휴학사건에서 앞장선 것이다. 그리고 양주동과 자유연애를 하였으며 양주동을 따라 서울까지 올라온 것도 유념해 볼 바이다. 한마디로 이 시기 강경애는 봉건적 관습의 굴레를 벗어던졌으며 진취적이고 반항성이 강했다. 그러나 이때까지 강경애의 인식수준은 현실의 부조리에 대한 비판이나 자연발생적인 반항의 수준에 머

선생을 사퇴시킬 것을 요구했다. 이 동맹휴학 사건의 결말은 분명하지 않지만 "선우 교장의 설득에 움직여 학생 중에는 자신들의 행동이 경솔했음을 뉘우치고 등교하기 시작하자 소란하였던 이 사건도 일단락을 짓게 되었다"고 하는 학교 측의 기록과 문제가 된 나진경 사감이 그만두고 1924년에는 새로운 사감이 임명된 것으로 미루어, 주동자의 처벌과 사감의 사퇴라는 선에서 마무리된 것이 아닌가 싶다." 이상경, 「강경애의 시대와 문학」, 『강경애 전집』, 소명출판, 2002, 823~824면.

33 1923년 3월 양주동은 와세다대학 예과를 마치고 고향인 장연으로 돌아와 조혼에 의했던 결혼을 파기하였다. 이 때문에 고향에서 양주동은 '부도덕자'로 불렸으며 유학생회에서도 탈퇴하게 되었다. 유학생회에서 탈퇴하는 날, 양주동은 고별연설을 겸하여 문학강연을 하게 되는데 여기서 강경애를 만나게 된다. 이후 두 사람은 사랑에 빠졌고 강경애는 양주동으로부터 많은 문학관련 지식을 배운다. 두 사람의 결별에 대해 양주동은 "뜻 아닌, 한 불행한 일" 때문이라고 하며 그 구체적인 원인은 밝히지 않았지만, 두 사람 사이의 사상적 경향의 차이가 결별의 주요한 원인으로 추정된다.

34 강경애의 친구 동생 고일신의 회고에 의하면 강경애가 장연에서 구박을 받은 것은 "바람 잡아 나간 처녀가 소박맞고 돌아와 있는 것을 당시의 평범한 이웃들의 도덕관념으로 수용할 수 없었"기 때문이었다. 이상경, 「강경애의 시대와 문학」, 『강경애 전집』, 소명출판, 2002, 845면.

물렀지 하나의 사상으로서의 사회주의적 이념으로까지 발전한 것은 아니었다. 북만 이주 전에 쓴 세 편의 습작 시를 통해 보더라도 이 시기 강경애는 아직도 문학소녀다운 감상적인 정서에 젖어있었다.

북만 하이린·닝안 일대로 간 강경애는 이곳에서 유치원 교사를 하였으며 김봉환(金奉煥)이란 사람을 만나 함께 생활한다. 강경애가 거주한 하이린·닝안 일대의 당시 상황과 함께 생활한 김봉환이란 사람에 대한 이해는 이 시기 강경애의 사상 경향을 추적하는 데 많은 도움이 된다.

우선 '닝안'에 대해 알아보자. 닝안은 조선인의 항일투쟁사와 밀접한 연관을 맺고 있는 곳이다. 1920년대, 닝안에는 두 개의 조선인 항일조직이 있었으니 그것은 각기 '신민부(新民府)'와 '조선공산당 만주총국(朝鮮共産黨滿洲總局)'이다.

'신민부'란 1925년 3월 10일에 북만주의 닝안현에서 조직된 민족운동단체이다. 대한독립군단(大韓獨立軍團)과 대한독립군정서(大韓獨立軍政署)를 주축으로 하여 구성되었는데 그중에서도 김좌진 계열인 대한독립군단의 북로군정서가 중심이었다. 독립운동 방법론으로는 무장투쟁 우선론이 지배적이었다. 1920년대 후반에는 정의부·참의부와 어깨를 나란히 할 정도로 규모가 큰 독립운동단체로 성장하여 5년간 지속되었다. 그 세력은 닝안을 중심으로 북만주의 중둥선(中東線) 일대와 북간도 북부까지 미쳤다. 신민부 안에는 군정파와 민정파 2파가 있었으며 서로 갈등이 심했다. 이들 2파는 1928년 12월과 1929년 3월에 각각 해체되었고, 그에 따라 신민부도 결국 해체되었다. 군정파는 1929년 7월에 조직된 한족총연합회의 기반이 되어 한국독립군·한국독립당으로 발전했고, 민정파는 국민부에 참여하여 조선혁명당·조선혁명군으로 발전했다.

만주지역에 본격적으로 공산주의 세력이 형성된 것은 1926년 5월 북만주 닝안현에 '조선공산당 만주총국'이 설치되면서부터였다. 조선공산당 만주총국의 책임비서는 조봉암(曺奉岩), 조직부장은 최원택(崔元澤), 선전부장은 윤자영(尹子瑛)이었다. 이 중 조봉암과 최원택은 화요파였으며, 윤자영은 상하이파였다. 즉 조선공산당 만주총국은 화요파와 상하이파의 연합에 의하여 이루어진 것으로 볼 수 있다. 조선공산당 만주총국은 1927년 10월, 일제에 의한 공산주의자 검거사건으로 부득이 개편하게 되어 각 파는 자파 공산당 만주총국을 조직하게 된다. 그 가운데 가장 강력한 세력은 화요파의 만주총국이었다. 이 만주총국은 1927년 11월 김찬(金燦)을 실질적 지도자로 하여 북만주 닝안현에 조직을 재건하고, 북만주지역을 중심으로 활동하였다. 그리고 이 조직은 다시 1929년 6월 이후 김성득(金聖得)을 책임비서로 하여 개편되며 1930년 3월 조선공산당 만주총국의 해체선언에 따라 종막을 고하였다.[35]

하이린은 닝안의 바로 옆 도시로서 이곳도 조선인의 항일무장투쟁과 밀접한 관련이 있다. 1920년대 말, 김좌진 장군을 상징으로 하는 북만주에서의 민족진영의 활동무대는 하이린을 근거지로 하고 있었다. 하이린에서 남쪽으로 60리 거리에는 닝안이 있고, 여기에서 또 70리 거리에는 발해국의 수도였던 둥징성[東京城]이 있는데, 둥징성과 닝안에서 무단강(牧丹江)을 사이에 두고 10리쯤에 있는 황즈툰[黃之屯]은 '고려공산당'의 만주 근거지였다. 하이린은 중둥선 철도 종점이며 소련과 만주의 국경 즌거장인 보그라니츠나야와 하얼빈과의 중간이 되어 교통상으로 보면 요충지였다. 또 독립운동상으로 보면 부근에 교포의 부락이 여기저기 산재해 있어서 북만주 독립운동의 중심지가 되었다.[36]

보다시피 강경애가 생활한 하이린 · 닝안 일대는 조선인의 항일무장투쟁과 밀접히 관련된 지역일 뿐만 아니라 만주 사회주의 운동의 중심지이

---

35 서대숙, 『한국 공산주의 운동사 연구』, 이론과실천, 1989; 박환, 『대륙으로 간 혁명가들』, 국학자료원, 1987 참고.
36 이강훈, 『이강훈 역사증언록』, 인돌연구소, 1994, 93~94면.

기도 하다. 이곳에서 생활하였기에 강경애는 만주항일무장투쟁을 직접 목격했으며 동시에 사회주의자들과 가까이할 기회도 가졌다. 더욱 중요한 것은 강경애와 함께 생활한 김봉환도 사회주의자라는 것이다.

경남 밀양 출신인 김봉환(金奉煥, 일명 金一星)은 일찍이 동래(東萊) 범어사(梵漁寺) 승려가 되어 3·1운동 당시 범어사 학림의거에 앞장섰다가 1년 6개월 형을 받았으며 같이 승려 생활을 하던 김성숙(金星淑)과 함께 베이징으로 갔다. 베이징에서 마르크스주의자들과 접촉하여 공산주의 사상에 공명하였다. 김성숙은 그 뒤 남쪽으로 가고 김봉환은 북만으로 향하여 혁명투사들의 내왕이 빈번한 하이린에 정착했다.[37] 김봉환이 고려공산당 만주총국의 주요 간부라는 설도 있다.[38]

강경애는 북만에서 처음으로 사회주의자들의 활동을 가까이에서 지켜볼 수 있는 기회를 가졌으며 또 사회주의적 경향을 갖고 있는 남자를 만나 함께 생활함으로써 자신도 사회주의적 이념을 본격적으로 수용하게 되었다.

북만에서 2년여의 시간을 보낸 강경애는 1928년 겨울 황해도 장연으로 돌아온다. 강경애가 장연으로 돌아온 것은 이때 함께 생활하던 김봉환이 하얼빈 일본영사관 경찰서에 체포되었으며 강경애도 경찰서에 불려 가는 등 북만에서의 생활이 불안하였기 때문이다.[39]

북만에서 처음으로 사회주의 사상을 수용한 강경애는 장연에서 사회주의적 경향이 강한 여성단체 '근우회(槿友會)'에 가입한다.

1920년대에 들어와 사회주의 사상이 세계적으로 보급됨에 따라 한국에

---

37 이강훈, 『청사에 빛난 순국선열들』, 역사편찬회 출판부, 1990, 509면 참고.
38 박환, 『만주지역 항일독립운동 답사기』, 국학자료원, 2001, 139면.
39 강경애가 북만에 간 적이 있으며 하얼빈 영사관 경찰서에 다녀온 적이 있다는 것만으로는 김좌진 암살사건과 직접 연관된다고 보기 어렵다. 김좌진 암살사건 자체가 아직 하나의 수수께끼로 남아있는 상황에서 이와 연관시켜 강경애를 부정하는 것은 섣부른 결론이다. 가령 특정한 조건하에서 강경애가 김좌진 암살사건에 일정 정도 관련된다고 하더라도 이것이 강경애의 문학작품에 대한 부정으로 이어져서는 안 된다. 강경애의 문학은 한국 근대문학작품 중에서 시종 일제에 대한 저항의 최전선에 서 있었다.

서도 사회주의 운동이 활발히 전개되었으며 각종 사회주의 단체가 잇따라 설립되었다. 여성운동계도 그 영향을 받아 1924년 사회주의적 색채를 띤 조선여성동우회(朝鮮女性同友會)가 창립되었다. 그러나 이후 사회주의 단체간의 파벌 투쟁이 벌어졌고, 이에 영향을 받은 사회주의 여성단체도 여러 파로 분열되었다. 1926년 초, 이렇게 분열된 민족운동을 하나로 통합하기 위하여 사회주의와 민족주의의 협동단체 형성이 논의되었다. 협동전선론의 결과 정우회(正友會) 선언이나 신간회(新幹會) 결성과 같은 민족운동의 통합현상이 나타났다. 이런 영향을 받아 여성운동계에도 협동전선론이 대두되었으며 1927년 5월 '근우회(槿友會)'가 설립되었다. 근우회는 결성 초기에는 좌우 세력이 반반이었으나 1928년경부터 사회주의자가 주도하게 되었다. 근우회는 여성차별의 역사적 원인이 사유재산 제도에 있다고 보았으며 자본주의 경제적 모순을 해결해야만 비로소 여성문제를 해결할 수 있다고 주장했다. 그리고 계급을 정치적 실천의 토대로 규정함으로써 프롤레타리아야말로 낡은 질서를 폐지하고 새로운 사회를 건설하는 과업을 수행할 사회적 비중과 힘을 가진 유일한 계급이라고 했다. 이와 같은 근우회의 입장과 노선은 당시 사회주의운동과 궤를 같이 하는 것이다. 근우회도 신간회와 마찬가지로 코민테른과 조선공산당과의 연계 속에서 활동이 전개되었다. 근우회는 해소론이 대두되는 1931년 초까지 70여 개 지회가 국내외에 조직되었다.[40]

강경애의 근우회 활동은 『동아일보』의 근우회 관련 보도 한 편과 그의 첫 평론 「염상섭 씨의 논설 「명일의 길」을 읽고」(『조선일보』, 1929.10.3~7)를 통하여 확인 가능하다.

근우회장연지회에서는 예딍과 가티 지난 십 일 오전 아홉 시경에 회원 이십

40　菅原百合, 「1920년대의 여성운동과 근우회」, 연세대 석사논문, 2003 참고.

여 명과 기타 가뎡부인 수십 명이 본읍 향교 대성전 뒤ㅅ동산에 회집하야 성대히 야유회(野遊會)를 개최하고 순서에 의하야 동회서무부장 강경애(姜敬愛) 씨의 의미심장한 개회사가 잇슨 후 록음이 욱어진 그늘 속에서 자미잇는XXXX을 하고 동 오후 다섯 시경에 폐회하얏다더라.[41]

　서무부장으로서 야유회에서 '의미 심장'한 개회사를 했다는 것은 강경애가 근우회 장연 지회에서 주도적인 역할을 했음을 보여준다. 동시에 장연으로 돌아온 후에 쓴 첫 발표작인 「염상섭 씨의 논설 「명일의 길」을 읽고」란 평론에서 강경애는 자신을 '장연 근우회 지회 내 강경애'라 밝히고 있다.

　근우회 장연 지회에서 활동하던 이 시기, 강경애는 장연 군청에 고원으로 부임해온 장하일(張河一)과 결혼한다. 황해도 황주에서 태어난 장하일은 황주공립고보와 수원고등농림학교를 다녔다. 해방 전, 간도 룽징의 둥싱중학교에서 장기간 교사로 근무한 장하일은 해방 이후 북한에서 황해도 인민위원회 위원장을 지냈으며, 1946년 8월 28일부터 열린 북조선노동당 창립 대회에 황해도 대표로 출석하여 발언했다. 1949년에는 노동신문사의 부주필로 있으면서 강경애의 『인간문제』를 노동신문사에서 단행본으로 출판한다. 이것이 오늘날 알 수 있는 장하일에 관한 대부분의 정보이다. 장하일이 해방 후 북한에서 고위관료를 지낸 것으로 보아 해방 전에도 사회주의와 깊이 관련되는 사람으로서 사회주의적 활동을 활발히 전개했을 것으로 추정해볼 수 있다.

　이 시기, 강경애는 또 자신의 문학활동에 큰 영향을 줄 김경재(金璟載, 1899~?)를 알게 된다. 김경재는 1899년 황해도 황주의 중산층 가정에서 태어났으며 장하일과 마찬가지로 황주공립고보와 수원고등농림학교를 다녔다. 화요파(火曜派)의 대표적인 이론가인 김경재는 제2차 조선공산당

41　「長淵槿友支會野遊」, 『동아일보』, 1929.6.17.

사건으로 옥고(1926~1929)를 치르기도 하였다. 『독립신문(獨立新聞)』, 『신한공론(新韓公論)』의 주필을 지냈으며 '사회평론가'로 불리며 사회운동에 관한 대량의 글을 써 『삼천리』, 『혜성』, 『별건곤』, 『신여성』 등 잡지에 발표했다. 『혜성』에는 특히 많은 글을 썼다.[42]

> 작년 여름에 나(김경재(金璟載) ― 필자)의 책상에 한 장의 봉투가 놓였으니 그 내용에는 『어머니와 딸』이라는 소설 원고를 보내는바, 그를 보고 평을 해달라고 했다. 소설가가 아닌 나에게는 도저히 이행할 수 없는 부탁이었다. 그러나 나는 그 미지의 여성의 역작이요 처녀작인 그것을 발표해 주고 싶었다. 그래서 엇던 친구(문예가)에게 부탁하여 그의 평을 구하였고 또 발표해 주도록 부탁했다. 그리하여 『어머니와 딸』이라는 그 장편소설은 그 친구의 손으로 혜성(慧性)에 발표되었다. 그 후도 그 미지의 여성에게 여러 차례의 원고가 왔고 또 내가 자진하여 원고를 청하기도 여러 차례이었다. 그리하여 그와 나는 편지로 아주 숙면(熟面)이 되고 말았다. 그가 지금 내가 여기 말하는 강경애 씨이다.[43]

사실 김경재는 강경애의 남편 장하일의 동향 친구이다. 강경애는 남편을 통하여 김경재를 알게 되었으며 그에게 실질적인 등단작이 되는 『어머니와 딸』의 발표를 부탁드렸다. 강경애의 부탁을 받은 김경재는 '문예가 친구'를 통하여 『어머니와 딸』의 발표를 주선해 주었다. 강경애는 사회주의자 김경재를 통하여 문단에 등단한 셈이다. 그리고 등단 후에도 늘 자신의 작품을 김경재에게 보내 지도를 받았다.

여기서 강경애의 문학에 직접적인 영향을 미친 사람들을 한번 정리해 보자.

여덟 살 무렵, 의붓아버지가 보던 『춘향전』에서 한글을 깨친 강경애는

---

42 「錚錚한 當代 論客의 風貌」, 『삼천리』, 1932.8 참고.
43 김경재, 「최근의 북만정세 ― 동란의 간도에서」, 『삼천리』, 1932.7.

『삼국지』, 『옥루몽』 등 마을에 있는 구소설은 모두 독파하였다. 그 소문이 퍼져 동네의 할아버지 할머니들이 '도토리 소설장이'란 별명을 지어주고 다투어 데려다 소설을 읽히기도 하였다. 이처럼 어릴 적부터 문학에 대해 흥취를 갖고 있던 강경애는 18살 나던 1923년, 양주동을 만나면서 처음으로 문학을 체계적으로 배우게 되며 「책 한 권」(1924.5)이란 시를 양주동이 주관하는 『금성』에 활자화시킨다. 이 시기 강경애는 「책 한 권」을 포함하여 「가을」(『조선문단』, 1925.11), 「다림불」(『조선일보』, 1926.8.18) 등 세 편의 시를 발표하나 모두 습작수준에 머물러 있다.

두 번째로 강경애의 문학에 영향을 준 사람은 북만에서 함께 생활한 김봉환이다. 김봉환은 북만으로 가기 전, 베이징에서 1925년 1월부터 김성숙(金成淑), 윤종묵(尹宗默), 이민창(李民昌) 등과 함께 매월 1회 『혁명』이란 사회주의적 경향의 잡지를 꾸린 적이 있는 사람이다. 베이징에 있을 때부터 사회주의에 경도된 김봉환은 북만이주 이후에는 강경애와 함께 신민부의 기관지 『신민보』에 '적색 경향의 글을 발표했다.[44] 당시 강경애가 아직 습작기에 있었으며 또 북만이주를 전후하여 창작경향이 확연히 달라진 점을 감안하면 강경애는 북만에서 김봉환의 영향을 받아 사회주의적 경향의 문학관을 수립한 것으로 추정해볼 수 있다. 북만에서 귀향한 직후에 쓴 평론들에서 양주동과 염상섭의 절충주의를 비판하면서 계급적 시각을 드러낸 것은 자신의 첫 문학적 스승이었던 양주동의 문학관에 대한 부정이기도 하다.

강경애가 당시 사회평론가로 활약을 펼치던 김경재의 도움을 받아 문단에 데뷔하였으며 그 이후에도 원고를 김경재에게 자주 보내 지도를 받았음을 이미 지적한 바이다. 이외 강경애 문학은 그의 남편 장하일로부터도 적지 않은 영향을 받았다. 알다시피 장하일은 해방이후 북한에서 노동

44　안화춘, 『중국 조선족사연구』 2, 서울대 출판부, 1996, 340면.

신문사 부주필을 지냈으며 노동당 기관지인 『근로자』에도 가끔 글을 썼다. 북한에서의 이런 행적으로보아 해방 전에도 문학작품은 아닐지라도 사회평론과 같은 글은 썼을 것으로 보인다. 특히 장하일은 매번 강경애가 새로운 작품을 쓰면 첫 독자가 되어 평을 해주었다.

> 나는 언제나 글을 쓰게 되면 맨 먼저 남편에게 보입니다. 그는 한참이나 말없이 묵묵히 읽어본 후에 나에게로 돌리며 다시 한 번 크게 읽어보기를 청합니다.
>
> 나는 웬일인지 그 순간만은 가슴이 떨떨해지며 남편이 몹시도 어려워집니다. 그래서 울울한 가슴으로 읽어 내려가다가는 남편이 어느 구에 불만을 품게 되었는지를 곧 발견하고 즉석에서 다시 펜을 잡아 고치는 것입니다. (…중략…)
>
> 그러나 남편이 없어 혼자 쓰게 될 때에는 이 위에 더 갑갑하고 안타까운 때는 없습니다. 그래서 두세 번 읽어보거나 그렇지 않으면 쓴 채로 내버려두거나 하게 됩니다.[45]

―「원고 첫낭독」

강경애의 문학에 영향 준 네 사람 중에서, 첫 스승인 절충주의자 양주동을 제외하면 나머지 세 사람은 모두 사회주의자이다. 이들은 비록 소설이나 시와 같은 문학작품을 쓰지는 않았지만 모두 문단이나 잡지와 일정한 관련이 있다. 이들은 자신의 사상이나 주견을 직접적으로 토로하는 평론형의 글을 썼다. 이들에게 '문(文)'은 이념의 선전도구였다고 볼 수 있다. 이들로부터 문학적 지도를 받았으며 또 중앙 문단과는 멀리 떨어진 간도 룽징에서 만주항일무장투쟁을 직접 옆에서 지켜보면서 창작하였기에 강경애의 문학은 동시대의 그 어느 작가보다도 현장감이 있었고 사실적이었다. 그리고 오랫동안 미래에 대한 낙관적 전망을 유지할 수 있은 것도

45　이상경 편, 『강경애 전집』, 소명출판, 1999, 736~737면, 이하는 페이지 수만 표시.

이와 무관하지 않다.[46]

2) 룽징생활과 재만 조선인 문단

결혼하여 얼마 후, 강경애·장하일 부부는 장연을 떠나게 된다. 이들이 장연을 떠난 원인은 장하일의 조혼한 아내가 나타남으로써 주변의 시선 때문에 더는 장연에서 살기 힘들어졌기 때문이었다.[47] 장연을 떠난 강경애 부부는 한동안 인천에서 품팔이를 하였다. 이때의 경험은 『인간문제』 창작의 밑거름이 되었다. 그러던 1931년 6월, 강경애·장하일 부부는 다시 간도 룽징으로 이주한다.

간도 룽징에서 장하일은 둥싱중학교[東興中學校] 교사로 근무하였으며 강경애는 평범한 가정주부로 살며 창작에 전념하였다. 둥싱중학교는 1921년 10월 천도교인 최익룡(崔翊龍)에 의해 세워졌다. 둥싱중학교는 창립 초기부터 진보적사생(師生)들의 공산주의사상전파와 드높은 반일투쟁으로 명성이 높았다. 학교에는 공산주의를 학습·선전하는 다양한 조직이 있었을 뿐만 아니라 1926년에는 조선공산당 동만구역위원회 지부가 설립되었으며 1928년에는 고려공산청년회 동만도 세포조직이 설립되었

---

46 프로문학적 경향, 혹은 사회주의적 경향을 뚜렷하게 보인 여성작가들은 사회주의적 경향을 갖고 있는 오빠, 애인, 남편 혹은 아버지로부터 영향을 받은 경우가 많았다. 박화성은 사회주의 활동을 했던 오빠 박제민, 남편 김국진의 영향을, 백신애는 조선공산당 활동을 했던 오빠 백기호의 영향을, 임순득은 이재유그룹에 소속된 사회주의자였던 오빠 임택재와 동덕여고보 교사 이관술의 영향을, 지하련은 남편 임화의 영향을, 최정희는 전 남편 김유영('신건걸(KAPF 연극단체)' 회원)과 임원근(허정숙의 남편) 등 사회주의 지식인들의 영향을 받았다고 알려져 있다. 김원숙, 「사회주의 사상의 수용과 여성작가의 정체성」, 『어문연구』 4호, 한국어문교육연구회, 2005, 338~339면 참고.

47 고일신 선생의 회고에 의하면 조혼한 아내와의 문제로 장하일은 월급도 제대로 받지 못하는 처지가 되고 사회적 체면도 있어 장연을 떠나게 되었다고 한다. 이상경 편, 『강경애 전집』, 소명출판, 1999, 856면.

다.[48] 1930년 10월에는 최호림(崔虎林)을 서기로 하는 지하중국공산당(地下中國共産黨) 지부가 세워졌다. 1946년 9월, 룽징에 있는 6개의 중학교가 합쳐 지린성립룽징중학교(吉林省立龍井中學校)가 설립되면서 둥싱중학교는 발전적으로 해체되었다.

김경재의 「최근의 북만정세―동란의 간도에서」는 이 시기 둥싱중학교와 강경애·장하일 부부의 간도생활을 이해하는 데 좋은 자료를 제공해준다.

조선일보 지국의 장하일(張河一) 군을 찾았다. 장군은 나와 동향의 친구요. 어려서 학교에도 같이 다녔고 더욱이 3, 4세의 유아 때에 나의 집과 그의 집은 매근촌이란 아주 유벽한 산곡으로 피난 갔던 일이 있다. (…중략…) 그는 동흥중학교의 교편을 잡고 있었으며 조선일보 지국을 경영한다.

"야! 이놈, 이게 웬일이냐, 꿈이냐 생시냐" 하고 빼빼 마른 손을 내어 밀면서 부엌문으로 들어오는 친구가 있으니 그는 이병립(李炳立) 군이다. 연전(年前)에 나와 동일한 사건으로 서대문 형무소에 4년간이나 고역을 같이 하였고 한날에 출옥하여 나는 나의 고향으로 가고 그는 북간도로 올 때에, "세월이 좋거든 다시 만나자." (…중략…) 10년 안에는 만나기 어렵다고 하던 그가 아니냐. 작년에 장하일 군이 북간도로 가고자 나를 찾아와서 의논할 때에, "용정에 가서 이병립을 찾아보고 동흥중학교 교원으로 있게 해달라고 부탁하게, 서울서 김경재를 만나보았다고 하고, 나의 소개토 왔다고 하게."

그 후 이군에게서 엽서 한 장이 있었고는 오늘의 이 밤이 처음이다. (…중

48　1926년 8월에 조선공산당중앙에서 파견한 조봉암(曺鳳岩) 등이 룽징에 조선공산당 동만구역위원회(朝鮮共産黨東滿區域委員會)를 만들었는데, 그 산하에 9개 구를 두었고 구 아래에는 또 16개 지부를 건립하였다. 동흥중학교와 대성중학교에 4개 지부가 있었다. 1926년 10월에 고려공산청년회(高麗共産靑年會) 동만도조직(東滿道組織)이 창설되었다. 1928년 9월, 당시의 동만도조직은 군간부(郡干部) 6개소를 설치하였는데 그 산하에 59개 세포(細胞)가 있고 회원수는 230명이였다. 룽정촌 군간부에는 모두 19개 세포가 있었는데 동흥중학교 내부에 두 개 세포가 있었다. 리종흥, 「파란곡절을 겪어 온 길―동흥중학교」, 『룽정문사자료』 1, 정협룽정현문사자료연구위원회, 1986, 62면.

략…) 하리환(河利煥), 박재하(朴載厦) 군도 만났다. 그들은 간도 제1차 당의 관
계자로 멀리 간도에서 잡혀서 서대문 형무소에서 고역을 치르고 현재 하군은
동흥중학에서, 박군은 대성중학에서 교편을 잡고 있으며, 이병립 군은 동흥중
학의 교편을 잡는 한편으로 중앙일보 지국장을 하고 있다. 이미 8, 9년 전의 일
이나 내가 시베리아에 가는 길에 목릉현에 들였든바 그때에 그곳에서 원동학
교를 설립하고저 애쓰는 두 명의 동지가 있었으니 그 하나는 정일광(鄭一光)이
요 다른 하나는 김홍일(金弘日)이였다. 그후 김홍일군은 남방으로 가서 장개석
의 부하가 되었고 정일광군은 북간도에 와서 활약하다가 간도 제1차당에 관련
하여 서대문형무소에서 오랫동안 징역생활을 하고 지금은 동흥중학교에서 교
무주임으로 있다.[49]

　　위의 인용문을 통하여 장하일은 김경재의 소개로 이병립을 찾아갔으
며 이병립이 장하일을 둥싱중학교에 교사로 소개하였음을 알 수 있다. 동
시에 김경재가 룽징에 간 당시에 둥싱중학교에는 이병립, 하리환, 정일광
등 사람들이 장하일과 함께 교사로 있었음도 알 수 있다. 장하일의 친구
김경재와 동료 이병립, 하리환, 정일광은 모두 사회주의자라는 것도 추정
가능하다. 김경재가 "1926년 제2차 조선공상당 사건으로 검거되어 1929년
8월 출옥"[50] 하였으며 이병립이 김경재와 같은 사건으로 "서대문형무소에
4년간 고역을 같이 하였"다는 것을 보면 이병립도 제2차 조선공산당 사건
으로 검거되었음이 분명하다. 하리환, 정일광은 제1차 간도공산당사건[51]

49　김경재, 「최근의 북만정세 – 동란의 간도에서」, 『삼천리』, 1932.7.
50　강만길 외편, 『한국사회주의운동 인명사전』, 창작과비평사, 1996, 42면.
51　'간도공산당사건(間島共産黨事件)'이란 1927년 10월부터 1930년 6월까지 네 차례에 걸친
　　일제의 만주지역 조선인공산주의운동 탄압사건을 가리킨다. 제1차 사건은 1927년 10월
　　에 조선공산당 만주총국이 당시 서울에서 진행 중이던 조선공산당 공판에 대한 공개를 요
　　구하는 시위운동을 계획했다가 검거된 사건을 가리킨다. 제2차 사건은 제1차 사건 때 도
　　피했던 고려공산청년회 만주총국 동만도 간부들이 1928년 9월 2일 국제청년일을 기해 산
　　하의 유력한 합법단체인 동만조선청년총동맹(東滿朝鮮靑年總同盟)을 앞세워 기념집회

으로 서대문형무소에서 징역을 살았다고 한다. '조선공산당사건'이나 '간도공산당사건'으로 잡혀가 옥살이를 했다는 것은 이들이 사회주의자임을 반증한다. 이는 또 장하일이 사회주의와 연관된 사람이라는 점을 더욱 명확히 해준다. 강경애도 이들과 함께 생활함으로서 사회주의 이념을 더욱 확고히 하였다. 강경애의 소설이 시종 사회주의자들의 활동과 그들의 변모에 주의를 돌린 것은 당연한 것이었다.

사회주의자들로부터 문학적 지도를 받았고 또 간도에서 사회주의자들과 함께 어울려 생활하였다는 전기적 사실은 일부 수필이 쓰이게 된 배경을 추적하는 데도 많은 도움이 된다.

현하 세계정세를 한 번 보면 XX주의 국가는 그의 최후 과정인 XXXX의 길을 밟게 되었으며 생산 조직의 질곡은 백도의 팽창을 보게 되었으니 XX의 XX진출과 동양 몬로주의, 미국과 영국의 경제 블록…… 등 세계 열강은 종내 관세의 대장벽으로 내부의 모순을 일시나마 미봉하려고 한다.

필경 열강간의 세계 제2대전이 일지 않을 수 없을 것이 명약관화이다. 보라. 국제연맹의 위신은 무여지하게 떨어지고 방금 열강은 군비 대확장에 몰두하고 있으니 그 결과는 장차 무엇을 일으키려느냐? 인류의 사멸 그것뿐이다. 그러므로 1933년을 맞는 이때는 과연 폭풍우의 전날 밤으로 안 볼 수 가 없다. 그러면 이때를 당한 XXXX은 그 선동에 휩싸여 그만…… 되고 말아야 할 것이냐. 아니다. 우리들은 이……전쟁을 방지하여 인류 사멸의 몰락에서 구원하기 위하여, 역사적 필연적 진행에 대하여 변증법적 자기 운동에 의식적 적극 행동을 취할 것이다. 이것이야말로 실로 XXXX과 XXX을 해방하는 동시에 세계인류를 도탄

를 개최하려다 탄압당한 사건이다. 제3차 사건은 광주학생운동의 전국적 확산 속에서 화요파의 조선공산당 만주총국이 3·1운동 11주년을 기념하는 대규모 시위를 감행했다가 검거된 사건이다. 제4차 사건은 1930년 5월 30일에 동만주 일대에서 일어난 세칭 '간도 5·30폭동'을 가리킨다. 김창순·김준엽, 『한국공산주의운동사』 4권, 청계연구소, 385~405면 참고.

에서 구원하는 것이 될 것이니, 무엇보다도 이것이 우리들의 앞에 놓인 당연의 위대한 사업이다.

— 「커다란 문제 하나」, 728~729면

인간은 1937년을 목표로 일대 살육과 파괴를 하려고 준비를 한다고 한다. 타협, 평화, 자유, 인도 등의 고개는 벌써 옛날에 넘어버리고 지금은 제각기 갈 길을 밟지 않을 수 없게 되었다.

군축(軍縮)은 군확(軍擴)으로, 국제 협조는 국제 알력으로, 데모크라시는 파쇼로, 평화는 전쟁으로……. 인간은 정반합의 변증법적 궤도를 여실히 밟고 있다.

— 「이역의 달밤」, 744면

제2차 세계대전의 발발을 강력히 예고하고 있다. 그리고 세계대전으로 치닫고 있는 목전의 세계정세를 사회주의자들의 시각에서 분석한다. 당시 사회주의자들의 기본주장을 그대로 옮겨 적은 것이라고도 할 수 있는 상기 수필은 평범한 가정주부가 쓴 것으로는 믿겨지지 않는다. 이런 수필은 동시에 강경애가 간도에서 사회주의자들과 밀접한 교류가 있었으며 사회주의자들의 주장과 견해를 수시로 받아들였음을 반증한다.

지금까지의 강경애 연구에 의하며 강경애는 시종 경제적인 어려움을 겪었으며 이는 또 강경애로 하여금 가난한 사람들의 삶에 주목하게 하였다고 한다. 자전적 소설 「원고료 이백 원」은 강경애가 시종 어려운 생활을 했다는 주요한 근거의 하나가 된다. 「원고료 이백 원」에서 강경애는 상당한 편폭을 할애하여 자신의 어려웠던 지난날들을 돌이켜 본다.

어려서부터 명일빔 한 벌 색들여 못 입어 봤으며 먹는 것이란 언제나 조밥이었구나. 그리고 학교에 다니면서도 맘대로 학용품을 어디 써보았겠니. 학기 초마다 책을 못 사서 울고 울다가는 겨우 남의 책을 얻어 가졌으며 종이와 붓이 없어

나의 조고만 가슴은 그 몇 번이나 달막거리었는지 모른다. (…중략…) 형부한테
서 학비로 오는 돈은 겨우 식비와 월사금밖에는 못 물겠더구나. 어떤 때는 월사
금도 못 물어서 머리를 들고 선생님을 바루 보지 못한 적이 많았으며 (…중략…)
동무 하나가 이 눈치를 채었음인지 혹은 나를 놀리누라구 그랬는지는 모르나 대
부러진 낡은 양산 하나를 어데서 갖다 주더구나 (…중략…) 나는 얼른 양산을 쥐
고 펼쳐보니 하나도 성한 곳이 없더라. 그때 나는 무어라 말할 수 없는 울분과 슬
픔이 목이 막히도록 치받치더구나. 그러나 나는 양산을 버리지 못하였다.

—「원고료 이백 원」, 560~561면

　지금 신는 구두도 몇 해 전에 내가 중이염으로 서울 갔을 때 남편의 친구인 김
경호가 그의 아내가 신다가 벗어 논 구두를 자꾸만 신으라고 하두구나 (…중
략…) 그래서 나는 그 구두를 신게 되지 않았겠니.

—「원고료 이백 원」, 563면

　「원고료 이백 원」에 나타나는 지난 삶에 대한 이러한 묘사는 지금 모두
강경애의 전기적 사실로 여겨지며 여기에 "강 씨의 가정은 퍽 어렵고 절박
한 것이 그 형편인 듯하다"는 백철의 논의가 가해짐으로 하여 강경애는 시
종 가난하게 살았다는 것이 더욱 확실시되고 있다.

　첫째 강 씨의 가정은 퍽 어렵고 절박한 것이 그 형편인 듯하다. 들으면 강 씨
의 집에서 오백 보 거리나 되는 곳에 해란강이라는 냇물이 흐르는 데 강 씨는 몸
소 거기까지 물동이를 이어서 밥 짓는 물을 길어 나르고 또 거의 날마다 빨래를
가지고 수차씩 그 강까지 다닌다고 한다.……그러나 그 절박한 가정의 형편과
그리 건강치 못한 체질을 생각할 때에 강 씨의 문학에 대해선 어쩐지 일종의 불
안이 느껴진다. 그 위에 다시 강 씨는 후천적이었으나 귀가 어리여서 청각이 불
충분하다는 이야기를 듣고 있기 때문에 씨의 문학 생애가 더욱 동정되고 처참

해 뵌다. 씨에게 있어 문학은 너무 과중한 짐이 아닐까?[52]

"물동이를 이어서 밥 짓는 물을 길어 나르고 또 거의 날마다 빨래"한다고 하여 강경애의 생활이 "어렵고 절박"하다는 백철의 논의는 과장된 표현이다. 1930년대의 간도에서 "물동이를 이어서 밥 짓는 물을 길어 나르고 또 거의 날마다 빨래"하는 것은 가정주부라면 누구나가 하는 것으로서 이것을 통하여 강경애의 생활수준을 헤아리는 것은 정확한 방법이 아니다.

강경애는 자신의 유년기와 소년기의 가난했던 삶을 「원고료 이백 원」뿐만 아니라 「월사금」, 「산남」, 「나의 유년시절」, 「자서소전」 등 여러 소설이나 수필을 통하여 거듭 확인하고 있다. 그러나 간도 이주 이후의 생활에 대해서는 「원고료 이백 원」에서 언급한 외에 다른 기록을 찾아볼 수 없다. 「원고료 이백 원」에서도 비록 남편 친구 김경호의 아내가 신던 신발을 계속하여 신는다고는 하지만 백철의 글에서처럼 "퍽 어렵고 절박"한 것은 아닌 것으로 나온다.

> 당신의 맘을 내 전연히 모르는 배는 아니오. 단벌 치마에 단벌 저고리를 입고 있으니…… 그러나 벗지는 않았지. 입었지. 무슨 걱정이 있소. 그러나 응호 동무라든가 홍식의 부인을 보구려. 그래 우리 손에 돈이 있으면서 동지는 앓아 죽거나 굶어 죽거나 내버려 둬야 옳단 말이오.
>
> ―「원고료 이백 원」, 566면

남편의 이 말은 강경애의 가정은 기본 의식주는 문제가 없음을 보여준다. 간도에서 강경애의 생활이 구체적으로 어떤 수준이었는가는 강경애 가정의 수입을 통하여 알 수 있다. 강경애가 가정주부이고 남편 장하일이

---

52 백철, 「여류작가 강경애론」, 『여성』, 1938.5.

둥싱중학교 교사라는 것을 염두에 두면 장하일이 둥싱중학교로부터 받는 월급이 강경애 가정의 수입 전액(全額)이 된다. 「원고료 이백 원」이 1935년 2월에 발표되었다는 점을 고려할 때 1935년 당시 장하일의 월급을 알면 강경애의 생활수준을 가늠해볼 수 있다. 『룽징현지[龍井縣志]』에 의하면 1935년 당시 둥싱중학교 교원의 월급은 최저 30원으로부터 최고 50원 사이라고 한다.

> 1935년, 각 중학교 교사(敎師) 사이의 월급은 큰 편차를 보이고 있다. 외국인이 꾸린 학교는 지방에서 꾸린 학교보다 월급이 높다. 룽징은진중학교 교사의 최고 월급은 400원(위페), 최저 월급은 70원. 룽징광명중학교 교사의 최고 월급은 200원, 최저 월급은 50원. 룽징대성중학교와 동흥중학교 교사의 최고 월급은 50원 최저 월급은 30원. 룽징간도중앙소학교 교사의 최고 월급은 153원 최저 월급은 30원이다. 기타 사립학교의 최고 월급은 20원, 최저 월급은 5원이다.[53] (번역-필자)

고액의 월급을 받는 일부 학교 교사들에 비하면 적은 액수이지만 사립학교 교사의 월급에 비하면 많은 30~50원이라는 둥싱중학교 교사의 월급이 당시의 간도에서 구체적으로 얼마의 가치를 갖고 있었는지는 알 수 없으나 1934년에 발표된 「소금」의 봉염 어머니가 한 달에 12~13원을 받고 유모로 일하며 그 돈으로 집을 세 얻어 봉염이와 봉희를 따로 있게 한다는 데로부터도 짐작할 수 있는바, 30~50원은 결코 적지 않은 돈임은 분명하다. 장하일의 월급은 일반 노동자 월급의 세 배에 달한다. 자식이 없는 부부 두 사람의 가족이 일반 노동자 월급의 세 배에 달하는 수입이 있을 때 그들의 생활이 백철의 말처럼 "어렵고 절박"할 수 없을 것이다.

---

53 길림성 룽정현 지방지편찬위원회, 『룽정현지』, 동북조선민족교육출판사, 1989, 503면.

강경애의 소설을 꼼꼼히 살펴보면 자전적 소설의 주인공 '나'는 가난한 사람이 아니다. 「동정」의 '나'처럼 달마다 저금을 하며 살거나 「그 여자」의 마리아나 「원고료 이백 원」의 '나'처럼 모던걸의 취향을 갖고 있는 것이 자전적 소설 속의 주인공 '나'이다. 강경애의 소설에서 생계를 걱정해야할 정도로 가난한 사람은 「소금」이나 「지하촌」과 같은 3인칭소설의 주인공들이다. 자전적 소설의 주인공들이 모두 비교적 풍요로운 삶을 사는 것은 이 시기 일정한 경제적 여유를 가진 강경애의 생활형편과 무관하지 않다고 본다. 본격적인 작품 창작 시기에 이르러 강경애의 가난 체험은 '직접체험'이 아닌 '간접체험'이었다.

강경애는 결코 일생을 가난하게 살지는 않았다. 강경애는 유년기와 소년기는 가난한 삶을 살았지만 간도 이주 이후에는 상대적으로 여유로운 삶을 살았다. 이는 자유로우면서도 활발한 창작활동의 밑거름이 되었다.

강경애의 대부분 작품은 그가 룽징에 거주한 1931년부터 1939년 사이에 창작되었다. 그리고 이 작품들은 사회와 현실에 대한 비판적 시각을 띠었으며 이중에는 사회주의자들의 일상을 그린 것도 적지 않다. 이는 강경애가 간도에서 비교적 여유로운 삶을 살았기에 창작에 전념할 수 있었다는 경제적문제와 간도에서 사회주의자들과 어울려 생활했다는 사회적 문제와 밀접히 관련된다.

1930년대, 룽징에서 창작활동을 진행한 조선인 작가는 결코 강경애 한사람이 아니었다. 당시 룽징을 중심으로 하여 만주에는 차츰 조선인 문단이 형성되고 있었다. 이는 조선인의 만주 이주와 함께 놓고 볼 필요성이 있다.

조선인의 만주 이주는 크게 3단계로 구분된다. 19세기 중·후반에 이르러 2백여 년간 지속되어온 만주 일대에 대한 청조의 봉금정책이 완화, 폐지됨과 동시에 조선 북부지방을 강타한 홍수, 가뭄, 충해(蟲害) 등의 자연재해로 하여 조선인의 만주 이주가 시작되었다. 이 시기의 이주민은 모두 생계를 위하여 고국을 등진 사람들이었다. 19세기 중엽으로부터 20세기

초에 이르는 이 시기를 '국경을 넘어 잠입한 시기(1860~1904)'라고 한다. 1905년의 을사보호조약 체결로부터 1931년의 만주사변에 이르는 기간, 조선은 군대해산(1907), 한일병합(1910), 3·1운동(1919) 등 정치적 대격변을 겪었으며 일제의 토지조사사업 때문에 대량의 농민들이 토지를 수탈당했다. 이리하여 수많은 조선인들이 정치적, 경제적 원인으로 만주에 이주하였다. 이 시기를 '자유 이민 시기(1905~1931)'라 한다. 1932년 만주국 건국 이후, 일제는 만주를 대륙 침략의 전략기지로 구축하면서 계획적이고 조직적으로 조선인을 만주에 이주시켰다. 이때 이주한 대부분의 이주민은 만주 지역 개발을 위한 일제의 이민 정책에 속았거나 혹은 강제로 이주된 사람들이었다. 이 시기는 '강제 집단 이민 시기(1932~1945)'로 불린다. 이러한 이주 결과 1920년 재만 조선인은 46만 명으로 증가하였고 1930년에는 61만 명, 1940년에는 140만 명, 1945년 광복직전에는 216만 명에 이르렀다. 당시의 만주 인구가 3,500만 명이었으니 만주 거주인 16명당 1인이 조선인이었던 셈이며, 조선 인구가 2,500만 명이었으니 조선인 11명당 1인이 만주에 이주한 셈이었다.[54]

사람의 정의(情意)가 움직이고 행동이 있고 생활이 있는 곳에 문학이 없을 수 없다. 우리 만주개척민은 예나 이제나 호미나 바가지짝 밖에 가지고 온 것이 없으나 그 바가지에는 생활이 담겨있고 그 호미 끝은 거치른 정서를 돋구기에 넉넉하니 여기에서도 문학은 자라났다. 그리하여 우리는 지금 만주에서 십지(十指)로 꼽을 수 있는 신진 유망한 작가들을 가지고 있고 여기에 그 업적이 아무데 내놓아도 부끄럽지 않은 작품집을 자랑하게까지 되었다.[55]

---

54 임계순, 『우리에게 다가온 조선족은 누구인가』, 현암사, 2004 참고.

55 염상섭, 「재만 조선인작품집 『싹트는 대지』 서문」, 『20세기 중국 조선족 문학사료전집』 5집, 연변인민출판사, 2001, 469면.

염상섭이 재만 조선인작품집『싹트는 대지』의 서문에 쓴 바와 같이 '생활이 있는 곳에 문학이 없을 수 없다.' 조선인의 만주 이주와 더불어 재만 조선인 문학[56]도 생성되었다. 최서해를 대표로 하는 만주체험을 가진 조선작가들의 만주체험소설에서 발단한 재만 조선인 문학은 1930년대 초에 이르러 차츰 자신의 문단을 형성하였다.

1933년 11월 룽징에서 결성된 문학동인회 '북향회'와 '북향회'에서 꾸린 동인지『북향』의 발간은 재만 조선인 문단의 형성을 의미한다. '북향회'는 '간도는 한국 사람들의 제2의 고향'이며 여기에 '우리의 문학을 이룩해 보자는 뜻'에서 결성되었다.[57] '북향회'는 창립된 후 문학예술에 대한 학술모임, 토론회, 문학평론회, 문예강연회 등을 자주 조직하여 대중 속에 문학사업을 보급하고 문학도들의 문학소질을 높이기에 힘쓰는 한편 1935년부터는 동인지『북향』을 간행하였다.『북향』은 오상순의 정확한 지적대로 "'폐허'로 된 참담한 현실 앞에서 강렬한 민족의식과 역사의식으로써 애써 '새터'를 닦아 우리 겨레의 재생과 독립, 자주의 길을 지향'것이 그 기본취지였다.[58]

---

56 '재만 조선인 문학'이라는 용어의 정확여부와 이 용어가 내포하는 작가와 작품의 범위에 대해서는 여러 가지 견해가 존재한다. 본고에서는 논의의 편리를 위하여 만주와 관련되는 작가와 작품은 모두 '재만 조선인 문학'의 대상으로 삼고자 한다.

57 안수길,「용정·신경 시대」,『한국문단이면사』, 깊은샘, 1999, 256면.

58 오상순,「조선인의 첫 문단 '북향회'와 동인지『북향』」,『개혁개방과 중국 조선족 소설문학』, 월인, 2001, 12면.
  "『북향』의 간행 상황을 보면 '북향회' 설립 후 처음 2년 사이에는 프린트 본으로 2기를 내고 1935년 10월에 제1호를, 1936년 1월에 제2호를, 1936년 3월에 제3호를, 1936년 8월에 제4호를 각기 간행하였다. 그런데 프린트 본은 인멸했고 인쇄본 제1호는 목록만 알려져 있고 현존하는 제2호는 27면, 제3호는 32면, 제4호는 31면으로 되어 있다." 위의 책, 12~13면.
  "『북향』은 당시 조선의『조선문단』과 서로 발행광고를 내고 천청송과 이학인은 이 두 잡지에 동시에 작품을 발표하고 있어 관계의 밀접함을 시사해주며 또 그 영향력이 조선에까지 미쳤음을 말해준다. 장르별로는 시, 소설, 수필, 평론, 번역작품 등이 망라되며 여기에 기고한 작가들은 모두 26명인데 그중에서도 박영준, 안수실, 강경애, 박계주, 박화성 등 상당수의 작가들은 당시 조선문단에서 활약하던 기성문인들이다. (…중략…) 동인지의 성격을 각 장르별로 살펴보면 시가가 33편으로 가장 많지만 작품의 수준 문제도 그렇고 또 분량상으로 보아도 그렇고 제3호를 창작특집으로 꾸민 것 등으로 미루어보아 소설에 보다 많은 비중을 둔 것으로 판단된다." 장춘식,『해방 전 조선족이민소설연구』, 민족출판

당시 룽징에서 생활하던 강경애는 1934년 7월 고문으로 초빙되면서 '북향회' 활동에 참여하게 된다. '북향회'의 동인이었던 김유훈(전임 연변대학 부총장)의 증언에 의하면 김유훈과 천청송이 '북향회' 결성을 주도한 광밍중학교 영어 교사 이주복(李周福)의 중탁(重託)을 받고 강경애의 집으로 직접 찾아가 고문으로 모셨다. 강경애는 '북향회'에 대한 관심이 매우 깊었다. 그는 '북향회' 활동에 참여하여 '창작을 어떻게 하는가', '문예평론을 어떻게 하는가' 등 문제를 창작실천과 문예이론을 결합시켜 알기 쉽게 이야기 해주었다. 강경애는 늘 겸손한 말씨로 "나도 다 알고 쓰는 것이 아니예요. 쓰는 가운데서 하나하나 배우지요. 나의 작품도 아직 습작에 불과해요"라고 했다. 김유훈, 천청송 등 '북향회' 동인으로 활동하던 학생들은 강경애를 아주 존경하여 자기들이 쓴 작품을 자주 강경애에게 보였으며 이때마다 강경애는 작품이 잘 되었든 못 되었든 문제점을 차근차근 지적해 주었다.[59]

『북향』제2호의「문단안테나」에는 강경애 관련 기사가 두 개 있다.

(1) 文藝講演會

本社에선二週年記念事業으로恩眞校友會智育部와協力하여지난十一月十六日밤에明信女校大講堂에서文藝講演會를開催하엿는데入場者는無慮千餘名이엇고當夜場所關係로도라간이도數百名에達하는大盛況을이루웟다.

當夜의演士는다음과같다.

金國鎭 李周福 姜敬愛 崔文鎭

(2) ▲ 姜敬愛!

故鄕갓다도러오신女史北鄕을사랑하시는마음으로每號에執筆해주시겟다고.[60]

<hr>

　　사, 2004, 24~25면.
59　최형순,「『북향』과 강경애」,『천지』298호, 천지월간사, 1986.3 참고.

첫 기사는 강경애가 '북향회'의 활동에 적극 참가했다는 김유훈의 증언을 실증해준다. 두 번째 기사에 의하면 강경애는 『북향』에 매호 집필해준다고 했는데 이는 실현되지 못하였다. 강경애는 『북향』 제1호와 2호에 각기 시 「이 땅의 봄」과 「단상」을 발표한 후 더는 『북향』에 작품을 발표하지 않았다. 강경애의 창작활동이 주로 소설을 통하여 이루어졌으며 『북향』도 소설에 가장 큰 비중을 둔 점을 염두에 두면 시 두 편을 발표했다는 것은 당시 조선 국내에서 이미 문학적 지명도를 얻은 강경애가 『북향』을 자신의 주요 작품 발표지로는 생각하지 않았음을 보여준다.

1936년 8월에 발간된 제4호를 마감으로 『북향』은 폐간되었으며 '북향회'는 해산되었다. 그 후, 재만 조선인 문단의 문학활동 중심은 『만선일보』로 옮겨져 주로 『만선일보』의 학예면을 통하여 전개되었다.[61] 만주국 건국 초기부터 신문 및 통신에 대한 통제에 각별한 주의를 기울이던 일제는 1937년 중일전쟁 이후 신징(新京, 오늘의 창춘)의 『만몽일보(滿蒙日報)』와 룽징의 『간도일보(間島日報)』를 통합하여 1937년 10월 21일에 "일본의 국책적 견지에서 만주국에 있는 조선인의 지도기관"으로 『만선일보(滿鮮日報)』(1937~1945)를 창간하였다.[62] 급격히 증가되어 가고 있는 조선 이주민들

---

60 『북향』 2호, 1936.1, 16면.

61 '북향회'의 주요 멤버였던 안수길은 '북향회'가 해산되고 『북향』이 폐간된 원인을 아래와 같은 몇 가지 방면에서 찾는다. 안수길, 「間島中心의 朝鮮文學發展過程과現段階」, 『만선일보』, 1940.2.2 참고. 첫째 : 동인들이 직업을 갖고 있어서 한 곳에 모여 있지 못하고 서로 유리(流離)함, 둘째 : 인테리들의 자존심과 우유부단함으로 말미암은 용두사미적 연약성, 셋째 : 문학을 일생의 업으로 하겠다고 말은 하나 내심에 있어서는 이것이 과연 남아(男兒)의 업(業)일까 하는 회의, 넷째 : 직업을 따라 서로 유리되어버린 후 그 직업의 분망(奔忙)을 극복하지 못하고 그대로 밀렸기 때문임.

62 『만선일보』는 1937년 현재 사원 95명과 공장원 53명이 있었으며 일간신문으로 조·석간 4면씩이었으며 발행부수는 2만 부였다고 한다. 그리고 간도, 룽징, 투먼 등에 지사와 특파원을 두었고 서울과 동경에까지 지국을 두는 꽤 규모가 잡힌 신문이었다. 편집국장은 염상섭, 편집고문은 진학문이 맡고 있었다. 1938년에는 최남선이 고문을 맡았다. 현재 온전하게 전해지고 있는 『만선일보』는 1939년 12월 1일부터 1940년 9월 30일까지의 것이며 그 외의 것은 마이크로 필름으로 일부가 전해지고 있다.

에게 만주국의 건국이념이라든가 국책 또는 이주민과 관계되는 각종 정
책 홍보를 주요 사명으로 삼은『만선일보』는 창간 후 '협화미담 현상모집'
을 비롯하여 '금연문예작품 대현상모집', '군가 모집', '개척가사 현상모집'
등 정기적으로 작품을 공모하고 당선작에 고액[63]의 상금을 주었으며 1938
년부터는 신춘문예 제도를 도입하여 재만 조선인의 창작 의욕을 불러일
으켰다.『만선일보』에서 실시한 일련의 문예작품 현상공모와 신춘문예
제도의 영향을 받아 재만 조선인의 작품 활동은 활기를 띠기 시작하였으
며 이는 또『만선일보』학예면 문학작품의 수준 향상으로 이어졌다. 이처
럼 활발히 전개된 문학활동에 발맞추어『만선일보』는 1940년 1월 12일부
터 2월 6일까지 총 21회에 걸쳐「만주조선문학건설신제의(滿洲朝鮮文學建
設新提議)」란 제목하에 지상토론을 벌려 재만 조선인 문학의 현황과 발전
방향에 관한 논의를 진행하기도 하였다.

　당시『만선일보』의 편집으로 있던 안수길이 강경애에게『만선일보』에
장편소설을 실어달라고 원고 청탁을 했으나 아무런 답장이 없었다. 이때
강경애는 이미 병환으로 하여 창작활동을 거의 할 수 없는 상황이었다. 병
환 때문에 강경애는『만선일보』를 중심으로 하는 재만 조선인 문단과는
교류가 없었다.

　강경애는 비록 간도 룽징에서 창작활동을 하였지만 주요 작품 발표무
대는 조선 국내였다.

　『북향』으로 자주 만나게 된 강 여사와는 부군 장 씨와 내가 술친구가 된 탓도

63　『만선일보』상금을 보면 금연소설은 1등에 300원, 군가가사가 한 편에 200원, 개척가사는
　　입선작 한 편에 300원인데, 이것은 비슷한 시기『동아일보』의 신춘문예 현상금 중 단편이
　　50원, 시가 5원, 동요 5원, 또는 단편과 시나리오가 각각 50원, 신시·한시 5원, 동화 10원,
　　동요 5원인 액수와 엄청난 차이가 난다. 당시 한반도와 만주는 똑같이 일제의 경제권 밑에
　　있었고, 화폐의 단위가 다르지 않았다. 오양호,『일제강점기 만주 조선인 문학연구』, 문예
　　출판사, 1996, 142~143면 참고.

있고 해서 문단의 선배로서뿐 아니라 친근한 사이가 되었는데, 한 번은 오랜만에 서울에 갔다와서 '서울 문인들은 통 공부하지 않습니다. 오히려 시골에서 숨어서 성실하게 공부하는 것이 작가로서 실속이 있는 일일 것입니다'고 통렬히 서울 문단인들을 비난하는 말을 들은 기억이 난다.[64]

강경애는 간도 룽징에서의 창작활동을 "시골에 숨어서 성실하게 공부"하는 것으로 생각했으며 이를 "작가로서 실속이 있는 일"이라 하였다. 간도 룽징에서 강경애는 이곳의 상황을 소설로 형상화하여 조선의 독자들에게 전해주는 것을 사명으로 여겼다. 재만 조선인 문단에서 강경애의 활약은 '북향회'의 고문으로 있으면서 당지 문인과 문학애호가들에게 문학 선배로서 문학적 지도를 해준 것이 거의 전부였다.

해방 전, 만주에서 생활의 터전을 잡고 활동한 조선 문인은 30여 명에 이른다. 여행이나 시찰 등 여러 방식을 통하여 만주에 잠깐 다녀간 문인까지 합하면 그 수가 130여 명이나 된다.[65] 이 중에서 대표적인 재만 조선인 작가로 1920년대의 최서해(崔曙海, 1901~1932), 1930년대의 강경애와 1930년대 말·1940년대 초의 안수길(安壽吉, 1911~1977)을 들 수 있다.

최서해는 만주로 이주한 조선인의 삶에 주목하고 그것을 처음으로 소설의 세계에 끌어들인 사람이다. 1918년부터 1923년까지 6년간 만주에서 생활한 경험이 있는 최서해는 처녀작 「토혈」(1924)과 등단작 「고국」(1924)을 비롯하여 도합 11편의 소설을 만주체험을 소재로 하여 썼다. 이런 작품들에서 최서해는 1920년대의 만주를 배경으로 하였으며 국경을 넘어선 계급적 대립과 이주민의 궁핍상을 그려냈다. 최서해가 만주에서 생활할 때까지 만주에는 아직 조선인 문단이 없었다. 최서해는 귀국 후에 상기 작품을 창작하였으며 모두 조선 국내의 잡지에 발표하였다.

---

64 안수길, 「용정·신경 시대」, 『한국문단이면사』, 깊은샘, 1999, 260면.
65 김호웅, 『재만 조선인 문학연구』, 국학자료원, 1998, 32면.

강경애는 근대문인 중에서 만주항일무장투쟁을 가장 생생하게 그려낸 작가이다. 10여 년을 만주에서 생활한 경험이 있는 강경애는 발표 작품의 절반이상인 12편을 만주체험을 소재로 하여 썼다. 위에서도 보다시피 강경애가 만주에서 생활한 1930년대에 이르면 재만 조선인 문단이 생성된다. 강경애는 여기에 일정 정도 관여하였지만 거의 모든 작품은 조선 국내에 발표하였다.

안수길은 재만 조선인 문단을 실질적으로 이끈 사람 중의 하나이다. 안수길은 1930년대 말·1940년대 초의 만주를 배경으로 이주민의 정착과 삶의 다양한 모습을 생생하게 그려내어 만주에서 발표했을 뿐만 아니라 1944년에는 만주에서『북원』이라는 개인소설집까지 출간하였다. 만주에서 16년간 생활한 안수길에게 있어서 이곳은 더 이상 낯선 곳이 아니라 가족이 정착하여 살고 있는 말 그대로 '제2의 고향'이었다.

3. 강경애 소설의 주제론

1) 만주체험과 사회주의자

(1) 북만체험과 창작경향의 변화

강경애의 최초의 문학 활동은 시로 시작되었다. 1924년 5월, 강경애는 강가마(姜珂瑪)란 이름으로 애인 양주동이 주재하는『금성』의 '독자 투고' 란에「책 한 권」이란 시를 발표한다.

나는 가난합니다
그러고 또 외롭습니다
그러나 나에게는 가장 사랑하는
책 한 권이 있습니다

나는 슬플 때마다 또 기쁠 때마다
따뜻한 가삼 속에서
그 책을 남모르게 꺼내어
하루에도 몇 번씩
차례차례 보고 있습니다

볼 때마다 볼 때마다 내 가삼은
끝도 없는 영원의 나라를 그려봅니다
그 책은 비록 헤어졌으나
헤어지면 헤어질수록
나는 더욱 더욱 귀여워합니다

나는 가난하고 또 외롭습니다
그러나 나에게는 사랑하는
이 책 한 권이 있습니다
오 나는 행복됩니다

―「책 한 권」, 796~797면

비록 가난하고 외롭지만 책이 있어 행복하다는 소박한 감상을 적은 「책
한 권」은 강경애의 문학작품으로는 처음으로 활자화된 것이다. 이후 강경
애는 「가을」(『조선문단』, 1925.11), 「다림불」(『조선일보』, 1926.8.18) 등 시를 발표

한다. 그러나 「가을」이나 「다림불」도 「책 한 권」과 마찬가지로 저자의 감상적인 정서의 표출에 그치고 마는 것으로서 습작의 수준을 넘지 못하였다.

상기 세 편의 시를 발표한 후, 강경애는 북만으로 이주하여 2년 여의 시간을 보낸다. 북만에서 강경애는 조선공산당 만주총국이 소재한 닝안 일대에 거주하였으며 사회주의자 김봉환과 함께 생활하였다. 이런 생활환경 때문에 강경애는 자연스럽게 북만에서 벌어지고 있는 항일무장투쟁에 대해 알게 되었으며 나아가 사회주의를 수용하게 되었다. 사회주의를 수용함으로써 강경애는 또 초기의 시작(詩作)과는 전혀 다른 경향의 작품을 창작하게 된다. 초기의 시들이 자신의 감상적인 정서의 표출에 머물렀다면 북만체험을 거친 이후 강경애는 문학을 통하여 현실을 반영하고 비판하며 또 현실적 모순을 해결할 방도를 찾는다.

장연으로 돌아온 후의 첫 발표작인 「염상섭 씨의 논설 「명일의 길」을 읽고」(『조선일보』, 1929.10.3~7)에는 이 시기 강경애의 사상경향과 문학관이 집약적으로 드러나 있다.[66] 북만에서 김봉환과 함께 신민부의 기관지 『신민보』에 '적색경향의 글을 발표했다고 하나 그 원문을 찾아볼 수 없는 조건에서 평론 「염상섭 씨의 논설 「명일의 길」을 읽고」는 북만 이주 전후 강경애 문학적 경향의 변화를 보아낼 수 있는 가장 좋은 자료이다.

평론에서 염상섭을 소부르주아지 문인으로 규정한 강경애는 염상섭이 대중을 초월하고자 하며 문예의 민중화를 꺼린다고 지적한다. 그리고 이처럼 민중을 떠난 문예는 "첨예한 계급적 투쟁에는 하등의 효과를 보지 못할 것이며 오히려 무산계급으로서는 안개가 될 것"(709면)이라 역설한다.

이에 반하여 강경애는 민중에 주목하는 문학관을 제시한다.

인간 사회를 떠나가지고는 예술이 없다. 예술은 인간 사회를 초월할 수 없다.

---

66 「염상섭 씨의 논설 「명일의 길」을 읽고」는 염상섭(廉想涉, 1897~1963)의 「명일의 길―다시 기계 정복에」(『조선일보』, 1929.9.7~21)에 대한 비판의 성격을 띠고 있다.

(…중략…) 문예에 있어서 문장미 문체미의 가치를 제2의적으로 인정하는 경향은 확실히 있으나, 이것으로 그 가치가 음악적 미술적으로 주객전도되기 때문에 문학의 생명과 공효를 보존할 수가 없다고 직단할 수 없겠다. 물론 음악적 미술적 영향을 받기는 받으나 그 이면에 흐르는 예술적 가치는 조금도 손모(損耗)되지 않을 것이다. (…중략…) 현대 문예가 기계문명을 중심으로 하게 되었고 또 기계문명을 이용하여 문예민중화의 실현을 보게 되었다. 민중화됨으로써 비로소 더 이상의 가치 있는 예술을 창조할 수도 있고 발견할 수도 있을 것이며 여기 있어서만 문예의 생명도 용약될 것이 아닌가?

─「염상섭 씨의 논설 「명일의 길」을 읽고」, 708면

"인간 사회를 떠나가지고는 예술이 없다. 예술은 인간 사회를 초월할 수 없다"는 말에서도 알 수 있는바 강경애의 문학관은 토대가 상부구조를 결정한다는 사회주의 이론에 그 뿌리를 두고 있다. 그리고 '형식'보다는 '내용'이 중요하며 그 '내용'은 또 민중의 생활과 밀접한 관계를 가져야 한다는 것은 당시의 카프 문예이론과 맥을 같이 한다.

계급과 민중의 문제에 주목하는 이런 문학관은 강경애의 첫 발표소설[67]인 「파금」(『조선일보』, 1931.1.27~2.3)에 여실히 반영되어 있다. 「파금」은 식민지 조선의 법질서 속에서 고통 받고 착취당하는 민중의 문제에 주목한 지식인이 그 문제의 해결을 위하여 민중 속에 뛰어들며 나아가 민중과 함께 직접투쟁을 진행한다는 내용을 다룬다.

「파금」의 주인공 형철이는 대학에서 법률을 배우는 학생이지만 자신

---

67 양주동은 강경애의 최초의 소설은 미발표작으로 「황혼의 설움」이란 제목의 "자신의 '일'과 운명을 적은 눈물겨운 처절한 작품"(양주동, 「춘소초─'K와의 인연'」, 『인생잡기』, 탐구당, 1965, 238면)이라고 하며 이 작품을 읽고 강경애에게 시에서 소설로 전향할 것을 권고했다고 한다. 「황혼의 설움」은 습작으로서 실제 발표가 되지 않은 것으로 추정된다. 오늘날 찾아볼 수 있는 강경애의 첫 소설은 1931년 초 『조선일보』에 독자투고 형식으로 발표한 「파금」이다.

이 배우고 있는 법률에 대해 불신을 갖는다.

> 나는 법률을 배워 결국 무엇을 하려 하느냐? 가령 고등문관 시험에 패스되어 소위 고등관이 된다고 하여 보자. 그러면 그것이 무엇이 명예스러우며 또 기쁠 것이냐? 오히려 수치일 것이다. 또 만일 변호사가 된다 하여 보자. 그리고 사회를 위하여 교수대에 오르는 용감한 투사의 변호인일망정 하여 본다고 하자. 그러나 그 변호가 무슨 큰 힘이 있으리오. 또 돈을 힘껏 모아 갑부가 되어 본다고 하자. 이것은 불가능할 것이며 또 된다 하여도 시원할 것이 무엇이냐? 도리어 못사는 동족을 위하여 미안할 것이다.
>
> —「파금」, 422~423면

식민지체제가 토대라면 식민지 조선의 법률은 이 토대 위에 건립된 하나의 상부구조이다. 식민지 조선의 법률이란 곧 식민지체제를 유지하는 일종의 도구인 것이다. 때문에 이런 법률을 배우고 집행할 때 자연스럽게 식민지체제를 수호하게 된다. 이 점을 누구보다 잘 알고 있기에 형철이는 법률의 집행자가 되는 것은 명예스러운 것이 아닌 수치스러운 일이라 하며 또 법률을 이용하여 "사회를 위하여 교수대에 오르는 용감한 투사의 변호"를 하는 것도 사실상 불가능 한 것이라 한다.

방학이 되어 고향에 내려온 형철이는 고향의 농민들을 통하여 식민지 법률의 허위성을 더욱 실감한다.

> 그들이 지은 곡식은 어슬렁어슬렁 피어오른다. 금년은 대풍년이다.
>
> 그러나 그들이 죽을 힘을 다하여 지은 농사는 가을이 되면 다 빼앗기고 조밥 한술 먹기가 어려울 것이다. 마치 목장에서 기르는 소와 같다. 양과 같다. 돼지와 같다. 그들은 어떤 특수계급 사람들에게 부리우기 위하여 살아 있다. 털과 젖과 고기를 제공하기 위하여 살아 있다. 단지 노력과 털과 고기와 젖을 목자에

게 제공하기 위하여 목자가 주는 양식을 먹고 생을 연장하여 가는 소와 양과 돼
지와 무엇이 다름이 있을 것이냐?

— 「파금」, 421면

형철이가 배우는 법률은 농민들이 일 년 동안 땀 흘려 지은 농사를 가
을이 되면 지주들이 "빼앗아가는 것"을 법의 이름으로 보장해주고 있었
다. 주목을 요하는 것은 형철이가 식민지 조선의 문제점을 일제와 조선
민족이라는 민족문제가 아닌 착취와 피착취라는 계급문제로 인식함이
다. 때문에 형철이는 식민지 조선의 법률체제 안에서 농민들은 "어떤 특
수계급 사람들에게 부리우기 위하여 살아 있다"고 한다. 이런 인식의 심
화는 형철이로 하여금 식민지 법률을 배우는 대학을 그만두려는 생각을
갖게 하며 나아가 민중들과 함께 하는 직접투쟁을 동경하게 한다.

"물론 그렇습니다. 그러나 우리 동족간에 대학 나온 사람이 몇 사람이나 되는
줄 알아요? 또 전판딱지 무식한 사람이 얼마나 되는 줄 압니까? 우리들은 영웅
심리로 소수의 무리가 만든 이론으로 대중을 이끌고 나가기는 벌써 어리석다
는 것을 알았습니다."
차츰차츰 그의 말구조에는 열이 올라왔다.
"맑스니 레닌이니 다 무엇입니까? 벌써 지금은 그전 사람들의 이론으로 싸울
시대는 지났답니다. 대중은 창자를 쥐고 그들의 주린 것을 참고 있습니다. 우리
들도 그들의 하나이겠지요. 어서 나도 그들과 같이 싸워야 될 것을 요즘 와서
더욱더욱 느끼게 됩니다."

— 「파금」, 421~422면

형철이는 지식인의 내면에 숨겨진 '영웅심리'를 예리하게 포착한다. 민
중의 밖에서 마르크스나 레닌의 이론으로 민중을 선동하는 방식의 투쟁은

현실적 조건에서 아무런 효용이 없으며 이는 단지 지식인의 자기만족에 불과함을 보아낸 형철이는 지식인도 민중 속으로 들어가 민중과 함께 직접투쟁에 나설 것을 역설한다. 그러나 이 말을 하는 형철이부터도 자신에게 직접투쟁을 "감행할 용기도 없고 준비도 없지 않느냐?"고 반문하게 된다. 지식인의 연약성과 허위성을 단적으로 보여주는 대목이다. 이처럼 당위와 현실 사이에서 번민하는 자신을 두고 형철이는 "기로에 선 몸"이라 한다.

번민에 쌓여있던 형철이는 가정의 파산을 계기로 '기로에 선 몸'에서 벗어난다.

형철이의 가족은 아버지 어머님 은숙이 그리고 자기까지 네 식구다. 그는 자기네 토지를 가진 대농가로 그 동리에서는 남부럽지 않게 산다. 그러나 그의 아버지는 외아들 형철이를 끝까지 공부시키기 위하여서는 거지 되기를 그리 헤아리지 않았다. 그러므로 빚은 매해 태산같이 늘어가던 중 갑자기 불경기 바람이 불어 곡가가 털썩 내려진 까닭에 그 빚을 이루 감당치 못하게 되어 이번에 그만 집행을 만났다. 성미가 좀 칼칼한 형철이의 아버지는 결국 그곳에서 살기 싫다 하여 <u>만주 영고탑 어떤 친척을 의지하고 떠나게 되었으니</u> 곧 내려오라는 그 아버지의 편지였다.

— 「파금」, 424면, 밑줄―필자

형철이도 만주로 이주하는 가족을 따라 조선을 떠나게 된다. 만주로 이주하는 길에서 평상시 아끼던 만돌린을 집어던지면서 "나의 손은 지금 줄 위에서 춤출 때가 아니다. 나에게 남은 것은 오직 돌진뿐이다"(429면)고 말하는 것은 형철이가 끝내 번민에서 벗어나 직접투쟁을 결심함을 보여준다.

「파금」에 관한 연구에서 특히 주목을 요하는 것은 형철이의 구체적인 이주지와 이주 후의 활동이다. 「파금」은 형철이네 가족은 "만주 영고탑 어떤 친척을 의지하고 떠나게 되었다"고 구체적인 이주지를 밝힌다. '영고탑(寧古塔: 닝구타)'이란 헤이룽장성 닝안현성[寧安縣城]의 청(淸)나라 때 지명이다. 1910년 닝안부[寧安府]로 고쳤으며, 중화민국 이후 닝안현으로 고쳤다. 닝안현성의 소재지를 닝구타라 부르기도 하였다.[68] 형철이의 이주지 '닝구타'란 곧 '닝안'으로서 강경애가 북만에서 생활한 지역이다.

「파금」은 또 에필로그 형식으로 "그 후 형철이는 작년 여름 XX에서 총살을 당하였고, 혜경이는 XX사건으로 지금 XX감옥에서 복역 중이다"(429면)라는 말을 남김으로써 만주에서 형철이의 활동을 보여준다. 형철이가 총살을 당하였다는 말로부터 우리는 형철이가 만주에서 실제로 직접투쟁을 진행했음을 알 수 있다.

「파금」의 발표시간이 1931년 1월이라는 점을 감안하면 형철이의 사형은 늦어도 1930년이 되며 형철이의 만주 닝안에의 이주는 1930년 이전임을 짐작할 수 있다. 따라서 형철이가 만주에 이주할 때는 닝안에 있는 조선공산당 만주총국이 해체되기 전이 된다. 여기서 우리는 형철이의 만주 닝안행은 조선공산당 만주총국을 찾아간 것으로 볼 수 있다. 형철이는 만주로 이주하기 전에 이미 마르크스와 레닌의 이론을 공부하였으며 조선민중의 문제도 착취와 피착취라는 계급적 시각으로 접근하였다. 이런 형철이기에 닝안행을 조선공산당 만주총국을 찾아간 것으로 봄은 자연스러운 일이며 형철이가 진행한 직접투쟁은 일제를 상대로 하는 사회주의자들의 항일무장투쟁으로 볼 수 있다.

「파금」에 관한 지금까지의 대부분 논의는 「파금」은 간도항일투쟁에의 지향을 나타낸다고 한다. 비록 한국에서 만주와 간도라는 개념이 많이 혼용되고 있지만 「파금」에 대해서는 이 두 단어를 혼용해 사용할 수 없다. 만약 형철이의 이주지가 단지 '만주'라고 표시되었다면 이 두 단어를 혼용해도 괜찮으나 「파금」에서 형철이의 이주지는 분명히 '만주 영고탑(寧古

68　"영고탑시는 영안현성의 소재지로서 독립운동자의 근거지처럼 된 시기도 있었다." 이강훈, 『이강훈 역사증언록』, 인물연구소, 213면.

塔)’으로 되어 있다. 형철이의 구체적인 이주지는 닝구타(寧古塔)이며, 닝구
타는 간도가 아닌 북만에 속한 도시임을 상기할 때 지금까지의 「파금」에
관한 논의는 그릇된 것임을 알 수 있다. 「파금」은 강경애의 만주(북만)항
일투쟁에의 지향을 나타낸다.

　「파금」은 평론 「염상섭 씨의 논설 「명일의 길」을 읽고」에서 보여준 민
중에 주목하는 문학관의 구체적 형상화이다. 사회주의적 경향을 갖고 있
는 형철이라는 지식인을 주인공으로 설정한 강경애는 형철이를 통하여
만주항일무장투쟁에 대한 동경을 나타낸다. 이는 강경애가 북만 닝안에
서 사회주의자 김봉환과 함께 생활하면서 사회주의를 받아들인 동시에
만주항일무장투쟁을 직접 목격한 것과 무관하지 않다. 「파금」은 강경애
가 북만에서 취득한 현실인식의 문학적 형상화라고 할 수 있다.

　「파금」은 『조선일보』에 ‘독자 투고’ 형식으로 발표된 작품이다. 강경애
는 이때까지 공인된 작가라기보다 문학애호가였다. 「파금」도 습작의 수
준을 넘어서지 못하고 있다. 작품은 주인공 형철이를 통하여 식민지 법률
의 허위성, 민중의 부당한 대우, 이론투쟁의 비현실성 등을 역설하나 정작
이에 상응하는 구체적 사건에 관한 묘사가 없다. 대신 대량의 편폭을 이런
주제들과는 무관한 귀향 과정에 대한 묘사라든가 해수욕을 하는 장면에
대한 묘사 등에 할애하였다. 구체적인 사건의 전개 속에서 주제가 표현되
는 것이 아니라 형철이라는 인물을 빌어 강경애의 관념을 직접적으로 토
로하고 있는 것이다.

　「파금」은 비록 습작에 불과한 작품이지만 강경애와 그의 문학에 관한
연구에서 결코 소홀히 대할 수 없다. 이는 「파금」이 첫 발표 소설이기 때
문만은 아니다. 강경애는 「파금」을 통하여 처음으로 민중의 문제를 작품
세계에 끌어들였으며 항일무장투쟁을 통하여 이 문제를 해결하겠다는
의지를 나타냈다. 민중의 현실에 대한 주목과 항일무장투쟁을 통한 문제
의 해결은 강경애 문학의 중요한 주제의 하나이다. 이는 1931년 간도 이주

이후 「유무」, 「소금」 등 작품을 통하여 간도 민중의 삶에 대한 주목과 간도의 민중들이 항일무장투쟁에 대해 이해하고 참여하는 모습으로 변화되어 나타난다.

(2) 간도체험과 사회주의자의 변화

마르크스와 레닌의 이론을 공부했으며 또 만주 사회주의운동의 중심지인 닝안에서 항일무장투쟁을 진행했다는 점에서 「파금」의 주인공 형철이는 사회주의자라고 할 수 있다. 사회주의자와 그들 가족의 삶은 강경애의 소설에 가장 많이 등장하는 주제의 하나이다. 이는 강경애가 북만에서 뿐만 아니라 간도에서도 사회주의자들과 어울려 생활한 것과 무관하지 않다. 남편 장하일이 사회주의와 밀접히 관련되는 사람이며 장하일과 함께 둥싱중학교 교사로 있은 많은 사람들이 사회주의자였음은 이미 앞에서 살펴본 바이다. 때문에 간도에서도 강경애는 자연스럽게 사회주의자들의 활동에 주목하게 되었으며 나아가 사회주의자 가족의 삶에도 눈길을 돌리게 되었다.

강경애가 사회주의자와 그들 가족의 삶을 주제로 한 작품을 본격적으로 창작한 것은 1930년대 중·후반이다. 뒤에서 구체적으로 논의하겠지만 1930년대 전반, 간도 농민의 삶을 중심으로 창작을 해나가던 강경애는 1930년대 중·후반에 오면서 객관정세의 악화[69]에 따라 현실에 대한 비판과 민중의 진취적인 일면을 직접적으로 써낼 수 없게 되자 시선을 다시 자

---

[69] 만주국 건국(1932) 이래 계속되는 일제의 무자비한 토벌과 내분의 격화로 인하여 1930년대 중반에 이르면 항일진영의 역량은 급격히 감쇠된다. 이런 조건하에서 중국공산당 동만특별위원회는 1935년 초에 간도의 소비에트 구역을 포기하라는 지시를 내렸으며 1936년에 이르러 공산유격대는 간도 지방을 완전히 포기하였다. 1937년 중일전쟁(中日戰爭)이 발발하기 전까지 일제는 간도뿐 아니라 전반 만주에서 공산주의의 위협을 단지 그림자에 불과한 것으로 만들어 놓았다. 스칼라피노, 이정식 역, 『한국공산주의운동사』 1, 돌베개, 1986, 228~233면 참고.

신의 일상 속으로 돌리게 되는데 이때 나타난 것이 사회주의자와 그들 가족의 삶이다.

「번뇌」(『신가정』, 1935.6~7)는 「파금」이후 처음으로 사회주의자가 주인공으로 등장하는 소설이다. 액자소설의 형식을 취하고 있는 「번뇌」는 수감 중인 동지의 아내에 대한 연정 때문에 고민하는 사회주의자 R의 이야기를 다룬다. 조선 함흥에서 태어나 로서아의 해삼위[70]에서 성장한 R은 어느 날 적당에게 붙들려 갔던 것을 계기로 일약 '주의자'가 된 사람이다.

> 고향은 함흥이라 하지만 내 뼈가 굵어진 곳은 해삼위입니다. 그래서 해삼위가 제 고향이 되고 말았지요. 당시에 로서아에서는 적당과 백당과의 싸움에 민중이 국도로 불안에 쌓여 있었지요. 그런데 어느 날 나는 적당에게 붙들려 갔던 것을 계기로 일약 주의자가 되어서 나왔더랍니다. 그때 내 나이 어렸더니 만침 또 코치 받은 시일이 짧은 것만큼 무슨 철저한 깨들음에서가 아니라 분위기가 고러하니까 나 역시 그 물에 젖었던 모양이지요. (…중략…) 만주로 나온 후에도 역시 엉덩이를 붙여 앉을 사이 없이 뛰어다녔지요. 이러는 동안에 실패와 성공을 거듭하면서 때로는 관군(官軍)과 홍의적(紅義敵)에게 쫓기어 아슬아슬한 사지에서 헤매이면서 비로소 나는 나의 주견을 가지게 되었으며 여기에 일생을 바치리라고 굳게 결심했습니다.
>
> — 「번뇌」, 581면

철저한 깨달음에서가 아니라 주위의 환경 때문에 '주의자'들을 따라 다니다 실천 투쟁 가운데서 차츰 자신의 주견을 갖게 되고 이 사업을 위하여 일생을 바치리라고 굳게 결심하게 되는 R은 어쩌면 당시 만주에서 활동하던 사회주의자들의 한 전형이기도 하다.

70　러시아 '블라디보스토크'를 가리킨다.

「파금」이 민중에 대한 지식인(사회주의자)의 관념적 동정과 만주항일무
장투쟁의 존재에 대한 암시를 보여주는 데 그쳤다면 강경애는 「번뇌」에
서 회상이라는 형식을 빌려 처음으로 간략한 형태로나마 항일무장투쟁
과 그 투쟁에 직접 참가한 항일운동가의 모습을 그려냈으며 이에 호응하
는 간도 민중의 모습을 보여주었다.

> 되놈의 만두 몇 개만 포켓에 넣어 가지면 이 넓은 만주 천지를 번갯불 같이 뛰
> 었지요. 여기에 따라 일어나는 민중의 의식이야말로 바람에 풍기는 불길같았
> 지요. 간도의 민중! 그들은 조선에서 살래야 살 수 없어 죽을 각오를 하고 뛰쳐
> 나온 사람들의 모임이 아닙니까. 어쨌든 간도의 군중처럼 총칼의 맛을 본 군중
> 은 없으리다. 뚜렷이 드러난 사변만으로도 이번까지 그 몇 번입니까. 그들의 이
> 러한 환경이 그들로 하여금 무서운 분노와 결심을 일으키게 하였단 말이지요.
>
> ─「번뇌」, 582면

"되놈의 만두 몇 개만 포켓에 넣어 가지면 이 넓은 만주 천지를 번갯불
같이 뛰는" 항일운동가와 그들에 호응하여 "바람에 풍기는 불길 같이" 일
어나는 "간도 민중의 의식"은 사회주의자 R이 겪은 지난 이야기인 동시에
강경애가 「소금」이나 「유무」, 「그 여자」와 같은 전반기의 소설을 통하여
나타내려고 했던 간도의 모습이기도 하다. 강경애는 사회주의자 R의 회
상을 통하여 지난날 간도에서 있었던 항일무장투쟁의 존재를 보여주고
있다. 그러나 활발히 진행되었던 항일무장투쟁에 대한 회상에 이어 계속
되는 오늘날 R의 이야기는 뜻밖이라 하지 않을 수 없다. 다년간의 감옥생
활을 마치고 다시 지난날의 투쟁지(鬪爭地)인 간도에 돌아온 R이 마주한
것은 너무나 변해버린 냉혹한 현실이다.

> 제가 감옥에서 나오기는 재작년 이때입니다. 어찌했던 붙잡힌 지 만 칠 년 만

에 나왔으니까요. 햇수로는 8년이 잡혔지요. 감옥에서 나올 때만 해도 세상이 이리도 변했으리라고는 짐작 못했지요. 하기야 다소 변했으리라고야 했지만 이리도 변했다구는……. 그런데 어리석은 맘에 감옥문만 나서면, 보다도 이 용 정역에 내리면 그립던 동지들이 정거장이 좁도록 나왔으리라고 했지요. 허 우습지요. 그때만 해도 내가 명예에 취하여 다녔다는 것을 지금이야 다소 알았습니다마는……. 그래서 기대를 잔뜩 가지고 이 용정역에 내리지 않았습니까. 웬걸요. 한 사람이나 아는 얼굴이 있겠어요. 전에 없던 수비대만이 올신갈신 합디다그려.

— 「번뇌」, 582면

　"그립던 동지들이 정거장이 좁도록 나왔으리라"는 기대와는 달리 룽징역에는 "전에 없던 수비대만이 올신갈신"하고 있다. 룽징역의 모습은 변화된 간도의 축도이다. 정거장에 마중 나오지 않은 동지들의 현황은 이러한 변화를 더욱 실감하게 한다.

　생각다 못해서 어떤 동지의 집을 찾아 떠났지요. 시가도 8년 전과는 아주 달라진 듯 하두먼요. 그래서 어릿어릿 찾는 것이 아마 두어 시간은 걸렸으리다. 이리하여 겨우 찾아놓으니 동지는 어디로 돈벌이 떠나고 그의 부인만이 애기들을 데리고 있는 모양인데 동지가 돌아올 시일도 분명하지 않두먼요. 하는 수 없이 나는 또 다른 동지의 집을 찾기로 하였지요. 그러나 그 동지는 국자가로 이사해 갔다는 것을 나중에야 어떤 친구에게 들어서 알았습니다마는 그러니 그 밤이 깊도록 헛수고만 했지오. 그래서 어떤 여관에 들어 그 밤을 자고 이튿날 또다시 친구를 찾아 떠났지요. 한겻이나 진하여 동지 한 사람을 길에서 만났는데 그는 영사관 순사의 정복을 입었겠지요!

— 「번뇌」, 583면

너무나도 변해버린 세태와 인심에 환멸을 느낀 R은 이곳저곳 돌아다니다 밍둥(明東)에 있는 아직 수감 중인 동지의 집으로 찾아간다. 그리고 아들이 나올 때까지 같이 있어달라는 동지 어머니의 청에 따라 잠시 머무르며, 밍둥학교 교사직 담임을 계기로 그 집에 있기로 한다.

지금까지 변화된 간도의 정세와 동지들의 모습을 보여주었다면 이제는 이러한 주변의 환경에 따라 변화되고 있는 R의 이야기로 이어진다. 동지의 집에서 생활하는 사이 R은 언제부터인가 동지의 아내에 대한 연모의 정 때문에 고민하게 된다.

> 동지의 아내를 그리워하게 된 나. 글쎄 될 뻔이나 한 짓입니까.
>
> 한때는 계급을 위하여 이 만주를 무인지경같이 달려다니던 내가 이게 웬일이겠습니까. 바로 말하면 지금이라도 실천운동에 몸을 적시어 적과 맹렬히 싸워야 당연한 일이 아니겠습니까. 그런데 나는 그런 생각만으로도 앞이 아뜩해지고 맙니다그려. 이런 타락한 일이 어디 있겠습니까.
>
> 감옥에 있는 동안에 나의 심신은 이렇게도 나약해졌단 말이지요.
>
> — 「번뇌」, 586면

동지의 아내에 대한 연모의 정 때문에 고민하는 R, 실천운동에 몸을 적시어 적과 맹렬히 싸워야 한다는 생각만으로도 이제는 앞이 아뜩해지는 R, 변화된 정세 속에서 R 자신도 정거장에 마중 나오지 않은 지난날의 동지들처럼 항일무장투쟁과는 멀어져 가고 있다. 그러나 R이 다른 동지들과 다른 것은 이젠 비록 직접투쟁은 포기했다고 할지라도 나약해진 자신을 두고 원망하며 양심에 거리끼는 일만은 하지 않는 것이다.

> 어제밤 일을 곰곰이 생각하면서 미친놈! 하고 나를 향하여 몇 번이나 소리쳤습니다.

나는 내 앞길에 걸리는 버드나무에 의지하여 나의 과거를 회상하는 반면에
나의 앞길을 뻔히 내다보았습니다.

—「번뇌」, 594면

R의 이야기는 동지의 아내에 대한 연모의 정을 품은 자신을 최종 '미친
놈'으로 정의하는 것으로 끝난다. R의 이야기가 끝남과 동시에 소설도 마
무리됨으로 그 후 R은 어디서 무엇을 하며 어떻게 사는지는 알 수 없으나
서두에서 남편과 함께 술을 마시는 부분으로 보아 아직도 직접투쟁에 참
가하지 못하도록 나약해진 자신을 두고 원망하며 살지만 양심에 거리끼
는 일만은 하지 않고 있음을 짐작해볼 수 있다.

「번뇌」가 사회주의자 R의 이야기를 통하여 변화된 간도의 정세와 그
변화 속에서 살아가는 사회주의자들의 서로 다른 모습을 보여주었다면
「검둥이」(『삼천리』, 1938.5~?)는 변화된 현실에서 양심을 지키는 사회주의자
의 어려움을 그렸다.

「검둥이」의 주인공 K선생은 7년 전에 서대문형무소를 나왔으며 친구
의 소개로 간도에 와 X학교 교사를 하고 있다. 학교 부근에 하이란강(海蘭
江)이 흐르는 것으로 보아 이는 룽징에 있는 학교임을 알 수 있으며 따라서
작품의 배경도 룽징이 되겠다. 앞에서 이미 살펴보았지만 당시 룽징의 학
교들에는 조선공산당사건, 간도공산당사건과 관련하여 감옥살이를 하였
던 많은 사회주의자들이 교사로 있었다. 특히 장하일을 둥싱중학교에 받
아 준 이병립 같은 경우 조선공산당사건 때문에 서대문형무소에서 옥살
이를 하고 룽징에 와 둥싱중학교 교사로 있었다. 이런 외적인 상황으로 볼
때 K선생은 실재한 인물일 가능성이 짙다.

K선생이 학교에 올 때는 바로 일제의 '제2차 간도출병'으로 하여 간도
사회가 극도로 혼란스러운 시기였다.

　7년 전 서대문 형무소에 나온 K선생은 어떤 친구의 소개로 이곳 X학교 교원으로 오게 되었다. 때는 제2간도출병의 종소리가 간도 천지를 울렸으니, 오래 있던 교원들도 슬금슬금 꼬리를 빼어 달아나버리고 모든 일에 생소한 K선생 혼자 오뚝 남게 되었다. 날마다 검거사건이 일어 학생들은 잡혀가고 혹은 무서워 도망가고 나중엔 십여 명 남짓하였다. 하루에 한 끼 먹기도 바쁜 수입을 가지고 K선생은 완강히 버티어 2, 3년을 훌쩍 지나버린 것이다. 시국의 안정을 따라 차차 학생 수가 많아졌고 여기에 이르러 교원들도 늘게 되었으니, 지금의 최 교장도 그때 K선생이 불러들였고 또한 교장으로 올려 세웠으며 이래 꾸준히 운전시켜 온 그였다.

— 「검둥이」, 699면

　「검둥이」가 1938년 5월 『삼천리』에 발표된 작품임을 상기할 때 7년 전이면 1931년이 되며 따라서 '제2차 간도출병'이란 곧 '만주사변'을 가리킴을 알 수 있다. '만주사변(1931)', '만주국 건국(1932)'과 함께 진행된 일제의 대대적인 토벌과 검거에 의하여 1930년대 중엽에 이르러 항일운동세력은 간도에서 물러나게 되며 간도는 완전히 일제의 통제 속에 들어간다. 일제의 폭압에 의하여 간도 사회가 '안정'을 되찾자 끝까지 학교를 지킨 K선생은 퇴락한 교사를 수리하는 한편 선생과 학생들을 다시 불러들임으로써 학교 본래의 면모를 회복시킨다.

　간도 사회가 '안정'을 되찾고 학교가 본래의 모습을 회복하자 이제는 K선생도 시국에 대한 자신의 입장을 밝혀야 할 처지에 놓인다. 일제가 새로 구축한 사회체제에 영합하거나 아니면 이 체제 밖으로 떠나야 하는 것이다. K선생에게 이 선택은 "양심을 어기는 강연"이란 형식으로 다가온다. 그리고 이 강연을 직접적으로 강요하는 사람은 한때는 "뜻을 같이 한 벗"이었던 최 교장이다.

생사를 헤아리지 않고 일하던 그때로부터 불과 십년 남짓한 오늘에 저다지
도 변하였는가 하니 와락 달려 울고 싶어졌던 것이다. 물론 최 교장이 기어코
그에게 강연을 시키려는, 한 가닥의 이유를 그가 모르는 바는 아니다. 그러나
그렇다 하여 그의 이러한 고민까지 모른 체하려는 저의 박절한 태도가, 뜻을 같
이한 벗이라 할 수가 없었던 것이다.

—「검둥이」, 694면

최 교장은 K선생의 소개로 학교에 들어왔으며 또 K선생의 도움으로 교
장까지 된 사람이다. 시국의 변화와 함께 사상도 변한 최 교장은 이제는 K
선생에게까지 변화를 요구한다. 이런 최 교장의 압력에 K선생은 "직접 나
가 싸우지 못한들 어찌 양심에 없는 일이야"하겠는가며 강연을 거부한다.
1938년이란 시점에서 양심에 거리끼는 강연이란 일제에 협력하는 발언을
하라는 말일 것이다. 다시 말하면 사회주의자 K선생을 보고 전향 선언을
하라는 말이 되겠다.

「검둥이」는 제2회분부터는 발굴이 되지 않은 상태여서 K선생이 압력
을 최종적으로 견뎌내는지 알 수 없지만 제1회분만을 놓고 보면 한때는
같은 동지였으나 지금은 전향한 최 교장이 일제의 주목을 받는 K선생에
게 전향할 것을 권고하는 것과 이에 맞서고 있는 K선생이 사회주의자로
서의 양심을 지켜나가는 어려움을 보여주고 있다.

「번뇌」와 「검둥이」가 직접 사회주의자를 주인공으로 설정하여 이야기
를 전개했다면 「모자」와 「어둠」은 사회주의자의 가족을 주인공으로 한다.

「모자」(『개벽』, 1935.1)는 승호 모자에 대한 시형의 태도 변화를 통하여
만주사변을 전후하여 달라진 사회주의자와 그들 가족에 대한 사회적 시
선의 차이를 드러낸다.

만주사변 전만 하여도 시형이 자기의 남편을 하늘같이 떠받치었으며 그래서

자기들까지도 시형이 군말 없이 생활비를 대주었던 것이나, 일단 만주사변이 일어나고 그리고 이 용정 사회가 돌변하면서부터는 시형도 맘이 변하여 끔찍하게 알던 그 아우를 밤낮으로 욕질을 해가며 역시 자기네 모자를 한결같이 대하였다. 그래서 일절 생활비도 대주지 않는 까닭에 승호의 어머니는 남의 어멈으로 들어가게 되었던 것이다. 그리고 특히 1년 전에 남편이 객지에서 죽었다는 기별이 왔을 때 시형은 오히려 좋아하는 누치를 보였기 때문에 승호의 어머니는 있는 악이 치밀어서 큰 쌈을 하게 되었으며 그 후로는 발길을 아주 끊고 말았던 것이다.

—「모자」, 550면

만주사변 이전까지만 하여도 시형은 사회주의자인 승호 아버지를 "하늘같이 떠받쳤"으며 승호네 생활비를 대주었다. 이는 시형도 승호 아버지가 진행하는 항일투쟁을 이해하고 지지해주었음을 보여준다. 그러나 만주사변이후, 만주의 실질적인 지배자가 된 일제는 사회주의자를 비롯한 항일세력에 대하여 대대적인 토벌과 검거를 시작하였다. 룽징도 예외가 아니었다. 사회주의자와 가까이 지내는 것이 자신의 안전에 위협이 되자 시형은 승호네 식구를 멀리하기 시작하였다. 동생인 승호 아버지가 일제의 토벌에 의하여 죽었다는 소식을 들었을 때에는 이젠 일제의 감시로부터 자유롭다는 생각에 기뻐하기까지 하였다.

이런 시형이기에 승호 모자가 의지하러 찾아오나 이들을 거둬주지 않는다. 승호가 백일기침에 걸려 있어 이대로 방치하면 죽을 것을 뻔히 알면서도 약방을 경영하는 시형은 도움을 거절한다. 이는 승호 어머니와 싸운 앙금이 아직도 남아있다거나 백일기침이 전염병이기 때문만은 아니다. 보다 중요한 것은 일제의 통제 속에 있는 룽징에서 살아가려면 사회주의와 관련되는 사람들과 거리를 멀리 하는 것이 안전하기 때문이다.

남편을 그는 원망하지 않을 수 없었다. 그러나 그는 곧 후회하였다. 잠 한잠 뜨뜻이 자지 못하고 밥 한 끼니 달게 먹어보지 못하고 산으로 들로 돌아다니다가 적에게 붙들려 죽은 남편을 원망하는 자신이야말로 너무나 답답한 여자 같았던 것이다.

남편이 산으로 가기 전에 그를 붙들고 뭐라고 말했던가. '우리는 아무리 잘살고자 하나 잘살 수가 없다'고 하던 남편의 말. 그때는 무슨 말인가 하였으나 그가 살아올수록 남편의 말이 옳은 것 같았다. 아니 옳은 것이다. '승호에게도 우리는 그렇게 가르쳐야 하오……' 남편의 말. 아아, 그 남편을 잃은 자신은 어떻게 해야 좋을까. 남편이 살았을 때는 아무러한 고생을 하여도 그래도 희망이 떠나지 않더니 지금에야 그는 무슨 희망이 있으랴. 그저 앞이 캄캄한 것뿐이었다.

— 「모자」, 554~555면

생계를 위하여 남의 어멈을 하였으나 승호가 전염병인 백일기침에 걸리면서 쫓겨났으며, 친가에 믿고 찾아갔으나 의모와 싸우고 나오게 되었으며, 시형을 의지하려 하였으나 그것도 불발로 그치자 승호 모자는 이젠 더는 갈 곳이 없게 된다. 막다른 골목에 처한 승호 어머니는 자기들을 버리고 먼저 간 승호 아버지를 잠깐 원망도 해보지만 이내 후회하면서 자신이 왜 이러한 처지에 처하게 되었는가를 생각하게 된다. "우리는 아무리 잘살고자 하나 잘살 수가 없다"던 남편의 말뜻을 이제 차츰 이해하게 되는 것이다.

"남편을 잃은 자신은 어떻게 해야 좋을까"를 고민하던 승호 어머니는 승호를 데리고 남편이 활동하던 산으로 간다. "그나마 자기네 모자로 하여금 희망을 가지게 하는 것은 산뿐이었다"는 말에서도 알 수 있는 바, 승호 어머니는 항일무장투쟁에 기대를 갖고 있다. 그러나 산 속에서 그들을 기다리는 것은 남편과 같은 사람들로 조직된 항일 무장세력인 것이 아니라 일제의 토벌에 의하여 파괴된 마을이다.

그때 그는 저 멀리 인가 같은 것이 보이는 듯해서 허방지방 뛰어왔다. 그러나
역시 인가가 아니요, 눈을 뒤집어쓰고 있는 기둥 몇 개였다. 그는 놀랐다. 이 집
터가 마차 정류소 터이었던 것을 알 수가 있었다. 그런데 기둥 몇 개만 남고 이
리 되지 않았는가. 그때 그는 토벌난에 농촌의 집이란 대개가 다 탔다던 말을
얼른 생각하며 전신의 맥이 탁 풀렸다. 그는 어쩔 줄을 몰랐다. 그리고 저 앞에
높은 토성을 가지고 있던 중국인의 집을 살펴보았다. 역시 그 집도 보이지 않았
다. 그는 몇 걸음 앞으로 나와 살펴보았으나 역시 없었다. 확실히 없었다.

— 「모자」, 557면

　주인공이 수난을 통하여 사회주의자들의 활동을 이해하고 이들에 동
조하게 된다는 점에서 「모자」는 「소금」과 일치하다. 그러나 「모자」에는
「소금」에서 보여준 구체적인 사건 전개가 없다. 「소금」이 봉염 어머니가
겪는 구체적인 사건을 통하여 인식의 발전 과정을 생동하게 보여주었다
면 「모자」는 승호 모자가 의지할 곳이 없게 되니 "우리는 아무리 잘살고자
하나 잘살 수가 없다"던 남편의 말뜻을 이해하게 된다고 하는 데 이런 설
정은 설득력이 부족하다. 대신 「소금」이 봉염 어머니가 사회주의자들의
활동을 이해하고 동조하는 데 머물렀다면 「모자」는 동조 이후의 모습을
그렸다. 승호 어머니는 승호를 데리고 남편이 활동했던 산으로 찾아 들어
간다. 그러나 주목을 요하는 것은 승호 모자가 산에서 항일 무장 세력을
만나는 것이 아니라 일제의 토벌장면을 확인하는 데 그침이다. 승호 모자
는 일제의 토벌에 의하여 황폐화된 마을을 보게 되며 나중에는 모자가 모
두 산 속에서 죽음을 맞이한다. 비록 눈에 빠져 죽는 순간 승호 어머니가
"우리는 아무리 살려고 갖은 애를 다 써도 결국은 못살게 되고 또 죽게 된다"
는 남편의 말을 재확인하며 승호로 하여금 아버지가 못 다한 사업을 계승하게
하련다고 하지만 작품 전반에 흐르는 좌절감을 만회하기에는 역부족이다.
　「모자」에서 강경애는 만주사변 전후 시형의 변화를 통하여 자신의 신

변 안전 및 이익과 무관할 때에는 항일무장투쟁에 대해 동조하고 지지하
나 그와 반대일 때에는 자신의 이익부터 챙기는 사람들에 대해 비판하고
있다. 동시에 「소금」에서 보여주었던 항일무장투쟁에 의한 문제의 해결
이 이제는 현실적으로 불가능함을 확인하고 있다. 「모자」는 강경애의 작
품세계를 투쟁의지라는 측면에서 볼 때 하강의 시작을 알리는 작품이다.

「어둠」(『여성』, 1937.1~2)도 사회주의자 가족의 이야기를 다룬다. 사회주
의자를 오빠로 둔 주인공 영실이는 한때는 같은 병원에 있는 의사와 애인
사이였다. 10년 전에 병원에 부임해온 의사는 초기에는 모든 일에 적극적
이었으며 가난한 사람들에게는 무상치료까지 해줌으로써 시민들의 존경
을 받았었다.

> 십년 전 의사가 이 병원에 갓 부임했을 때는 모든 일에 열과 피가 움직였다.
> 특히 빈한한 환자에게 한하여는 수술료 같은 것은 반감하였고 또는 사정만 하
> 면 한 푼도 받지 않았다. 그래서 원장과도 말다툼이 잦았으며, 한때는 사직한다
> 는 말까지 있어 시민들까지 우려하였던 것이다.
> 　때는 흘렀다. 거기에 따라 인심도 흐른 것인가, 십년 전 의사와 오늘의 그는
> 딴 사람인 것처럼 변하여진 것이다.
>
> ─ 「어둠」, 665면

그러나 주변 환경의 변화에 따라 변해가기 시작한 의사는 오늘에 이르
러서는 환자들에 대한 태도가 변하였을 뿐만 아니라 사랑도 변하여 다른
여자와 약혼을 하기에 이른다. 의사의 배신으로 하여 영실이는 실의에 빠
지며 또 엎친 데 덮친 격으로 정신적 지주(支柱) 역할을 하던 오빠마저 사
형 당하였다는 소식을 접한다.

> 믿던 사나이도 변하였고, 행여나 나오면 나오게 되면, 하고 주야로 기다리던 오

빠마저 영원히 가버리었다. 오빠가 나오면 어머님께도 숨긴 이 비밀을 이야기하여 이 억울함을 설치하고자 했건만 그 희망조차 툭 끊지 않으면 안 되게 되었다.

— 「어둠」, 666면

"우리는 없는 놈이니까 같은 없는 놈을 동정하여야"하며 "생지옥을 벗어나기 위하여는 싸우지 않으면 안 된다"던 영실의 오빠는 일제에 체포되어 감금되었다 결국 나오지 못하고 사형 당하였던 것이다. 비록 감옥에 있었다 할지라도 영실이에게 어려운 현실을 타개해나갈 신심을 안겨주며 미래에 대한 희망을 주던 오빠의 사형 소식은 실의에 빠져있던 영실이로 하여금 끝내는 의사의 무관심 속에서 미쳐버리게 한다.

"「어둠」이 중요한 것은 이 작품이 세칭 '간도공산당사건'을 증언하고 있다는 점에 있다."[71] 이상경의 정밀한 고증에 의하여 이미 밝혀진 바와 같이 영실이의 오빠는 바로 이 간도공산당사건 때문에 일제에 잡혀 옥살이를 하다 사형당한 것이다. 강경애는 「어둠」을 통하여 간도공산당사건을 되살리는 동시에 사건 이후 간도의 모습을 보여준다. 영실이가 미쳐서 의사에게 달려드는 것은 시세에 따라 행동을 달리하는 의사와 같은 사람들에 대한 부정을 나타낸다. 당시의 사회적 조건하에서 의사와 같은 사람은 전향한 사회주의자들을 가리킴이 분명하다.

오빠와 같은 진정한 사회주의자들은 일제의 탄압에 의하여 목숨을 잃고 의사와 같은 시세에 따르는 사람들은 민중을 떠난 현실에서 영실이를 이해하고 동정하는 것은 "가장 가난한 처지에서 헤매이는" 김서방뿐이다.

---

71 "1930~1932년 사이(연도의 오류로 보임. 실제로 간도 공산당 사건이 일어난 것은 1927~1930년 사이 – 필자) 일제는 대토벌을 통해 수많은 사람들을 잡아들여 네 차례의 '간도 공산당 사건'을 만들어냈다. 그중에서 제4차의 사건은 1936년 2월에 재판이 종결되면서 치안유지법 위반에 살인 방화 강도 등의 죄목이 곁들여져 18명의 사형수를 내었고 그들은 1936년 7월 사형당했다. 「어둠」의 주인공 영실이는 그런 사형수 중 한 명을 오빠로 둔 인물로 되어 있다." 이상경, 「간도 체험의 정신사」, 『작가연구』 2호, 새미, 1996, 20~21면.

김서방은 격리 병실로 뛰다가 몇 호실로 가란 말인고 아뜩하여 생각나지 않
았다. 이번엔 위층 병실로 뛰어오며 생각하니 역시 아뜩하였다. 그만 다시 수술
실 문 앞으로 오다가 그도 모르게 욱 치밀어 오는 감정에 층층 밖으로 뛰어나왔
다. 어둡다.

—「어둠」, 680면

미친 영실이를 업고 병실을 나오는 김서방이 절실히 느끼는 것은 어둠
이다. 그들과 같은 가난한 사람들이 살아가기에 세상은 너무나 어두웠다.
주인공을 미쳐버리게 만든 사회를 어둡다는 말로 표현하는 것은 작가인
강경애의 시대인식을 반영하는 것이기도 하다.

사회주의자와 그들 가족의 이야기를 다룬 상기 네 편의 소설은 모두 비
슷한 시간적 배경을 갖는다. 1935년에 발표된 「번뇌」는 "제가 감옥에서 나
오기는 재작년 이때입니다. 어찌했던 붙잡힌 지 만 칠 년만에 나왔으니까
요. 햇수로는 8년이 잡혔지요"라고 항일활동 당시의 시간을 나타낸다. 이
에 의하면 R이 활발한 활동을 진행한 것은 1926년경으로서 「번뇌」는 1920
년대 중반과 1930년대 중반 간도의 변화된 모습을 대조적으로 보여주고
있음을 알 수 있다. 1938년에 발표된 「검둥이」는 "생사를 헤아리지 않고
일하던 그때로부터 불과 10년 남짓한 오늘에 저다지도 변하였는가 하니
와락 달려 울고 싶어졌던 것이다"라고 최 교장을 비롯한 K와 뜻을 같이 한
동지들이 활발한 활동을 하던 시간을 알려준다. 이로 보면 「검둥이」는
1920년대 중·후반과 1930년대 중·후반에 '뜻을 같이 했던'동지들의 변화
를 다루고 있다. 1935년에 발표된 「모자」는 "만주사변 전만 하여도 시형이
자기의 남편을 하늘같이 떠받치었으며 …… 일단 만주사변이 일어나고
그리고 이 용정 사회가 돌변하면서부터는 시형도 맘이 변하"였다고 한다.
만주사변이 1931년에 일어난 것을 감안하면 「모자」는 1920년대와 1930년
대, 좀 더 구체적으로 말하면 1920년대 중·후반과 1930년대 중반 사회주

의자 동생을 대하는 시형의 서로 다른 태도를 통하여 간도의 변화된 현실을 반영한다고 볼 수 있다. 1937년에 발표된 「어둠」은 "10년 전 의사가 이 병원에 갓 부임했을 때는 모든 일에 열과 피가 움직였다"라고 의사가 시민들에 대해 사랑을 갖고 있던 시기를 밝힌다. 이로 보면 「어둠」은 1920년대 중·후반과 1930년대 중·후반 의사의 변화된 모습을 통하여 간도의 변화를 나타냈다고 할 수 있다.

네 편의 소설은 모두 1920년대 중·후반과 1930년대 중·후반 간도의 변화를 통하여 역으로 1920년대 중·후반에 있었던 활발한 항일운동의 존재를 확인하였다. 그리고 오늘의 현실을 보여줌에 있어서 전향하여 다양한 삶을 살아가는 사회주의자들을 작품 속에 등장시켰지만 주인공은 이젠 비록 직접투쟁은 포기했다 할지라도 양심에 거리끼는 일만은 하지 않으려는 사람으로 설정하였다. 이는 직접투쟁이 불가능한 현실적 조건에서 강경애가 생각하는 사회주의자의 마땅한 자세를 보여준다. 현실을 적극적으로 받아들이며 나아가 개조하려는 인물들로부터 현실에서 자신을 지켜내려는 인물을 그리는 것은 투쟁의식이라는 일면에서 보면 쇠퇴를 나타내나 1930년대 후반이라는 시대적 배경에서 이 정도의 인물을 그려내는 것도 의의가 있는 일임을 상기할 필요가 있다.

사회주의자의 가족을 그림에 있어 강경애는 주인공을 모두 여성으로 설정하였다. 작품 속에서 여성 주인공은 평상시 남편이나 오빠인 남성 사회주의자의 인도를 받아왔다. 그리고 인도자로서의 남성 사회주의자가 사라지자 여성 주인공은 자신의 행할 바를 몰라 방황한다. 방황의 결과 「모자」에서는 남편이 걸었던 항일무장투쟁의 필요성을 인식하고 여기에 따라 나서지만 현실적인 불가능성만을 확인하고 죽는 것으로, 「어둠」에서는 현실적 압력을 이겨내지 못하고 미쳐버리는 것으로 작품이 결속된다. 「모자」와 「어둠」의 주인공은 비록 현실적 압력을 이겨내지 못하지만 결코 현실에 투항하지는 않는다. 이들은 모두 마지막까지 사회주의자가 남긴 투쟁의 필요성을 명기하고 있다.

1930년대 중·후반에 집중적으로 창작된 사회주의자와 그들 가족의 삶을 주제로 하는 소설들에는 1930년대 전반기 소설에서 보여주던 투쟁열의가 사라지고 대신 비관적이고 암울한 분위가 중심을 이룬다. 작품 속에 흐르는 어두운 분위기는 변화된 간도의 모습을 지켜보는 작가의 암울한 심경을 대변하는 것이기도 하다. 정신착란이란 형식으로 객관세계를 단순히 부정하는 「어둠」은 강경애의 이런 심경을 집약적으로 보여준다. 같은 시기에 발표된 「지하촌」, 「마약」 등 소설이 보여주는 극도의 빈궁과 어두운 분위기도 갈수록 위축되고 있는 항일운동을 지켜보는 작가의 암울한 심경과 무관하지 않다.

2) 간도 농민의 삶과 항일무장투쟁

(1) 지식인에 대한 부정과 농민에의 주목

1931년부터 1939년 사이의 대부분 시간, 강경애는 간도 룽징에 거주하면서 창작에 전념하였다. 강경애가 발표한 21편의 소설 중에서 「파금」과 『어머니와 딸』(『혜성』, 1931.8~1932.12)을 제외한 19편이 이 시기에 창작되었다.[72] 본격적으로 창작활동을 진행한 이 8년간, 강경애의 행적은 아주 단출하다. 룽징에서 평범한 가정주부로 살면서 가끔 조선에 다녀온 것이 전부이다. 조선에 들어와서도 강경애는 주로 어린 시절을 보낸 황해도 장연 일대에 기거하였다.[73] 이런 행적상의 단출함 때문인지 이 시기 강경애가

---

72 상기 21편 외에 강경애는 다른 여성작가들과 함께 「젊은 어머니」(『신가정』, 1933.4)와 「파경」(『신가정』, 1936.5)이라는 두 편의 연작소설을 창작하였지만 이는 대부분의 강경애 연구에서 제외하고 있다. 본고에서도 강경애의 단독 창작물만을 논의의 대상으로 삼고자 한다.

73 "언제나 여행하기까지 한가로움을 갖지 못한 나는 이때까지 여행한 일이 극히 적다. 몇 번

창작한 소설은 모두 간도와 황해도 장연 일대를 배경으로 한다.[74]

강경애는 간도를 배경으로 도합 12편의 소설을 창작하였다. 이 12편의 소설은 또 1935년을 기준으로 전기 소설과 후기 소설로 나눌 수 있다. 후기 소설이 대부분 사회주의자와 그들 가족의 삶을 주제로 하였다면 전기 소설은 간도 농민의 삶과 투쟁을 주제로 하는 소설과 지식인에 대한 부정과 비판을 주제로 하는 소설로 양분되는 데 이중에서 간도 농민의 삶과 투쟁을 주제로 하는 소설이 중심적 지위를 차지한다.

「그 여자」(『삼천리』, 1932.8)는 강경애가 간도에서 쓴 첫 번째 소설이다. 작품은 여류작가 마리아에 대한 비판을 통하여 현실을 떠난 이론에만 매달려 있는 지식인을 부정하고 비판한다.

마리아는 "어떤 아는 남자 편지 화답 끝에 써 보낸 것이 동기로 되어 일약 여류문사가 되어버린" 사람이다. 남자들에게서 오는 편지가 많아지고 지은 글이 잡지에 달마다 실리게 되자 자존심만 까맣게 높아졌다. 그가 유

___

고향을 다녀온 것뿐 외에 전무하다고 해도 옳을 게다." 「기억에 남은 몽금포」, 782면. 강경애가 태어난 송화와 어린 시절을 보낸 장연은 서로 인접한 두 군(郡)이다. 때문에 송화와 장연 일대를 통틀어 강경애의 고향이라 부르기도 한다. 본고에서는 논의의 편리를 위하여 송화와 장연을 비롯한 그 주변을 '장연 일대'라는 말로 요약하여 표시하고자 한다.

74 이 시기에 발표한 19편의 소설 중 12편이 간도를 배경으로 한다. 나머지 작품 중에서 구체적 배경이 밝혀지지 않은 「월사금」(『신동아』, 1933.2)과 「산남」(『신동아』, 1936.8)을 제외한 다섯 편이 황해도 장연 일대를 배경으로 한다. 「월사금」과 「산남」도 작품 속에 구체적 배경이 나타나지는 않았지만 작품의 내용으로 미루어 보건대 황해도 장연 일대가 그 배경일 가능성이 크다. 이렇게 보면 강경애가 발표한 소설은 모두 간도와 황해도 장연 일대를 배경으로 하고 있다.
① 간도 배경 소설 : 「그 여자」(『삼천리』, 1932.9), 「채전(菜田)」(『신가정』, 1933.9), 「축구전(蹴球戰)」(『신가정』, 1933.12), 「유무(有無)」(『신가정』, 1934.2), 「소금」(『신가정』, 1934.5~10), 「동정(同情)」(『청년조선』, 1934.10), 「모자(母子)」(『개벽』, 1935.1), 「원고료 이백 원(原稿料二百圓)」(『신가정』, 1935.2), 「번뇌(煩惱)」(『신가정』, 1935.6~7), 「어둠」(『여성』, 1937.1~2), 「마약(痲藥)」(『여성』, 1937.11), 「검둥이」(『삼천리』, 1938.5~?)
② 황해도 장연 일대 배경 소설 : 「파금」(『조선일보』, 1931.1.27~2.3), 「어머니와 딸」(『혜성』, 1931.8~1932.12), 「부자」(『제일선』, 1933.3), 「인간문제」(『동아일보』, 1934.8.1~12.22), 「해고」(『신동아』, 1935.3), 「지하촌」(『조선일보』, 1936.3.12~4.3), 「장산곶」(『大阪每日新聞』, 1936.6.6~10)

일하게 아는 것은 자기와 같은 재사(才士)는 드물다는 것뿐이다. 강경애는 이처럼 자아도취에 빠진 마리아를 민중 속에 넣음으로써 지식인과 민중의 괴리를 나타내며 동시에 지식인의 허위성을 폭로한다.

얼두거우(二道溝) 예수교회 안에 설치된 부인 청년회의 요청으로 얼두거우에 강연을 가게 된 마리아는 "문예가는 때때로 여행도 해야 한다더라"하는 생각으로 룽징을 떠난다. 그에게 있어서 이번 얼두거우행은 농민들에게 의의 있는 강연을 해주는 것보다 "농촌의 자연미를 구경하는 호기심"이 더 강하며 이번 길에 "어떤 명작이나 하나 얻을까" 하는 바람이 더 크다. 그만큼 여류문사 마리아는 농민과 거리를 멀리하고 있다. 마리아에게 있어서 농민은 오직 "먹는 것과 애 낳는 것, 일하는 것"밖에는 아무것도 모르는 존재이다.

그가 고향에서 본 농부들이란 오직 먹는 것과 애 낳는 것, 일하는 것밖에는 아무것도 모르는 듯했다. 좀 더 그들 중에서 무엇을 안다는 것을 기어코 지정하자면 고담(古談)에 나오는 유충열이나 조웅을 알 법이지, 그 외에는 나라가 어찌 되는지 민족이 어찌 되는지 그저 태평이었다.

되산자 보에다 바가지 몇 짝을 달아매고 구럭짐 몇 짐 짊어지고 어린 것들을 앞세우고 나서면서까지도 어째서 자기네는 '그리운 고향을 등지게 되나? 어째서 가산을 탕패케 되었나?'를 생각해보지 못하고 다만 운명에 돌리고 못나게 우는 농부들이었다.

그런 생각하니 마리아는 얼두거우에 가고 싶은 생각이 없었다. 농부들은 어디 농부들이나 마찬가지로 생각되었던 것이다. 제일 못난 것이 농부들인 동시에 제일 불쌍한 사람이 농부들이라고 생각되었다. 구하래야 구할 수 없는 그런 불쌍한 인간들로 생각되었던 것이다.

— 「그 여자」, 434~435면

농민에 대한 편견과 농민이 처한 현실에 대한 무지를 기초로 하였기에 마리아의 강연은 도식적이고 비현실적일 수밖에 없었다. 때문에 마리아가 "노동자 농민을 부르짖고 현대 조선 사회상을 들추어"내며 "열변을 낙수처럼"떨어뜨렸지만 정작 강연을 듣는 농민들은 갈수록 마리아와 자신들 사이의 거리를 실감하게 된다. 특히 핍박에 의하여 정든 고향을 등지고 간도에까지 흘러든 그들에게 "죽어도 내 땅에서 죽고", "살아도 내 땅에서 살아"야 한다고 역설하는 마리아를 보고는 끝내 참고 참았던 분노가 폭발하고야 만다.

> 자기들의 누이와 아내는 이 여자를 곱게 먹이고 입히기 위하여, 공부시키기 위하여 이 여자 살빛을 희게 하여주기 위하여, 못 입고 못 먹고 못 배우고 엄지 손에 피가 나도록, 그 험악한 병마에 걸리도록 피와 살을 띠우지 않았던가?
>
> 이러한 생각을 하고 나니 마리아의 뒤에 둘러앉은 목사와 장로까지도 자기들의 살과 피를 빨아먹는 흡혈귀같이 보였다 아니 흡혈귀였다.
>
> 그들은 갑자기 욱 쓸어 일어났다. 그리하여 자기들도 모르는 사이에 교회당이 짓모이고 종각이 쓰러졌다.

—「그 여자」, 440면

그러나 농민들의 분노도 마리아에게는 무식한 사람들의 이해할 수 없는 행동에 불과하다. 마지막까지 자신은 "조선의 최고 학부를 마쳤으며 더구나 조선에서 드문 여류작가이고 게다가 어여쁜 미모의 주인공"이라는 환상에서 빠져나오지 못하는 마리아는 농민들에 의하여 갈갈이 옷을 찢기고 쓰러지면서도 미모를 상할까 두 손으로 얼굴을 감싼다.

지식인이 갖고 있는 이론과 현실의 괴리에 대하여 강경애는 간도 이주 전에 발표한 「파금」(『조선일보』, 1931.1.27~2.3)에서도 지적한 적이 있다. 「파금」에서 강경애는 대학을 그만두겠다는 형철이를 통하여 "소수의 무리가 만든 이론으로 대중을 이끌고 나가기는 벌써 어리석다"며 현실을 떠난 이론의 부당성을 제기한다. 「그 여자」는 현실을 떠난 이론의 부당성이라는 점에서 보면 「파금」의 연장선상에 놓여 있다. 그러나 「파금」의 형철이는 이론과 현실의 괴리를 발견하고는 민중들 속에 뛰어들며 투쟁 과정에서 목숨을 잃으나 「그 여자」의 마리아는 그의 이론에 반발하여 일어난 민중에 의하여 봉변을 당하면서도 자아도취에서 헤어나오지 못한다. 이는 지식인이 실천 투쟁 가운데서 자신을 단련하여 민중을 이끌 수 있는 존재로 성장할 수 있다고 보던 데로부터 지식인은 실천 속에서도 자신의 모순을 개선할 수 없으며 나아가 민중을 이끌 역량은 아니라는 것으로 강경애의 인식이 변화되었음을 보여준다. 후에 쓰인 『인간문제』(『동아일보』, 1934.8.1~12.22)의 신철이가 이를 실증한다.

「파금」의 주인공 형철이와 『인간문제』의 주인공 신철이는 배경과 초기 활동은 거의 같은 사람으로 볼 수 있을 정도로 근사하다. 두 사람 모두 일정한 경제적 여유가 있는 가정에서 태어나 대학에서 법률을 배웠으며 민중에 대한 동정을 갖고 있다. 이러한 동정은 그들로 하여금 식민지 사회에 대한 변혁을 꿈꾸게 한다. 그러나 결과는 형철이는 만주에서 항일무장투쟁을 진행하다 총살을 당하나 신철이는 전향하는 것으로 나타난다. 동일한 배경에서 동일한 길을 걸었던 두 사람은 최종적으로 서로 다른 선택을 하는 것이다. 강경애가 보건대 지식인은 결코 민중을 이끌어 혁명을 최종적으로 완성할 존재가 아니었다.

「그 여자」를 통하여 강경애는 지식인에 대해 회의하고 부정함과 동시에 농민에 대해 새로이 주목한다. 지금까지 간도의 농민과 관련되는 대부분의 문학작품과 그에 관한 연구에서 간도 농민은 일제와 중국 관헌의 극심한 탄압의 대상으로만 그려졌었다. 물론 간도의 농민은 피착취적 일면이 강하지만 동시에 이들에게는 반항적 측면도 있었다. 특히 강경애가 간도에 간 1930년대 초는 활발히 전개된 공산주의운동과 함께 간도의 농민들도 가장 활약한 시기였다.

　1928년 봄, 중국공산당의 최고 권력은 '5·30운동'[75]의 영웅인 상하이[上海]출신 노동운동 지도자 리리산[李立三]에게 돌아갔으며 코민테른의 지시를 그대로 받아들인 리리산은 무장폭동의 극좌모험주의 노선을 취하였다. 리리산의 모험주의 노선은 간도에서 '간도5·30폭동'이라는 대폭동의 형식으로 나타났다. 중국공산당 만주성위원회는 종래의 재만 조선인공산당원들로 하여금 철저한 투쟁을 통하여 중국공산당에 충성을 입증하는 기회를 만들게 하였는데 이것이 바로 1930년 5월 29일에서 30일 사이에 일어난 세칭 '간도 5·30폭동'이다. 『연변당사 사건과 인물』에서는 당시의 상황을 이렇게 기록하고 있다.

　5월 29일 밤 삼도구의 혁명군중들은 안학선의 지휘하에 '일본제국주의를 타도하자!', '국민당군벌정부를 타도하자'는 구호를 외치면서 시위를 단행하고 충신장에 있는 '조선인민회' 사무실과 친일지주 김주영, 로명찬의 가옥에 불을 질러놓고 폭력적행동으로 일제와 맞서 싸울것을 호소하는 삐라를 살포하였다. 이리하여 5·30폭동의 서막이 열어지였다.

　5월 30일 오후, 약수동, 세린하, 장인강, 이도구(「그 여자」의 배경 — 필자)와 명풍 등지의 수백 명의 농민들은 군중대회를 열고 당장에서 고리대문서와 소작계약서들을 불태워버린후 적위대, 폭동대를 앞세우고 세갈래로 나뉘여 두도구를 향해 떠났다. (…중략…)

　부분적지구의 농민들은 지주의 량식을 몰수하였으며 지주의 고리대계약서와 집을 불살라버렸다.

　이번 폭동에서 혁명적 군중들은 지주의 집 19채나 불사르고 다리 4개를 파괴해버렸으며 전화선 10여 곳을 끊어버리고 발전소 한 개를 파괴하고 총독부보

조학교 5개소, '조선인거류민회' 사무소 여러 개를 불살라버렸다. 일본제국주의가 룡정에서만 본 손실이 1만 7,500여 원에 달했다.

적아력량의 현저한 차이, 그리그 우리 당의 '좌'적 오유의 영향으로 말미암아 5 · 30폭동은 실패로 돌아가고 말았다.[76]

일제의 강력한 탄압에 의하여 5 · 30폭동은 비록 실패로 끝났지만 공산주의자들의 폭동은 이로써 멈춘 것이 아니었다.[77] 폭동은 1931년 가을의 '추수투쟁'과 1932년 봄의 '춘황투쟁'으로 이어졌다. 공산주의자들이 농민을 발동하여 진행한 이 두 차례의 투쟁을 『연변당사 사건과 인물』에서는 이렇게 적고 있다.

추수투쟁은 1931년 가을에 동만의 각 농촌에서 중국공산당의 령도밑에 진행된 소작료와 리자를 인하하기 위한 대중적투쟁이였다. (…중략…) '9 · 18사변(만주사변 - 필자)'으로 인하여 변화된 정세에 밀접히 배합하여 성세호대한 추수투쟁을 발동하였다. 연길현 로두구 부근의 관도구, 대기동 등지의 800여 명 농민들이 우선 당의 호소에 호응하여 추수투쟁의 첫 포를 울렸다. 그들은 중공로두구구위의 령도밑에 시위행진을 진행하였으며 지주장원을 포위하고 량식창고를 열어 량식을 소작농들에게 나누어주었다. 뒤이어 동만의 여러 농촌들에게서 대중투쟁의 거세찬 불길이 타올랐다.[78]

춘황투쟁은 1932년 봄에 중공동만특위에서 연변의 여러 민족 농민들을 발동하여 조직한 한차례의 반제 반봉건적 대중운동이였다. (…중략…) 연길현 의란구 류재촌의 농민들이 첫 번째로 춘황투쟁의 불길을 지폈다. 뒤이어 동만 각지

---

76 김동화 외, 『연변당사 사건과 인물』, 연변인민출판사, 1988, 62~64면.
77 "간도 지방의 한인중국공산당원 독동은 1930년 한 해 동안에 대소 680건에 이르렀는데……." 김준엽 · 김창순, 『한국공산주의운동사』 4권, 청계연구소, 1986, 438면.
78 김동화 외, 『연변당사 사건과 인물』, 연변인민출판사, 1988, 70~71면.

에서 끊임없이 대중적인 투쟁이 일어났다. 대중적인 투쟁은 나중에 '쌀을 꾸는' 데로부터 '쌀을 빼앗는' 데로 넘어갔으며 일제의 주구를 청산하는 기세찬 투쟁에로 발전하였다.[79]

1930년대 초에 간도에서 일어난 일련의 폭동(투쟁)의 특징은 공산주의자들의 선동, 인도와 그에 따른 농민의 대대적인 참여이다. 공산주의자들의 인도에 따라 과감히 폭동(투쟁)을 일으키는 간도 농민의 모습에서 강경애는 농민의 활력을 발견했을 수도 있다. 이처럼 착취자에 대하여 강력한 반항 의식을 갖고 있는 활력적인 존재였기에 마리아도 강연 도중에 언젠가에 들은 "간도농민은 무던히 무섭다"던 말을 떠올리게 된다.

> 순간에 마리아는 가슴이 선뜻하였다. 그리고 '간도농민'하고 그의 머리에 얼핏 떠올랐다. 그것은 전일 간도농민은 무던히 무섭다는 말을 들었던 까닭이었다.
>
> ―「그 여자」, 439면

또한 이런 농민들이기에 마리아의 몸에서 자신들이 극도로 증오하는 "돈 많은 계집의 특성"을 발견하며 마리아를 포함한 목사나 장로까지도 모두 자신들을 착취하는 사람임을 확신하는 순간 분노를 참지 못하고 폭동을 일으킨다. 『인간문제』에서 지식인 신철이를 전향시키고 농민 출신의 첫째가 마지막까지 투쟁하는 것으로 그린 것도 간도에서 본 농민의 이러한 활약적인 모습과 무관하지 않다. 「그 여자」의 결말 부분에서 "욱 쓸어 일어"나던 농민 중에는 이미 첫째가 숨어 있었다.

마리아가 여류문사이며 룽징에 들어온 지 얼마 되지 않는다는 것을 보면 마리아의 형상에는 강경애 자신의 모습이 많이 담겨져 있다. 강경애는

79　위의 책, 81면.

마리아를 통하여 자신에 대한 반성도 진행하고 있는 것이다.

간도에서 일제의 토벌에 의한 민중의 참상과 이에 맞서 투쟁하는 항일 무장 세력을 지켜보면서, 가끔 조선에 들어갈 때마다 밤낮으로 열심히 일하지만 가난을 벗어날 수 없는 조선 농민들의 현실을 보면서 강경애는 실천적인 행동이 없이 이론에만 매달려 있는 자신을 비롯한 지식인에 대해 반성하고 비판한다. 이는 강경애의 수필에서 더욱 직접적으로 나타난다.

> 나는 이켠으로 머리를 돌리니 길회선(吉會線) 철도공사 인부들이 까맣게 쳐다보이는 석벽 위에 귀신같이 발을 붙이고 돌을 쪼아내린다. (…중략…) 학생들은 무엇을 배우나, 소위 인텔리 층 나리들은 어떻게 살아가나. 누구보다도 나는 이때까지 무엇을 배웠으며 무엇으로 입고 무엇으로 먹고 이렇게 살아왔나.
> 저들의 피와 땀을 사정없이 긁어모아 먹고 입고 살아온 내가 아니냐! 우리들이 배운다는 것은, 아니 배웠다는 것은 저들의 노동력을 좀 더 착취하기 위한 수단이 아니었더냐!
>
> ─「간도를 등지면서, 간도야 잘 있거라」, 722면

> 농민들의 그 애쓰는 것을 본다면 우리가 항상 먹는 쌀알이 무심히 보이지를 않고 따라서 우리 같은 기생충이란 모두가 넙적 엎드려 죽어야 마땅하게 생각되지요.
>
> ─「여름밤 농촌의 풍경 점점」, 738면

「그 여자」는 바로 상기 수필들에서 드러난 현실인식의 문학적 형상화인 것이다. 강경애는 「그 여자」뿐만 아니라 「동정」, 「원고료 이백 원」 등 자전적 색채가 짙은 소설을 통하여서도 지식인의 허위성, 소시민성 등 약점들을 폭로, 비판하고 자신에 대한 반성을 진행했다.

「동정」(『청년조선』, 19347.10)은 지식인의 소시민성을 중점적으로 비판한

다. "아침마다 냉수 한 컵씩을 자시고 산보를 하십시오"라는 의사의 권유
에 따라 '나'는 매일 아침 하이란 강변에 나가 우물 물을 길어 마신다. 하이
란 강변에 나가 물을 긷는다는 것으로부터 「동정」도 그 배경이 룽징임을
알 수 있다. 병 치료 때문에 매일 우물가에 가면서 '나'는 산월이라는 여성
을 알게 된다.

황해도 풍천이 고향인 산월이는 가난한 농민의 딸이었다. 열두 살에 빚
때문에 팔려 매음부가 된 산월이는 초기에는 몸값을 갚고 정상적인 삶을
살고자 하는 의욕이 있었으며 또 한 남학생을 사랑하게 되어 그를 정성으
로 섬기기도 하였다. 그러나 장래를 약속했던 남학생은 어떤 여학생을 찾
아 혼인을 하였으며 그토록 돈을 아껴 썼건만 몸값은 나날이 늘어만 났다.
생활에 대한 의욕을 상실한 산월이는 이제는 모든 것을 체념하고 살아간
다. 지금 그에게 남은 것은 세상에 대한 원망뿐이다.

산월이와 교류가 잦아지면서 '나'는 그에게 생활에 대한 신심을 잃지 말
것을 당부하며 도움도 약속한다. 이런 '나'에게 어느 날 갑자기 산월이가
찾아온다.

그의 눈은 빛났습니다. 나는 전날 어떻게든지 기회만 봐서 도망이라도 하면 내
여비 같은 것은 담당해 주마던 기억이 얼핏 떠오르며 저가 여비를 구하려 왔구나!
하며 버쩍 싫은 생각이 들었습니다. 남편도 눈이 둥그래서 그를 쳐다보았습니다.
"가기는 어딜 간단 말야, 갑자기."
나는 불쑥 이런 말을 하였습니다. 그리고 "어제 수해 구제 음악회에서 삼원을
기부하였는데, 또 돈 쓸 일이 나지 않는가? 그러랴면 이 달에 살기가 좀 어려울
터인데 필시 이 달엔 저금은 못하지" 하는 속 궁리가 뒤를 이어 내달았습니다.
그는 언제까지나 잠잠히 앉았습니다. 그러나 그의 얼굴빛은 시시로 달라지는
것을 나는 보았습니다.

— 「동정」, 546면

산월이가 매음부가 된 것은 '환경'의 탓이라 하며 기회를 보아 도망해 나오면 여비를 대주겠다고 약속을 했었으나 정작 산월이가 도망해 나오자 '나'는 약속에서 한발 물러선다. 산월이에게 여비를 주면 이번 달은 살기가 어려워 질 것이며 저금을 할 수 없을 것이라는 이유 때문이다. '나'는 결국 "가두 말야, 가는 목적지를 정하고, 나와도 며칠 전부터 의논이 있어야지, 그리구 여기 일두 얼마큼 치워 놓고 가야지"등 구실을 들어 산월이에게 충동적인 행동을 자제할 것을 요구하는 것으로 여비를 대주겠다던 약속에서 벗어난다.

이튿날 '나'는 산월이가 우물에 빠져 죽었다는 소식을 접하며 그 순간 산월이가 죽은 것이 "내가 말로나마 동정을 해서 죽었는지? 안 해서 죽었는지? 어느 한 가지에 있으리라"생각하는 것으로 작품은 끝난다.

'나'의 이런 행동은 민중에 대한 동정을 갖고 있으며 또 민중을 인도, 지도 하고자 하나 이것이 자신의 이익과 충돌될 때는 개인적 이익을 우선시하는 소시민적 지식인의 한 모습이다.

당시 강경애도 병을 앓고 있었으며 「표모의 마음」(『신가정』, 1934.6) 등 여러 수필에 매일 물동이를 이고 물을 길어 먹는 다는 기록이 있는 것으로 보아 「동정」의 '나'에는 강경애 자신의 모습이 많이 담겨져 있는 것 같다.

「원고료 이백 원」(『신가정』, 1935.2)도 지식인의 소시민성을 부정, 비판한다. 작품은 주인공 '나'가 동생 K에게 쓰는 편지 형식으로 되어 있다. "어릴 적부터 순조롭지 못한 가정에서 자랐고 또 커서까지도 순경에 처하지 못"하여 시종 경제적인 어려움을 겪은 '나'는 D신문에 장편소설을 연재하여 원고료 이백여 원을 받자 털외투, 목도리, 구두, 금반지 등 지금까지 욕심내온 물건들을 사려한다.

지금 생각하면 부끄러운 말이지만 '우선 겨울이니 털외투나 하고, 목도리, 구두, 내 앞니가 너무 새가 넓으니 가늘게 금니나 하고, 가늘게 금반지나 하고, 시

계나 (…중략…) 아니 남편이 뭐랄지 모르지. 그래두 뭘 내 벌어서 내 해 가지는
데야 제가 입이 열이니 무슨 말을 한담. 이번 기회에 못하면 나는 금시계 하나
도 못 가지게. 눈 딱 감고한다. 그러고 남편의 양복이나 한 벌 해줘야지. 양복이
그 꼴이니.'나는 이렇게 깡그리 생각해 두었구나.

—「원고료 이백 원」, 562면

그러나 남편은 '나'의 이런 생각을 "소위 모던걸이라는 두리햬늉년이 되
고 싶은 것"이며 입으로만 무산자를 부르짖는 문인이 되려는 것이라고 일
축하며 이 돈을 어려움에 처한 동지들과 그들의 가족을 돌보는 데 사용하
자고 한다. 자신의 물질적 욕망의 충족과 어려움에 처한 동지에의 도움 사
이에서 '나'는 일시적으로 방황하나 결국 후자를 선택한다는 것이 '나'가
동생 K에게 보내는 편지의 내용이다.

K야, 나와 같은 처지에서 금시계 금반지 털외투가 무슨 소용이 있는 게냐. 그
것을 사는 돈으로 동지의 한 생명을 구원할 수 있다면 구원하는 것이 얼마나 떳
떳한 일이냐. 더구나 남편의 동지임에랴. 아니 내 동지가 아니냐.

—「원고료 이백 원」, 565면

주목을 요하는 것은 「동정」에서는 어려움에 처한 산월이를 도와주지
않았으나 「원고료 이백 원」에서는 최종적으로 자신의 물질적 욕망을 자
제하고 자기보다 어려운 사람을 도와줌이다. 이런 차이가 나타난 원인은
작품 속 남편의 역할에서 찾아볼 수 있다. 「동정」에서 남편은 잠깐 언급되
는 데 그쳤으나 「원고료 이백 원」에서 남편은 성격을 갖고 작품의 또 하나
의 주인공으로 등장한다. 「원고료 이백 원」의 '나'는 사회주의적 경향을
갖고 있는 남편의 계급적 지도를 받고 자신의 소시민성을 극복한다.
강경애가 당시 『동아일보』에 『인간문제』를 연재하고 원고료를 받았다

는 사실을 감안하면 소설 속의 주인공 '나'는 곧 강경애 자신임을 알 수 있다. 「원고료 이백 원」은 유혹 앞에서 해이해지려는 자신에 대한 반성을 나타낸다.

강경애는 이러한 반성을 단지 자신 한 사람에 국한시키지 않는다. 「원고료 이백 원」은 '나'가 졸업을 앞두고 사회에 나가 화려한 생활을 하려는 동생 K에게 보내는 편지 형식을 통하여 "1930년대 중반을 넘어서면서 지식인 사회에 퍼지기 시작한 소시민적 경향에 대한 강한 비판"[80]을 드러낸다. '나'는 "상급학교에 가게 되지 못한다고, 혹은 스위트 홈을 이루게 되지 못한다고 비관"하는 K에게 "공상에서 한 보 뛰어나와서 현실에 착안"할 것을 당부한다.

> K야, 너는 지금 상급학교에 가게 되지 못한다고, 혹은 스위트 홈을 이루게 되지 못한다고 비관하느냐? 너의 그러한 비관이야말로 얼마나 값없는 비관인가를 눈 감고 가만히 생각해 보아라. 네가 만일 어떠한 기회로 잠시 동안 너의 이상하는 바가 실현될지 모르나 그러나 그것은 잠깐 동안이고 너는 또다시 대중과 같은 그러한 처지에 서게 될 터이니 너는 그때에는 자살하려느냐.
>
> ―「원고료 이백 원」, 567면

강경애가 보건대 한 개인의 행복이란 전반 피압박계급의 해방 속에서만 가능한 것이다. 그는 한 개인이 어떤 기회로 화려한 생활을 하게 될지라도 전반 피압박계급의 해방이 없으면 그런 화려한 생활은 길지 못하며 개인은 또다시 압박과 착취를 받게 된다고 본다. "책상 위에서 배운 지식"은 그것만으로도 훌륭하니 이젠 실천 속에서 "참된 지식"을 얻음으로써 '교환가치(交換價値)'보다도 '사회적 가치(社會的價値)'를 제고시켜야 한다

---

[80] 김재용, 「프로소설의 확대와 동반자 작가의 변모」, 『한국현대대표소설선』 4, 창작과비평사, 1996, 477면.

는 K에 대한 '나'의 당부는 동시에 이 시기 지식인들이 갖고 있는 소시민적 경향에 대한 강경애의 비판이기도 하다.

하지만 자신을 비롯한 지식인에 대한 이런 비판과 반성은 결코 이 시기 강경애 문학의 중심은 아니다. 「그 여자」에서도 보이다시피 강경애는 지식인을 부정함과 함께 농민에 주목한다. 지식인의 여러 문제점들을 짚어 내고 이들을 비판한 것은 어쩌면 농민의 건강한 일면과 역사발전 주체로서의 정당성을 더욱 부각시키기 위함일지도 모른다. 농민이야말로 이 시기 강경애가 가장 주목한 대상이다.

강경애의 소설에서 처음으로 간도의 농민을 작품의 전면에 등장시킨 것은 「채전」(『신가정』, 1933.9)이다. 「채전」의 주인공 수방이는 동생 우방이와의 비교 속에서 자신이 놓인 부당한 처지를 인식한다. 마마[81]의 친딸인 우방이는 좋은 옷을 입고 학교에도 다니는 데 자신은 좋은 옷을 입지 못하고 학교에 다니지 못할 뿐만 아니라 집안에서 온갖 잡일을 해야 하며 또 의붓어머니의 꾸중도 자주 듣는다. 바바[82]도 수방이를 대함에 있어서는 마마와 별반 차이가 없었다.

수방이는 비록 바바, 마마, 우방이와 한 가족이지만 이들보다는 자신의 집에 와 일하는 일꾼들과 더욱 동질감을 느낀다. 바바가 돈이 생기면 마마와 우방이의 옷만 사고 자기에게는 아무것도 안사오나 맹서방이 자기에게 머리핀을 사준 것은 수방이의 이런 동질감을 더욱 강화시킨다. 그리고 맹서방을 비롯한 일꾼들이야말로 좋은 사람이라는 생각을 갖는다.

맹서방도, 추서방도, 이서방도, 그러구 그러구 모두 다들 좋은 사람들이 이렇게 나와 같이 일만 할 줄 알지. 일만 하는 사람은 나쁜 사람인지 몰라? 바바와 같이 마마와 같이 노는 사람이 좋은 사람일까. 그러면 이 고추가 어떻게 달리며

---

81   어머니.
82   아버지.

감자가 어떻게 땅 속에서 나와? 마마같이 놀고 가만히 있다면 말이야. 그러면 일하는 사람이 좋은 사람들이지 뭐야. 그래두 우리들은 좋은 옷은 못 입으니⋯⋯.

그의 생각에는 고운 옷 입는 사람이 훌륭하고도 무엇을 많이 아는 사람으로 짐작되었던 것이다.

—「채전」, 469면

어린 수방이의 생각에도 맹서방과 같은 일하는 사람들이 없으면 지금 우리가 먹고 입는 물건들이 있을 수 없다. 일하는 맹서방과 같은 사람들이 좋은 사람이고 일하지 않는 바바, 마마와 같은 사람들이 나쁜 사람들이라고 하면 무엇 때문에 좋은 사람이 고은 옷을 못 입고 나쁜 사람들이 고은 옷을 입는가? 수방이는 언젠가부터 이런 원초적인 의문은 갖게 된다.

맹서방과 같은 일하는 사람들과 동질감을 갖고 있으며 이들이야말로 좋은 사람이라는 생각을 가진 수방이기에 어느 날 밤, 바바와 마마의 대화에서 일꾼을 줄이련다는 사실을 알게 되자 이것을 맹서방에게 알려준다.

수방이는 한 걸음 다가서며 사면을 휘휘 돌아본 후에 맹서방 귀에다 입을 대고 종알종알 하였다. 맹서방의 눈은 점점 둥그레지며 비분한 기색이 양볼 위로 뚜렷이 흘러내려온다. (⋯중략⋯)

다음날 아침 맹서방은 수방의 아버지인 왕서방과 마주 앉고 이러한 조건을 제출하였다.

1. 어떠한 일이 있더라도 우리들을 겨울까지 내보내지 말 일.

2. 우리들의 옷을 한 벌씩 해줄 일.

이 두 조건을 듣지 않으면 그들은 오늘로 나가겠다는 것이다.

—「채전」, 471면

왕서방의 무단해고에 맹서방 등 일꾼들은 집단파업으로 대응한다. 왕서방은 이제 다시 일군을 모집하려면 돈도 더 들고 야채농사에도 지장이 있을 것을 생각하고 할 수 없이 맹서방네의 조건을 들어준다. 일꾼들의 조직적 투쟁이 승리를 거둔 것이다. 그러나 바바의 불만을 산 수방이는 며칠 후 머리에 맹서방이 사다준 핀을 꽂은 채 소문 없이 죽고 만다.

「채전」은 비록 처음으로 간도의 농민을 작품의 전면에 등장시켰지만 간도 농민의 특수성을 제대로 살려내지 못하였다. 농장주의 무단해고에 농민들이 조직적인 반항으로 대응하여 고용을 보장받고 처우를 개선했다는 갈등 설정은 간도뿐만 아니라 조선을 망라하여 고용관계가 존재하는 곳이면 어디에서도 발생 가능하다. 그리고 이 갈등은 또 자본가와 노동자 사이의 갈등과도 너무나 유사하다.

작품의 구성에서도 전반부는 일하지 않고도 유족한 삶을 사는 바바, 마마와 열심히 일하지만 어려운 삶을 사는 맹서방을 비롯한 일꾼들 사이에서 수방이가 자신의 정체성을 찾아가는 것으로 사건이 전개되었으나 후반부에 와 갑자기 농장주와 농민 사이의 대립, 투쟁으로 이야기가 급전된다. 작품 속에는 맹서방을 비롯한 일꾼들의 성격이나 의식의 변화 같은 것은 전혀 없고 농장주 왕서방과 조직적 투쟁을 진행하는 모습만이 그려졌다.

「채전」은 비록 이처럼 여러 가지 미숙성을 내포한 작품이지만 등장인물이 모두 중국인이라는 점에서 주목을 요한다. 한국 근대문학 작품 중에서 주인공을 비롯한 등장인물이 모두 타민족인 작품은 주요섭(朱耀燮, 1902~1972)의 「인력거꾼」(『개벽』, 1925.4)과 「살인」(『개벽』, 1925.6) 을 제외하면 「채전」이 거의 유일하다고 할 수 있다. 이는 강경애나 주요섭이 모두 간도, 상하이 등 중국에서 장기간 생활하면서 창작활동을 한 것과 무관하지 않을 것이다. 그리고 간도의 농민을 그림에 있어 주인공을 이주 조선인으로 바꾸어도 작품 전개상 아무런 문제가 없는 상황이지만 중국인으로 설정한 것은 강경애의 사회주의적 이념과 밀접히 관계된다고 본다. 사회주의자 강경애에게 있어 간도에서 생활하는 조선인이나 중국인이나 착취와 피착취라는 계급적 문제에서는 모두 동일한 상황에 처해 있었다.

「채전」에는 착취자에 대한 피착취자들의 조직적인 투쟁은 승리를 거둔다는 강경애의 이념만이 생경하게 드러나 있다. 이런 강경애의 이념이 간도의 현실과 밀착하여 작품으로 형상화 된 것이 뒤이어 발표된 「유무」와 「소금」이다.

(2) 간도토벌과 농민의 변화

강경애의 간도체험은 '만주사변'과 '만주국 건국'이라는 두 개의 사건과 함께 시작되었다. 일본 군부와 우익은 일찍부터 만주의 이권을 차지하려는 야욕을 갖고 있었다. 이를 위하여 1931년 펑텐[奉天] 외곽의 류타우거우[柳條溝]에서 스스로 만철(滿鐵) 선로를 폭파하고 중국측 소행이라 트집 잡아 군사행동을 개시하였다. 일본군은 1932년 초까지 만주의 대부분 지역을 점령하였으며 같은 해 3월 1일에는 일본의 괴뢰국가인 만주국의 성립을 선포하였다.

'만주사변'과 '만주국 건국'은 또 그에 따르는 후폭풍을 몰아 왔다. 만주 일대에서 이른바 '병비토벌(兵匪討伐)'을 명목으로 항일세력을 일제히 소탕하기 시작한 것이다. 특히 간도 지방은 1931년에 5·30폭동이 있은 이래로 조선인 중국공산당원의 반제반일투쟁이 계속 극한상태에 있었으므로 일제는 이 지역에서 무자비한 탄압을 진행하였다.

간도토벌은 강경애가 간도에서 생활하면서 가장 주목한 사건인 동시에 강경애에게 가장 큰 영향을 미친 사건이다. 강경애는 「간도를 등지면서, 간도야 잘 있거라」,[83] 「간도의 봄」(『동아일보』, 1933.4.23), 「이역의 달밤」(『신

---

83 이상경은 「간도를 등지면서」(『동광』, 1932.8)와 「간도야 잘 있거라」(『동광』, 1932.10)를 하나의 연속된 글로 보고 두 글을 「간도를 등지면서, 간도야 잘 있거라」라는 제목으로 묶

동아』, 1933.12) 등 여러 수필을 통하여 일제의 간도토벌과 그로인한 간도 민중의 참상을 보여주었다.

> 맨 앞에 달린 화물차 속에는 군인들이 꾸역꾸역 몰려나온다. 나중에 알고 보니 훈춘(琿春) 지방에 출정하였던 군대라고 한다. 그러자 이켠 뒷 객차에서는 수백 명의 중국인들이 남부여대(男負女戴)하여 밀려나온다. 이들은 조선을 거쳐 중국 본토로 가는 간도의 피난민이다. (…중략…) 햇볕에 빛나는 창검에서는 피비린 냄새가 나는 듯, 동시에 XX당의 혐의로 무참히도 원혼으로 된 백면장정(白面壯丁)의 환영이 수없이 그 위를 달음질치고 있었다. 나는 발길을 더 옮길 용기가 나지 않았다. (…중략…) 수없는 피난민들은 군대의 행보하는 것을 얼빠지게 슬금슬금 바라보며 보기만 해도 무섭다는 듯이 그들의 몸을 쪼그린다. 정든 고향을 등지고 생명의 보장이나마 얻어볼까 하여 누더기 보따릴 짊어지고 방향도 정(定)치 못하고 밀려나오는 그들……. 아니 그들 중에는 백의 동포도 얼마든지 섞여 있다.

— 「간도를 등지면서, 간도야 잘 있거라」, 723~724면

"훈춘 지방에 출정하였던 군대", "조선을 거쳐 중국 본토로 가는 간도의 피난민", "XX당의 혐의로 무참히도 원혼으로 된 백면장정의 환영" 등은 간도토벌의 상징적인 모습이다. 간도 지방의 '병비소탕작전'은 조선군사령부에 의하여 수행되었는데 학살된 공산당원이 약 2만 5천 명에 달하였다고 한다. '소탕작전'은 지극히 야만적인 것으로서 성년남자면 모두 죽였다. 간도 지방은 백색공포로 뒤덮였으며 성년남자는 무조건 도망하지 않고서는 살아남을 수 없었다.[84]

어 전집에 수록하였다. 본고는 이를 따른다.

84　김준엽 · 김창순, 『한국공산주의운동사』 4, 청계연구소, 1986, 465면 참고.
　　스칼라피노, 이정식 역 『한국공산주의운동사』 1(돌베개, 1986)에서는 "일제는 1932년 4월 대규모 소탕작전을 전개했다. 간도주재 일본총영사는 이 해 말까지 1,200명 이상의 '공산

일제의 야만적인 토벌과 그로인한 간도 민중의 참담한 모습을 실감한 강경애는 이것을 수필로 적어냈을 뿐만 아니라 소설로 형상화하기도 하였다. 지금까지 자신의 계급적 이념을 주인공의 입을 빌어 직접적으로 역설하였다면 간도토벌을 그리면서부터 강경애는 구체적인 사건을 통하여 이념을 드러냈다.

「유무」(『신가정』, 1934.2)는 일제의 간도토벌이 간도의 민중들에게 가져온 엄청난 정신적 공포와 토벌을 겪고 난 민중들의 인식 변화를 보여준다. 작품은 "우리 윗집에서 단칸방을 세 얻고 살며"고정된 벌이가 없이 그날그날 노동을 하여 돈푼이나 생기면 먹고 안 생기면 굶는 생활을 하던 복순 아버지의 꿈 이야기를 골자로 한다.

복순 아버지는 밤마다 어떤 '괴악스럽게 생긴 인간들(B들)"에게 끌려 "암흑의 천지"에 간다. 그 암흑의 천지에는 복순 아버지와 같은 사람들이 한둘이 아니다. B들은 밤만 되면 이들 중 몇 사람을 불러내는데 일단 불려간 사람은 다시 돌아오지 못한다. 어느 날, 복순 아버지도 B들에게 불려나가는데 그곳에서 참혹한 살인 장면을 목격했다는 것이 복순 아버지가 '나'에게 들려준 꿈 이야기이다.

복순 아버지는 꿈에 대해 말하면서 B들에게 끌려가는 사람들의 공포에 떠는 모습과 자신이 B들에게 끌려가 본 장면에 대한 묘사를 상세히 하고 있다. 복순 아버지는 B들에게 끌려가 B들이 어린아이를 칼끝에 끼워 들거나 사람의 목을 쇠사슬로 매어 놓고 자동차로 끌고 다니는 등 차마 눈뜨고 보기 어려운 살인 장면들을 목도한다.

B들은 우루루 달려와서 구둣발로 차고 채찍으로 때리우. 그때 '갈 대로 가보

___

주의자 및 공산주의 동조자'들이 총살되었고, 1,500명이 투옥되었다고 보도했다"(224면)고 적고 있다. 위의 자료에서 말하는 2만 5,000명은 토벌에서 학살된 모든 인원(공산당원, 민간인)의 수치인 것 같다.

자!' 동무의 소리가 벼락같이 들렸수. 그 뒤를 이어 '가보세'후하는 한숨소리가 났수. 그들의 음성은 인생의 최후 순간에서 나오는 생에 대한 애착의 무서운 발악이우.

—「유무」, 487면

그때 '으악'하는 소리에 나는 흠칫하며 눈결에 그곳을 바라보았소. B들은 어린애기를 칼 끝에 끼워 들었수. 애기는 다리 팔을 팔팔팔 날리우.

—「유무」, 488면

B들은 그 동무의 목을 쇠사슬로 매어 놓았수. 그러고 그 끝을 자동차에 매었수. (…중략…) 차에 오른 B들은 손짓을 하우. 그러고 엔진을 틀었수. 차는 달아나우. 그 동무는 살겠노라 두 팔을 바람개비 날리듯 하며 따라가우. 그러나 몇 발걸음 나가지 못해서 푹 거꾸러지는 모양이우. 그러고 땅을 치는 소리와 같이 자동차는 뿌옇게 사라지우.

—「유무」, 488면

현실에서는 도저히 있을 수 없을 것 같은 일들을 복순 아버지는 매일 밤 꿈에서 보고 있으며 이젠 그것이 꿈인지 현실인지 분간하지 못한다. 그러면 이것이 꿈이 아니고 현실일 가능성은 없는 것인가? 복순 아버지가 이러한 꿈을 꾸는 시간적 배경을 통하여 추적해 볼 수 있다.

「유무」는 1934년 2월 『신가정』에 발표된 소설이다. 강경애는 소설 속에서 "지금으로부터 이태 전 그 어느 날 아침"에 "우리 윗집에서 단간방을 세 얻어 살던" 복순이네 가족이 사라졌으며 "지금으로부터 일 년 전 그 어느 날 밤"에 복순 아버지가 '나'를 찾아왔다고 한다. 그러면 복순이네가 사라진 시간은 1932년 초가 되며 복순 아버지가 다시 '나'를 찾아온 시간은 1933년 초가 된다. 복순 아버지가 사라졌다 돌아온 시간은 바로 일제의 대대적인 토벌 시기이다.

강경애는 「간도를 등지면서, 간도야 잘 있거라」 등 수필을 통하여 이미 일제의 간도토벌에 대하여 언급하였다. 그러나 이런 수필은 간도토벌의 참혹상을 구체적으로 서술하지는 않았으며 토벌을 견뎌내는 간도 민중의 심리적 공포도 묘사하지 않았다. 수필에서 단편적으로 간략히 언급하였던 간도토벌을 강경애는 「유무」를 통하여 적나라하게 만인에 알리고 있다.

복순 아버지의 꿈은 결코 과장된 것이 아니다. 일제가 간도에서 조작한 가장 큰 학살사건 중의 하나인 '하이란강 대학살사건'만을 보아도 당시 간도토벌의 참혹함을 보아낼 수 있다.

1930년대 초에 중국공산당 동만의 당조직에서는 하이란강과 부얼하통강의 합수목 동북쪽에 있는 화렌리에다 중공하이란구위를 세웠다.[85] 하이란구의 중심지인 화렌리 등지를 눈에 든 가시로 여기던 일제는 일본군경과 위만자위단(偽滿自衛團)을 출동시켜 화렌리를 비롯한 하이란구에 대하여 참혹한 대토벌을 감행하였는데 1932년부터 1933년에 이르기까지 94차례에 걸쳐 1,700명의 혁명자와 무고한 군중을 살해하였다.[86]

1932년 음력 8월 7일, 일본군수비대와 위만자위단 70여 명은 3정의 중기관총과 경기관총, 1문의 포를 가지고 9호의 주민밖에 없는 화련리 류정촌을 돌연히 포위하였다. 놈들은 집집마다 돌아다니며 불을 놓고 눈에 띄우는 사람마다 살해하였기에 28명의 혁명자와 20여 명의 군중들이 참혹하게 목숨을 잃었다. 놈들은 어린이들도 가만 놓아두지 않고 총창으로 찔러 죽이였다. 항일유격대가 들었던 리삼달네 집에서는 10여 명의 식구가 살해되였는 데 그 가운데는 2살난 어린애가 있었을 뿐만아니라 70여 세 나는 할머니도 있었다. 이리하여 류정촌은 재무지로 변하였고 피바다로 되었다. 이것이 바로 화련리의 8·7학살사건이다.[87]

85　이때는 한인공산주의자들도 중국공산당에 가입하여 명의상으로는 중국공산당 당원이었다.

86　김동화 외, 「해란강대학살사건」, 『연변당사 사건과 인물』, 연변인민출판사, 1988 참고.

‘하이란강대학살사건’의 일부에 속하는 화롄리의 ‘8·7학살사건’이다. 이처럼 복순 아버지의 꿈과 같은 참혹한 학살은 결코 이 한곳에서만 일어 난 것이 아니었다. 『연변당사 사건과 인물』에 기록된 이 시기의 학살사건 만도 8건이나 된다.[88] 이 8건의 학살사건을 통하여 우리는 또 일제의 간도 토벌은 만주사변의 발발과 함께 이미 시작되었음을 알 수 있다. 1932년 5 월부터는 그 규모가 대대적으로 확대되었을 뿐이다.

강경애는 「유무」를 통하여 일제의 참혹한 토벌을 보여줄 뿐만 아니라 동시에 토벌을 겪으면서 각성하는 간도 민중의 모습도 보여주고 있다.

> 그때 B 하나가 총 끝에 칼을 끼워 가지고 내 곁으로 왔소. 그때까지도 저가 참 말 나를 죽이려는가? 하였수. B는 그 칼을 나의 가슴에 대었수. 비로소 나는 삶 의 희망이 아주 탁 끊어졌수. 그때유. 아저머이! 그때라우. 나는 그 절망에서 어 떤 힘을 벼락같이 얻었수. 그러자 나의 의식은 명확해졌수. 동시에 내가 누구에 게 죽음을 받는다는 것을 똑똑히 알았수. 나는 B를 보았소. 그때 나의 가슴에는 칼이 들여 박혔수. 나는 소리를 버럭 질렀수. 그러고 소스라쳐 깨었소. 꿈이란 그뿐이우.

> —「유무」, 488~489면

복순 아버지는 B들의 총칼 앞에서 새로운 힘을 얻고 의식의 각성을 가져 오며 끝내 자신을 죽이려는 B들의 정체를 깨닫는다. B들은 당연히 일제를 가리키는 것으로서 이는 일제의 참혹한 토벌을 겪으면서 간도의 민중들이 일제의 본질을 파악하고 그에 맞서 싸우려는 생각을 갖게 됨을 나타낸다.

---

87   위의 책, 95~96면.

88   ‘래풍동학살사건(1931년 음력 11월)’, ‘중강자사건(1932년 봄)’, ‘대감자학살사건(1932년 봄)’, ‘덕원리학살사건(1932년 4월)’, ‘남양촌학살사건(1932년 말)’, ‘해란강대학살사건 (1932년부터 1933년에 이르기까지)’, ‘동흥진학살사건(1932년 10월)’, ‘약수동학살사건 (1932년 음력 11월).’

지금까지의 논의에서는 모두 복순 아버지를 '모종의 지하활동(반만항일 활동, 이념활동 혹은 독립운동)'과 관련을 가진 사람으로 보고 있다. 만약 복순 아버지가 '모종의 지하활동'을 하는 사람이라면 그는 자신을 괴롭히는 존재가 일제임을 일찍부터 알 것이다. 그러나 복순 아버지는 B들의 정체에 대해 모르고 있었으며 일제가 총칼을 그의 가슴에 들이대는 순간에야 B들의 정체를 발견하며 "벼락 같은 힘"을 얻고 "의식이 명확"해진다.

강경애는 「유무」에서 '나'는 복순 아버지의 입을 통하여 글 쓰는 사람임을 밝혔으나 복순 아버지에 대해서는 신분을 구체적으로 밝히지 않고 있다. 그러나 일제의 간도토벌이 만주사변의 발발과 함께 이미 소규모로 진행되었다는 점을 고려할 때 복순 아버지는 결코 '모종의 지하활동'을 하는 사람이 아닌 평범한 농민으로서 농촌에서 진행되는 일제의 야만적인 토벌을 피해 룽징에 흘러든 것으로 추정해볼 수 있다.

1934년이란 시점에서 일제의 간도토벌과 같은 민감한 내용을 작품화한다는 것은 적지 않은 용기를 동반해야 하는 것이다. 때문에 「유무」는 단지 소재적 측면에서도 소중히 다루어져야 하는 작품임이 틀림없다. 그러나 이런 '소중함'에 비하여 「유무」는 지금까지 그다지 주의를 받지 못하였다. 강경애의 소설들을 논의하는 장에서 「유무」는 흔히 소외되거나 '모종의 지하활동'과 관련을 가진 사람의 고민을 반영하는 것 정도로 간단히 해석되었다. 이제 간도토벌에 대한 정확한 이해와 함께 그 실상을 여실히 반영한 「유무」는 마땅히 전반 강경애의 작품세계에서 가치를 새롭게 인정받아야 한다고 본다.

강경애는 「유무」에서 복순 아버지가 룽징에서 '무식한 노동자'로 살던 모습은 따로 서술하지 않는데 이는 「소금」에서 봉염 어머니라는 인물을 통하여 구체적으로 형상화 된다.

강경애의 대표작 중의 하나인 「소금」(『신가정』, 1934.5~10)은 봉염 어머니라는 한 이주민 여성의 수난사인 동시에 각성사(覺醒史)이기도 하다. 소설

은 수난과 각성이라는 이중의 구도를 통하여 1930년대 초의 한 간도 농민
의 삶을 반영하고 있다.

「소금」은 우선 봉염 어머니의 회상을 통하여 봉염이네 가족의 간도 이
주 원인과 간도에서의 그간의 생활을 나타냄으로써 당시 간도의 시대적
배경과 그 속에서 살아가는 이주 농민의 삶을 보여준다. 간도에의 이주는
크게 경제적인 원인과 정치적인 원인으로 나누어 볼 수 있다. 대다수의 농
민이 그렇듯이 봉염이네 가족의 간도 이주도 경제적인 원인에 의하여서
였다. 고향에서 부치던 밭을 떼이고 간도에 흘러들어 중국인 지주의 땅을
얻어 농사를 하며 살아온 10여 년을 봉염 어머니는 "오늘까지 목숨이 붙
어 있는 것이 기적"같다고 말한다. 봉염이네는 일 년 내내 땀 흘려 지은
벼를 가을이면 팡둥에게 전부 빼앗겼을 뿐만 아니라 중국인 군대인 보위
단(保衛團)이나 자위단에게 또 쌀이나 돈을 바치지 않으면 안 된다.

그들이 바가지 몇 짝을 달고 고향서 떠날 때는 마치 끝도 없는 망망한 바다를
향하여 죽음의 길을 떠나는 듯 뭐라고 형용하여 아픈 가슴을 설명할 수 없었다.
그러나 불행 중 다행으로 이곳까지 와서 어떤 중국인의 땅을 얻어가지고 농사
를 짓게 되었으나 중국군대인 보위단(保衛團)들에게 날마다 위협을 당하여 죽
지 못해서 그날그날을 살아가곤 하였다. 그러기에 그들은 아침 일어나는 길로
하늘을 향하여 오늘 무사히 보내기를 빌었다.
보위단들은 그들이 받는바 월급만으로는 살 수가 없으니 농촌으로 돌아다니
며 한 번 두 번 빼앗기 시작한 것이 지금에 와서는 으레 할 것으로 알고 아무 주
저없이 백주에도 농민을 위협하여 빼앗곤 하였다. 그러니 농민들은 보위단 몫
으로 언제나 돈이나 기타 쌀을 준비해 두곤 하였다. 그 동안 이어 나타난 것이
공산당이었으니, 그 후로 지주와 보위단들은 무서워서 전부 도시로 몰리고, 간
혹 농촌으로 순회를 한다더라도 공산당이 있는 구역에는 감히 들어오지를 못
하게 되었다. 그러나 시국이 바뀌며 공산당이 쫓기어 들어가면서부터 자 X단

들이 나타나게 된 것이었다.

—「소금」, 492면

하루가 멀다 하고 닥쳐오는 '토벌군'과 수시로 바뀌는 '보호자'들 때문에 부뚜막 앞에 비밀 토굴을 파두고 "어디서 총소리가 나든지 개소리가 요란 스레 나면 온 식구가 그 움 속에 들어가서 며칠이든지 있곤" 한다는 사실로 부터 당시 간도 농촌의 혼란상을 보아낼 수 있다. 이러한 혼란스러운 사회 적 배경과 함께 봉염 어머니에 의해 묘사되는 마을의 구조와 그 마을을 지키는 사람의 명칭은 또 봉염이네가 사는 곳은 일제에 의하여 만들어진 '집단부락'이라는 추측을 하게 한다. 봉염이네 마을은 고향에서 보던 성곽과 같은 토담으로 둘러싸였으며 또 자위단에 의하여 '보호'받고 있다.

그는 멀리 토담 위에 휘날리는 깃발을 바라보며 남편이 이젠 건너 마을까지 갔는가 하였다. (…중략…) 저 토담은 남편과 기타 농민들이 거의 일 년이나 두고 쌓은 것이다. 마치 고향에서 보던 성같이 보였다. 그는 토담을 볼 때 마다 지금으로부터 사오 년 전 그 어느 날 밤 일이 문득문득 생각 키웠다. (…중략…) 팡둥이 용정으로 쫓기어 들어간 후에 저 집은 자 X단들의 소유가 되었다. 그래서 저렇게 기를 꽂고 문에는 파수병이 서 있었다.

—「소금」, 492~493면

일제가 간도의 치안을 '유지'하기 위하여 실시한 행동은 단순히 토벌에만 그친 것이 아니다. 한편으로 토벌을 계속하여 진행하는 동시에 일제는 또 민중과 항일유격대사이의 연계를 끊어버리고 통치 질서를 강화하기 위하여 '집단부락'을 건설하였다. 집단부락은 일제가 만주에서 조선인 농민을 주요 대상으로 건설하기 시작한 것으로서 그 시발점은 간도였다.

당시 간도에 이주한 많은 농민들은 산간벽촌에서 화전을 부치거나 밭

뙈기를 부치면서 산거(散居) 생활을 하였다. 간도 4현의 정황을 보면 1932
년에 이르러 2·30호도 되지 않는 부락이 3,588개였으며 2만 6,216호에 달
하였다. 그중에서 10호 이하의 부락에 널려 있는 수가 1만 5,660호이었는
데 심지어는 2~3호 되는 부락도 있었다. 이들 중 많은 사람들이 항일유격
대의 선전교육 하에 유격대의 믿음직한 후원자가 되었으며, 항일유격대
는 이런 작은 부락을 거점으로 하였다. 산재(散在)하여 있는 이런 부락들
에서는 일본 군경(軍警)의 동정과 정보를 항일유격대에 제공하였고 양식
과 물자를 공급하는 것으로 항일투쟁을 지원하였다. 때문에 일제는 민중
과 항일유격대사이의 연계를 단절시키고 치안숙청(治安肅淸)의 편리를 도
모하기 위한 목적, 나아가서는 자기들의 식민지 통치와 영구적인 치안 유
지의 목적으로 출발하여 인가를 한 곳에 집중시킴으로써 이른바 '민비분
리(民匪分離)'의 '집단부락'을 건설하였다. '집단부락'은 '방어'의 수요로부
터 출발하여 부락 주위에 토성을 쌓았으며 또 일만군경(日滿軍警)의 지도
하에 '자위단(自衛團)'을 조직하여 경비임무를 담당하게 하였다.

집단부락의 형태는 일반적으로 정방형 또는 장방형으로 되어 있었으며 되도
록 다각형을 피면하였다. 토성의 標準은 높이 8자, 넓이 3자로 하였다. 토성밖
에는 또 넓이 3자, 깊이 3자 되는 도랑을 팠고 토성의 네각에는 포대를 설치하
였다. 집단부락의 대문은 원칙상에서 동, 서, 남, 북에 설치하였는 데 일정한 시
간에만 열고 닫았으며 출입자는 반드시 증건이 있어야 하였다. 부락과 부락 사
이의 거리는 걸어서 두 시간 안에 이를 수 있는 것을 기준으로 함으로써 서로 도
와주는 데 편리하게 하였다. (…중략…) 부락민을 엄격하게 관리하기 위하여
집단부락 안에서는 保甲法을 실행하였다. (…중략…) 保甲法에 의하여 '집단부
락'에서는 日滿軍警의 지도하에 '自衛團'을 조직하여 경비임무를 담당하게 하였
다. 자위단의 인수는 촌마다 같지 않았는데 대다수가 20명이 채 되지 않았다.[89]

　‘집단부락’ 건설은 1930년대 일제가 조선인 농민에게 실시한 ‘통제와 안정’ 정책의 한 구성부분이었다. 일제가 이렇게 집단부락을 건설하여 항일유격대와 민중을 격리시키자 항일유격대는 또 집단부락을 반대하는 투쟁을 벌이기도 하였다.

　　중국 공산당이 영도하는 반일유격대와 인민혁명군은 민중들을 영도하여 집단부락을 반대하는 투쟁을 벌였다. 1934년 왕청유격대는 선후로 小百草溝, 大肚川, 龍新坪, 石頭河子, 南蛤蟆塘[90] 등 집단부락과 일부 건설중에 있는 집단부락을 반대하는 투쟁을 하였다. 당조직에서는 경상적으로 집단부락에 사람을 파견하여 ‘자기 사람’을 배양하였으며 ‘내외로 협공’하는 전투를 여러 번 진행하였다. 많은 부락의 부락민은 생명의 위험을 무릅쓰고 양식을 땅 속에 묻어 놓고 유격대가 가져가게 하였으며 어떤 부락민은 모든 방법을 다하여 양식과 옷을 유격대에 보내 주었다.

― 「괴뢰 만주국 시기의 집단부락에 대하여」, 248면

　「소금」은 바로 이러한 시대적 배경하에서 “팡둥과 자X단원들에게 고맙게” 굴던 봉염 아버지가 ‘집단부락’을 습격한 공산당의 총에 맞아 죽는 것으로 시작된다. 봉염 아버지의 죽음과 함께 이제 집에 남은 유일한 남자인 봉식이마저 “바람이나 쏘이고 오겠노라고” 어디론가 간 것이 돌아오지 않자 소설은 이제 봉식이를 찾아 떠난 봉염 어머니의 수난사로 이어진다.

　강경애는 봉염 어머니의 수난의 장소를 당시 간도의 중심인 룽징으로 설정함으로써 총칼이 난무하는 농촌뿐만 아니라 치안상의 안전이 조금

89　우영란, 「괴뢰 만주국 시기의 집단부락에 대하여」, 『중국 조선족사연구』 1, 서울대 출판부, 1996, 242~243면. 본고의 집단부락에 관한 설명이나 인용문은 모두 위의 글을 참고한 것이다.

90　샤오바오이초고거위[小百草溝], 다아두우촨[大肚川], 룽신핑[龍新坪], 쓰터우허즈[石頭河子], 난하마탕[南蛤蟆塘]은 모두 왕청에 있는 마을 이름이다.

은 확보된 도시도 가난한 사람들이 살기에는 어렵기가 마찬가지임을 보여준다. 봉식이를 찾기 위해 "월여를 두고 이리저리"다니다 룽징까지 오게 된 봉염 어머니는 봉염이와 함께 팡둥의 집에 한동안 머물러 있게 된다. 그러던 어느 날, 긴 여행에서 돌아온 팡둥은 쥐쯔제[局子街]에서 봉식이가 공산당으로 처형되는 것을 보았다며 자신의 아이를 잉태한 봉염 어머니를 쫓아낸다. 의지가지없는 봉염 어머니는 한 중국인집 헛간에서 해산을 하고 아이의 출산으로 젖이 나오게 되자 남의 집 유모로 들어가게 된다. 그러나 유모로 있는 동안 제대로 돌보지 못한 탓으로 봉염이와 새로 낳은 봉희를 선후로 잃으며 나중에는 유모자리도 잃는다.

이 사회의 법에 따라 법이 정해준 대로 열심히 살려하였지만 사회가 봉염 어머니에게 가져다 준 것은 아들의 가출 및 남편과 두 딸의 죽음뿐이었다. 자신이 살아남기 위하여 봉염 어머니가 최후로 선택한 것은 법이 금지하는 소금 밀수이다. 소금 밀수는 거의 8배에 이르는 고액의 이윤을 남길 수 있는 반면에 그만큼 위험부담도 크다. 그러나 생존을 위하여서는 다른 선택의 여지가 없는 봉염 어머니는 끝내 소금 밀수에 나서게 되며 밀수 도중에 공산당을 만나지만 소금 짐은 빼앗기지 않고 간난신고 끝에 무사히 집에 도착한다. 봉염 어머니가 안도의 한숨을 내쉴 때 순사가 집에 들이닥치며 소금 자루를 빼앗기고 봉염 어머니도 체포된다.

일제의 토벌이 한창인 농촌에서도, 상대적으로 안전한 도시에서도, 이 사회가 정해준 법 안에서도 아니면 법 밖에 나가서도 그 어느 곳도 봉염 어머니가 최저한의 생계를 유지할 수 있는 곳은 없다. 이 사회에서 봉염 어머니에게는 선택의 여지가 없는 것이다. 이제 그에게 남은 유일한 길은 이 사회를 바꾸는 것뿐이다. 순사에게 체포되는 순간 봉염 어머니는 끝내 밀수 도중에 만났던 공산당이 하던 말이 정확하였음을 깨달으며 공산당과 인식을 같이 하게 된다.

밤 산마루에서 무심히 아니 알밉게 들었던 그들의 말이 ○○떠오른다. '당신
네들은 우리의 동무입니다! 언제나 우리와 당신네들이 합심하는 데서만이 우
리들의 적인 돈많은놈들을 대○할 수 있읍니다!' ○○한 어둠속에서 ○어지던
이말! 그는 가슴이 으적하였다. 소금자루를 뺏지않던 그들 ○○ 그들이 지금 곁
에 있으면 자긔를 도와 싸울 것 같다. 아니 꼭 싸워줄 것이고 ○○○내소금을
빼앗은 것은 돈 많은 놈이었구나!'그는 부지중에 이렇게 고○○○ 이때까지 참
고 눌렀던 불평이 불길같이 솟아올랐다. 그는 벌떡 일어났다.[91]

잔혹한 생활은 봉염 어머니로부터 그가 소유한 모든 것을 앗아간다. 그
리고 최후로 그의 생존마저 위협할 때 봉염 어머니는 끝내 이 사회의 본질
을 꿰뚫어 보게 되며 진정 자신과 같은 사람의 편에 선 것은 공산당이라는
것을 알게 된다.

「소금」의 이런 결말은 「유무」와 비슷하다. 「유무」에서도 복순 아버지
는 복순 어머니와 복순이를 모두 잃고 비록 꿈이지만 B들이 그의 가슴에
총칼을 가져다 댈 때 "어떤 벼락 같은 힘을 얻었"고 "의식이 명확해졌"으며
자신이 누구에게 죽음을 당한다는 것을 똑똑히 알게 된다.

「소금」의 봉염 어머니는 「유무」의 복순 아버지의 구체화라고 볼 수 있
다. 복순 아버지가 매일 밤 꿈속에서 만나던 B들이 횡행하는 현실에서 살
아가는 것이 바로 봉염 어머니이다. 이렇게 보면 「소금」은 또 「유무」의
연장이기도 하다. 「유무」에서 나타난 토벌이 가져온 간도 사회의 변화
와 그 속에서 살아가는 간도 농민의 모습이 바로 「소금」인 것이다.

강경애는 「유무」와 「소금」이라는 두 소설을 통하여 일제의 무자비한
토벌은 간도의 농민을 각성시켰고 각성한 농민은 항일무장투쟁에의 동
경을 나타내고 있음을 보여주었다.

---

91 『한겨레』, 2006.8.4, 문화면. 동국대 국문과 한만수 교수의 노력에 의해 「소금」의 주제의
     식이 응축된 결말 부분이 위와 같이 복원되었다.

「소금」은 "'간도문학'이 우리 민족 문학에 기여할 수 있는 바의 최대치를 구현한 작품"[92]으로 불린다. 「소금」에는 경제적 원인으로 인한 간도이주, 중국인 지주와 조선인 소작인의 모순, 각양각색의 수탈자(지방군벌, 마적, 자위단), 소금밀수 등 재만 조선인 문학에 단골로 등장하는 모티프들이 사용되었다.

강경애와 더불어 대표적인 재만 조선인 작가로 불리는 최서해와 안수길도 그들의 작품 속에서 상기 모티프들을 피해갈 수 없었다. 그리고 재만 조선인의 삶과 밀접히 관계되는 이런 모티프를 사용한 작품은 또 자연스럽게 그들의 대표작이 되었다. 최서해의 「홍염」(1927)과 안수길의 「새벽」(1935)이 바로 이런 작품이다.

서간도 바이허[白河] 일대를 배경으로 하는 「홍염」은 중국인 지주 인가[殷哥]와 이주 농민 문서방 사이의 갈등을 다루고 있다. 경기도에서 소작인 생활을 하던 문서방은 좀 더 나은 삶을 찾아 간도로 왔지만 이곳에서도 소작인이라는 신분에는 변함이 없다. 조선이나 간도나 모두 지주 대 소작인이라는 계급적 관계가 존재했으며 문서방은 늘 소작인이라는 피착취의 지위에 처해 있었다.

간도에서 빚을 제때에 갚지 못한 문서방은 딸을 지주 인가에게 빼앗긴다. 가난한 소작인이 빚 때문에 딸을 지주에게 팔거나 빼앗기는 것은 조선에서도 존재하는 일이다. 황해도 송화 일대를 배경으로 하는 강경애의 『어머니와 딸』에서도 소작인 김창문의 딸 예쁜이는 지주 이춘식의 첩으로 팔려간다. 그러나 「홍염」이 문제적인 것은 지주가 조선인이 아닌 중국인이라는 것이다. 때문에 여기에는 지주와 소작인이라는 계급문제 외에 중국인과 조선인이라는 민족문제가 추가된다.

최서해의 문학은 체험의 문학으로 불린다. 밑바닥 생활체험을 갖고 있

---

92   이상경, 『강경애―문학에서의 성과 계급』, 건국대 출판부, 1997, 81면.

는 최서해는 사회의 구조적 모순을 자신의 체험을 통하여 느꼈으나 그것
을 해결할 방법은 아직 터득하지 못하고 있었다. 「홍염」에서도 국경을 넘
어 존재하는 지주와 소작인 사이의 대립이라는 계급적 시각에서의 문제
제기는 하였으나 그 문제점을 부각시키고 해결하는 데에는 계급적 방식
이 사용되지 못하였다. 이 자리를 파고 든 것이 민족문제이다.

　문서방은 죽어 가는 아내가 딸의 얼굴을 한 번만 볼 수 있도록 해달라고
네 번이나 인가를 찾아가 애걸하지만 거절당한다.

　　간도에 있는 중국인들은 조선 여자를 빼앗아가든지 좋게 사가더라도 밖에
　내보내지도 않고 그 부모에게도 흔히 면회를 거절한다. 중국인은 의심이 많아
　서 그런다고 한다.[93]

　최서해는 인가가 모녀의 상봉을 거절한 원인을 중국인의 민족성에서
찾는다. 딸을 보지 못한 문서방의 아내는 정신혼란 증세를 보이더니 끝내
는 숨지고 만다. 그리고 이런 아내의 죽음을 목도한 문서방은 인가의 집에
불을 질러 지주를 죽이고 딸을 도로 찾아내온다.

　최서해의 「홍염」과 강경애의 「소금」이 중국인 지주와 조선인 소작인
사이의 모순을 다루었다면 안수길의 「새벽」은 조선인 마름과 조선인 소
작인 사이의 모순을 주제로 한다. 함경도에서 간도의 M골로 이주해온 창
봉이네는 창봉이의 누이를 담보로 조선인 마름 박치만으로부터 빚을 내
어 소작인 생활을 시작했다. 아버지는 제시간에 빚을 갚기 위하여 소금밀
수를 하며 이를 안 박치만은 집사대(緝私隊)와 짜고 들어 창봉이네 집에 벌
금을 안긴다. 제시간에 빚을 갚지 못하도록 하여 담보로 내세운 누이를 첩
으로 삼기 위함이었다. 「홍염」에서 중국인 지주와 조선인 소작인 사이에

93　최서해, 「홍염」, 『최서해 전집』 하, 문학과지성사, 1987, 18면.

벌어졌던 일이 「새벽」에서는 조선인 마름과 조선인 소작인 사이에서 나타나고 있다. 주목을 요하는 것은 이 갈등을 해결할 대안으로 등장한 것이 중국인 지주라는 것이다.

「새벽」에서 중국인 지주 호 씨는 "학덕이 겸비한 사람", "특히 조선사람들에게 이해가 많은 사람", "항상 작인들에게 후한 사람", "사리가 밝은 사람"으로 등장한다. 「홍염」의 중국인 지주와는 전혀 다른 형상이다. 「새벽」에서는 오히려 조선인 마름 박치만이가 「홍염」의 중국인 지주와 비슷하게 그려지고 있다. 때문에 창복이의 아버지는 박치만에게 딸을 빼앗기게 되는 상황에서 중국인 지주 호 씨에게 청원하는 것으로 문제를 해결하고자 한다. '집사대 사건'에서도 보다시피 당지의 행정기관을 통하여 박치만의 횡포를 제지시킬 수 없는 조건에서 중국인 지주에게 청원하는 것은 창복이의 아버지가 선택할 수 있는 마지막 길이었다. 그러나 1차 청원에서 만족스러운 결과를 가져오지 못한 창복이의 아버지가 2차 청원을 계획하고 있을 때 창복이의 누이가 자살을 하는 것으로 갈등이 사라지며 작품도 끝난다.

「새벽」의 속편인 「새마을」(1944)에는 창복이의 누이가 자살한 날 M골에 들어온 중국인 지주가 호 씨가 이 사건에 대한 처리 결과가 나온다.

> 그날 낮에 호 씨가 손 씨와 함께 지팡에 오게 되어 우리 집의 불상사를 목도한 나머지 박치만의 잘못을 지적하였고 그 후 얼마 안 있어 그를 북경에 불러갔으며 그 대신 손 씨로 하여금 지팡을 관리케 하였으나 그는 용정에 앉아 있어 가끔 지팡에 드나들 뿐이였음으로 그 후의 지팡사람의 생활은 오히려 피이는 것이었다.[94]

---

94 안수길, 「새마을」, 『중국조선민족문학대계 ─ 안수길』 10집, 흑룡강조선민족출판사, 2001, 168~169면.

「새마을」을 보면 중국인 지주 호 씨는 실제로 전해 듣던 소문처럼 "사리가 밝은 사람"이다. 호 씨가 박치만의 잘못을 지적하고 그를 M골에서 불러내감으로써 M골에는 다시 평화가 찾아온다.

강경애가 1930년대 중엽이라는 시대적 조건을 배경으로 이주민의 삶과 밀접히 관계되는 모티프들을 활용하여 만주항일무장투쟁에 참여할 수밖에 없는 이주민의 모습을 그려냈다면 최서해는 1920년대라는 시대적 조건을 배경으로 국경을 넘어 존재하는 계급적 모순과 조선 이주민이 만주에 정착하는 과정에 겪게 되는 원주민과의 모순을 보여주었으며 만주를 제2의 고향이라 생각하는 안수길은 '오족협화'라는 만주국 국책적 견지에서 중국인과의 모순을 제거하고 만주 정착과정에서 겪게 되는 이주민 내부의 모순과 갈등으로 작품을 구성해 나갔다.

비슷한 모티프들을 사용하였지만 이렇게 세 작가는 서로 다른 경향의 작품을 써냈다. 작품 창작 시기가 다른 것도 한 원인이 되겠지만 보다 중요한 것은 작가가 현실을 인식하는 차이라고 본다. 세 작가의 비교를 통해서도 만주항일무장투쟁을 통하여 현실적 모순을 해결해 나가려는 사회주의자 강경애를 만날 수 있다.

3) 식민지 조선의 농민과 노동자

(1) 전망의 획득과 투쟁

인간사회에는 늘 새로운 문제가 생기며 인간은 이 문제를 해결하기 위하야 투쟁하므로써 발전될 것입니다. 대개 인간 문제라면 근본적인 문제와 지엽적 문제로 나눠 볼 수가 잇을 것이니 나는 이 작품에서 이 시대에 잇어서의 인간의 근본문제를포착하여 이 문제를 해결할 요소와 힘을 구비한 인간이 누구며 또

인간으로서의 갈바를 지적하려고 노력하엿습니다.[95]

대표작『인간문제』연재 예고인 이 글은 강경애가『인간문제』를 창작하게 된 동기를 보여줄 뿐만 아니라 그의 문학관을 드러내기도 한다. 강경애의 문학을 전기와 후기로 나눈다면 전반기의 문학적 경향은 위에서 보다시피 "인간사회의 근본적인 문제를 포착하고 나아가 이 문제를 해결할 사람을 찾으며 또 그가 행할 바를 지적한다"는 말로 귀납된다. 첫 발표소설「파금」(1931)으로부터 나타난 이런 경향은「부자」(1933),「소금」(1934) 등 작품을 거쳐『인간문제』(1934)에서 구체적으로 형상화 된다. 이 점에서 강경애의 전기 문학은『인간문제』에 이르는 과정이라 볼 수 있다.

첫 발표소설「파금」에서 강경애는 '인간사회의 근본적인 문제'를 착취와 피착취라는 계급적 대립과 이런 계급적 대립을 옹호, 유지하는 식민지 법질서에서 찾았다. 그리고 이 문제를 해결할 주체로 사회주의적 경향을 갖고 있는 지식인을 선택하였으며 그 대안으로 만주에서의 항일무장투쟁을 제시하였다. 그러나 지식인에 의한 '인간문제' 해결이 불가능함은 간도 이주 후에 쓴 첫 소설「그 여자」에서 이미 드러난 바이다. 지식인을 부정함과 동시에 강경애는 각성한 농민에 주목하였다. 간도를 배경으로 하는 소설에서 강경애는 각성한 이주 농민이 공산당의 항일무장투쟁을 이해하고 동경하는 것을 통하여 만주항일무장투쟁에 의한 '인간문제' 해결을 거듭 강조하였다. 이는 당시 간도에서 생활한 강경애가 만주항일무장투쟁을 가까이에서 지켜본 것과 무관하지 않을 것이다.

만주에서 각성한 농민의 항일무장투쟁에 '인간문제' 해결의 기대를 거는 동시에 강경애는 조선 국내에서도 각성한 농민에 주목하였다. 간도 배경 소설이 지식인, 농민, 사회주의자 등 다양한 신분의 사람들을 등장시켜

---

95   「新連載小說豫告—作者의 말」,『동아일보』, 1934.7.31.

간도의 현실과 강경애의 의식변화를 그려냈다면 조선 배경 소설은 농민을 집중적으로 파고든다.

「여름밤 농촌의 풍경 점점」(『신가정』, 1933.7), 「어촌점묘」(『조선중앙일보』, 1935.9.1~6) 등 수필을 보면 강경애는 간도에서 생활하다 가끔 조선으로 들어오게 되면 직접 농가를 찾아가 조선 농민의 실상을 알아보는 동시에 주변 사람들로부터 농민들의 생활 실태를 전해 들었다.

> 이제야 농민들은 들로부터 돌아오는 모양입니다. (…중략…) 나의 앞뒷집이 농가이기 때문에 저들의 일상생활은 샅샅이 알고 있습니다. 저렇게 늦게 들어와 가지고는 조밥이나 밀죽이나 정 어려운 사람네는 도토리 같은 것으로 겨우 끼니를 때우고는 그만 피로함에 못 이겨 아무 데나 쓰러져 잡니다. 어디 옷을 벗어보고 이불을 펴보겠습니까. …… 나는 날마다 느낍니다. 그들의 눈물겨운 생활이란 도저히 붓끝으로 그려낼 수 없습니다.
>
> ─「여름밤 농촌의 풍경 점점」, 739~740면(밑줄─필자)

> 지국장은 아까부터 이 섬몽금이에 사는 어민들의 생활상태를 이야기하였다. 나는 하나하나 귀에 담아 들으며 긴 한숨을 쉬었다. 그리고 섬몽금이를 내려다보며 그들의 가난한 지붕을 바라보았다.
>
> ─「어촌점묘」, 771면

> 길 좌우 옆에는 온갖 잡곡이 길길이 들어서 찼다. 나는 조 이삭을 쥐며 혹은 수수 이삭을 쳐다보면서 이번 장마의 수해를 물어보았다. 그리고 고기잡이에도 그 몸이 지쳤을 터인데 어찌 또 이 농사를 이렇게 하였노 하는 감탄과 함께 가을에 당할 일을 연상하며 한숨을 푹 쉬었다. 그리고 멀리 섬몽금이를 바라보며 그들의 참혹한 생활을 어서 바삐 목도하고 싶었다.
>
> ─「어촌점묘」, 774면

"나의 앞뒷집이 농가이기 때문에 저들의 일상생활은 샅샅이 알고 있습니다"라는 말에서도 알다시피 농민들의 삶은 강경애의 일상과 아주 가까이에 있었다. 농민의 딸로 태어나 농촌에서 성장하였기에 강경애는 농민들의 삶에 대해 누구보다 잘 알고 있었으며 또 농민들에게 동정과 애착을 갖고 있었다.

> 나는 그의 옷이 말할 수 없이 남루한 것을 보았다. 갑자기 나는 오! 저 계집애는 이 농촌에 사는 가난한 어부의 딸이구나 하였다. 그 머리며 손발의 장대함……. 이번에 내가 여기 온 것은 저들의 생활을 탐구하러 왔어야 할 게다 하는 부르짖음이 내 가슴을 뜨겁게 흔들어 놓았다. 오냐 작가로서의 사명이 뭐냐. 이 현실을 누구보다도 똑똑히 보고 또 해부하여 가지고 작품을 통하여 일반대중에게 나타내 보이는 데 있는 것이 아니냐. 예술이란 그 자체가 민중의 생활과 분리되는 데 무슨 가치가 있으랴.
>
> ─「어촌점묘」, 772면(밑줄―필자)

사회주의적 이념을 갖고 있는 강경애는 민중의 생활과 결합된 예술만이 가치가 있다고 생각했다. 강경애는 농민의 "현실을 누구보다도 똑똑히 보고 또 해부하여"일반대중에 보여주는 것을 작가인 자신의 사명으로 여겼다. 조선 농민들의 삶에 대한 이런 관심과 중시는 「부자」, 『인간문제』, 「해고」, 「지하촌」 등 소설로 이어진다.

강경애가 조선 농민의 삶을 집중적으로 파고든 것은 「부자」(『제일선』, 1933.3)로부터이다. 액자소설의 형태를 취한 「부자」는 M포구라는 한 농촌을 배경으로 장사와 바위 두 부자가 동일한 환경에 처했을 때 취한 서로 다른 행동을 통하여 농민의 각성을 보여준다. 액자 내부 이야기는 아버지 장사의 일대기를 그린다. 어린 나이에 고아가 된 장사는 선주집 고용살이를 살면서 훌륭한 어부로 성장한다. 가난 때문에 삼십이 넘도록 장가를 못

간 장사는 다른 동리에 있는 한 과부를 매로 우겨서 억지로 데리고 살면서 아들 바위를 낳는다. 뒤늦게나마 단란한 가정을 이루어 행복한 삶을 살아가던 장사는 어느 날 바다에 나갔다가 역풍을 만난다. 다행으로 생명을 구했으나 부리던 배가 파선되었으며 이후로 선주는 장사에게 배를 빌려주지 않는다. 생산수단을 상실한 장사는 가족의 생계를 위하여 부득이 도둑질을 하게 되며 도둑질 때문에 순사에게 쫓기자 선주를 죽이고 자신도 죽는다.

> 빗방울은 아까보다 커진다. 그때에 자신에게는 아내도 없으며 자식도 없다. 따라서 벗도 없는 것을 머리털 끝까지 느꼈다. 다음 순간 그의 앞에 뚜렷이 나타난 것은 그 느긋느긋한 선주의 얼굴! 이것이 자기로 하여금 이렇게 고단하고도 외로운 몸을 만들어 주었거니 하는 생각을 하니 이때까지 누르고 눌렀던 분까지 왈칵 치밀었다. 그는 맹호같이 날뛰었다. 그리하여 그는 미친 듯이 선주의 집을 향하여 달음질쳤다.

— 「부자」, 460면

장사는 자신이 생산수단을 상실하고 또 도둑질로까지 내몰려 순사의 추적을 받게 된 원인을 선주한테서만 찾고 있다. 즉 선주가 그에게 배를 빌려주지 않은 것이 이 모든 사태의 원인이라 생각한다. 때문에 장사는 막다른 골목에 처하자 선주를 죽이고 자신도 죽는 것으로 모순을 해결한다. 액자 속 이야기는 장사와 선주 두 사람의 개인적 원한의 관계이며 장사가 선주를 살해한 것도 우발적인 일면이 강하다. 장사의 행동은 자연발생적인 것이다.

액자 외부는 이런 아버지의 지난 행적을 돌이켜 보는 아들 바위의 이야기를 다룬다. 바위는 M포구 뒷벌을 개간하여 농장을 만들면 소작료 없이 삼 년을 부치게 하는 동시에 집까지 새로 지어준다는 농장감독 전중이의 약속을 믿고 벌을 개간하였으나 그로부터 6년이 지난 오늘날 자신의 손으로 개간해낸 농장으로부터 쫓겨난다.

오늘의 바위는 저 농장을 잃어버린 바위였다. 전중이 눈 밖에 났던 까닭이다. 전중이는 야학교를 미워하였다. 보다도 홍철이를 미워했던 것이다. 그러므로 농장농민들로 하여금 야학교에 가는 것을 엄금하였다. 그러나 바위는 못 들은 체하고 꾸준히 다닌 결과 전중에게 미움을 사게 되어 마침내는 변변치 않은 것을 구실로 농장을 그만두라고 하였다.
그가 홍철이를 알면서부터 이 농장에서 어느 때이든지 자기들에게 이런 일을 감행할 줄을 뻔히 알은 것이나 그러나 마침내 당하고 나니 예상하든 바와는 너무나 엄청난 것을 깨달았다.

— 「부자」, 448면

바위가 농장에서 쫓겨난 것은 지식인 홍철이가 꾸리는 야학에 다녀 농장주의 눈 밖에 났던 것이다. 바위는 야학에 다님으로써 "이 밭이 흙은 꿈에도 만져보지 못한 지주의 것"이라는 현실은 불합리하다는 생각을 갖게 되었으며 또 자신은 어느 때든지 이 농장으로부터 쫓겨날 것을 예견한다. 야학에서 바위는 지식인 홍철이의 지도아래 계급적으로 각성하였던 것이다. 때문에 바위는 농장에서 쫓겨나 생계를 유지할 수 없는 막다른 골목에 처하였지만 아버지 장사와는 다른 길을 걷는다.

아버지의 이러한 반항은 무슨 결과를 지었나. 무가치하게 희생당한 것뿐이다. 그 위에 자손인 자신에게까지 도적놈의 아들! 살인자의 아들! 이것만을 남겨 주었을 뿐이다.
그는 이러한 생각을 하며 벌떡 일어섰다. 그리하여 두 손으로 허리를 꽉 집고 머리를 숙였을 때 아까 창고쇠를 비틀던 그 찰나가 생각키우며 따라서 자신이 이만큼 구원받게 된 것이 전연히 XX회 때문임을 가슴이 뜨거워지도록 깨달았다.

　　그때에 홍철이가 일상하던 말이 생각키운다. '우리는 무슨 일이나 신중히 합
시다. 개인적 감정에 흐르지 말고……' 그러고는 몇 번이나 바위의 손을 잡아
흔들었다. 그를 때마다 손을 통하여 건너오는 따끈한 체온! 그는 이 순간에야
그 체온의 참맛을 맛보는 듯하였다.
　　바위는 천천히 발길을 옮기며 내 몸은 나 개인의 몸이 아니다. XX회에 바친
몸이다. 그러면 그 지령에 의하여 움직일 내가 아니냐!

— 「부자」, 460~461면

　　아버지의 개인적인, 자연발생적인 저항이 결국은 아무런 현실적인 변
화를 가져오지 못하고 무가치하게 자기를 희생시켰으며 또 후손에게까
지 "도적놈의 아들! 살인자의 아들!"이라는 불명예를 안겨준 것을 잘 아는
바위는 이제 아버지와는 다른 저항 방식을 택한다. XX회 회원인 바위는
"개인적인 감정에 흐리지 말라"는 홍철이의 당부를 명기하고 XX회의 지
령에 따라 조직적이며 목적의식적인 투쟁을 진행할 것을 다짐한다. 야학
을 통하여 계급적으로 각성한 바위가 보건대 오늘의 사태는 단순히 자신
과 농장주의 개인적인 문제가 아니라 농민과 지주 사이의 계급적 대립에
모순의 근원이 있었다.

　　지주와 농민 사이의 계급적 대립을 조선 농촌의 주요모순으로 설정한
강경애는 아버지 장사의 일대기를 통하여 개인적인, 자연발생적인 반항
의 무의미함을 밝히고 조직적인, 목적의식적인 투쟁의 필요성을 역설한
다. 그리고 농민들이 조직적인 투쟁으로 나아가는 과정에서 지식인의 계
몽적 역할도 지적한다. 주목을 요하는 것은 「부자」에서 지식인이 작품 속
에 직접 등장하지 않고 바위의 회상을 통하여 간접 등장함이다. 지식인 홍
철이는 바위의 회상을 통하여 M포구에서 야학을 조직하여 농민들을 계몽
하다 주재소에 잡혀간 것으로 간단히 언급된다. 대신 부각되는 것은 각성
한 농민 바위의 형상이다. 「부자」는 바위를 주인공으로 바위의 시각으로

작품을 전개해나간다. 이는 강경애가 간도에 이어 조선에서도 지식인보다 각성한 농민에 주목하고 있음을 보여준다.

「부자」는 배경이 구체적으로 밝혀지지 않고 M포구라고만 되어 있다. 그러나 M포구가 서해안에 있는 포구이며 또 「부자」가 발표된 1933년까지 강경애가 조선에서 일정 기간 생활한 곳으로는 어린 시절을 보낸 황해도 장연 일대와 서울, 인천 세 곳 밖에 없다는 점을 염두에 두면 M포구는 몽금포라 확정할 수 있다. 몽금포는 강경애가 어린 시절을 보낸 장연군에 속해 있는 포구이다.

수필 「어촌점묘」(『조선중앙일보』, 1935.9.1~6)를 보면 강경애는 1935년에야 처음으로 몽금포에 다녀온 것을 알 수 있다.

> 내 고향 일우에 몽금포를 두고도 벼르기만 하고 한 번도 찾지 못하였다가 이번에 귀향하는 기회를 타서야 겨우 찾게 되었다. 그 이름이 전 조선적으로 알려진 그만큼 나는 커다란 기대와 흥미를 가지고 자동차 위에 몸을 실었다.
>
> ― 「어촌점묘」, 767면

강경애는 「부자」(1933)를 쓸 때까지 아직 몽금포에 가본 적이 없었다. 「부자」는 강경애가 장연 일대에서 직접 보거나 전해들은 농민들의 삶을 자신의 이념과 결부시켜 몽금포를 배경으로 작품화 한 것이다. 「부자」에서 다루는 내용은 조선의 그 어느 곳을 배경으로 하여도 다 가능하기에 배경 자체는 그다지 중요하지 않다. 단지 몽금포는 강경애의 소설에 자주 등장하는 곳이라는 점에서 한 번 짚고 넘어갈 필요성은 있다고 생각한다. 몽금포는 「부자」(1933)의 배경으로 등장할 뿐만 아니라 대표작 『인간문제』(1934)에서는 신철이와 옥점이가 해수욕을 가는 장소로 나타난다. 이 두 작품은 모두 강경애가 아직 몽금포에 가보지 않은 상태에서 쓴 것이다. 때문에 작품 속에 몽금포의 특점이나 구체적 장소에 대한 묘사 같은 것이 없다. 1935년

몽금포를 유람한 후, 1936년 강경애는 또다시 몽금포를 배경으로 「장산곶」(『大阪每日新聞』, 1936.6.6~10)이란 소설을 쓴다. 「장산곶」에서 우리는 「부자」나 『인간문제』에서는 볼 수 없었던 몽금포에 관한 묘사를 만나보게 된다.

만주에서 각성한 농민의 항일무장투쟁을 통하여 '인간문제'를 해결하고자 했다면 조선에서 강경애는 각성한 농민의 조직적이고 목적의식적인 투쟁을 통하여 '인간문제'를 풀고자 했다. 그러나 「부자」에서는 야학에 의한 바위의 의식변화 과정이 배제되었으며 바위를 비롯한 XX회의 투쟁 모습도 보여주지 못했다. 「부자」는 단편이었기에 자세한 과정을 담아내기에는 편폭상의 제약을 받았다. 「부자」에서 유감으로 남겼던 이런 부분을 강경애는 이듬해에 쓴 『인간문제』를 통하여 구체적으로 형상화 한다.

『인간문제』(『동아일보』, 1934.8.1~12.22)는 강경애의 대표작으로서 1930년대 한국소설사에서 새로운 경지를 연 작품으로 평가되기도 한다.[96] 『인간문제』는 "용연의 농민들이 인천에서 노동자로 재탄생하는 한국 노동계급의 형성과정을 축도적으로 형상화한 전형적인 사회주의 리얼리즘 소설"[97]이다.

강경애는 『인간문제』의 서두에 '원소(怨沼)'에 관한 전설을 하나 배치한다. 이 전설은 작품의 기본 구조 및 경향성과 밀접한 연관이 있다. 원소는 본래 장자 첨지가 살던 집터였다. 인색한 장자는 몇 년간 연속 흉년이 들어 동네 사람들이 모두 굶어 죽게 되었지만 구제할 생각을 하지 않았다. 애원하다 못한 동네 사람들은 밤중에 장자네 집을 습격하여 쌀과 짐승을 빼앗아갔다. 그러자 장자는 이 사실을 관가에 고발하여 근처 농민들을 모두 잡아가게 하였다. 가족을 잃은 동네의 노인과 어린이들은 장자네 집 마

---

96 김윤식, 「강경애론—식민지 공장노동자의 세계」, 『(속)한국 근대작가론고』, 일지사, 1981, 243면.
97 최원식, 「『인간문제』, 사회주의 리얼리즘의 성과와 한계」, 『인간문제』, 문학과지성사, 2006, 407면.

당에 와 통곡하였으며 그 눈물이 고이고 고여 큰 못을 이루었다. 이 못이
곧 원소이며 고래 등 같은 장자네 기와집은 이 못에 잠겼다.

> 마침 자동차는 용연(龍淵)을 지난다. 나는 나의 졸작인 『인간문제』의 주인공 첫
> 째를 생각하였다. 이 용연! 머리를 내밀고 바라보니 몇 해 전과는 아주 달라진 듯
> 하였다. 그러나 아직도 변하지 않고 있는 것은 저 원소(怨沼)의 푸른 물뿐이었다.
> "예나 지금이나 저 원소의 물은 푸르고 푸르다. 흰 옷감을 보면 물들이고 싶
> 게 그렇게 푸르다." (『인간문제』에서)
> 첫째를 내어쫓은 이 용연, 매소부인 그의 어머니와 불구자인 이서방만이 아
> 직도 그 멸시를 받으면서 첫째를 기다리고 있을 것인가. 있다! 분명히 있다. 나
> 는 이렇게 속으로 부르짖는 사이에 차는 석교(石橋)를 향하여 달음질친다.
>
> — 「어촌점묘」, 768~769면

위의 수필 「어촌점묘」에서도 알 수 있다시피 『인간문제』 전반부의 배
경이 되는 황해도 용연 일대에는 실제로 연못이 하나 있었다. 이상경의 고
증에 의하면 이 연못의 이름은 '원소'가 아닌 '용소(龍沼)'라고 한다. 그리고
이 연못에 깃든 전설도 작품에 등장한 '원소전설'과 많은 차이를 보인다.
'용소전설'이라 불리는 이 전설은 장자못 전설의 전형에서 크게 벗어나지
않고 있다.[98] 강경애는 자신의 계급적 이념에 따라 '용소전설'을 '원소전설'
로 변개하여 『인간문제』의 서두에 배치한 것이다.[99]

「어촌점묘」(1935)는 강경애가 『인간문제』(1934)를 발표한 이듬해 황해도

---

[98] 용소 전설의 구조는 다음과 같다. ① 옛날에 용소 자리에 장자 첨지가 살았다. ② 불타산의
도승이 시주를 청했다. ③ 장자의 착한 며느리가 몰래 쌀을 한 바가지 시주했다. ④ 중이 며
느리에게 귀중품을 챙겨 불타산으로 도망하되 뒤돌아보지 말라 했다. ⑤ 장자의 집은 벼락
으로 소가 되었다. ⑥ 며느리는 아들과 베틀과 개를 데리고 탈출했다. ⑦ 며느리는 뒤를 돌
아보아 돌이 되었다. ⑧ 그 소의 물이 너무 많아 그 근처 평야에 항상 모두 물을 댄다.
[99] 이상경, 『강경애 – 문학에서의 성과 계급』, 건국대 출판부, 1997, 113~118면 참고.

장연군의 몽금포를 유람하고 남긴 수필이다. 몽금포로 가는 길에서 강경애는 『인간문제』의 배경으로 등장한 용연[100]을 경유하게 되는데 이때 제일 먼저 떠오른 것이 첫째이다. 그만큼 첫째는 강경애가 애착을 갖고 그려낸 인물이다. 강경애가 『인간문제』를 쓴 목적이 '인간사회의 근본적인 문제를 포착하고 나아가 이 문제를 해결할 사람을 찾으며 또 그가 행할 바를 지적'하려는 것이었다면 첫째야말로 강경애가 내세운 '인간사회의 근본적인 문제'를 해결할 사람이었다.

용연에서 첫째는 문제적인 인물이다. 첫째는 몸을 파는 홀어머니, 그리고 이런 어머니에게 순정을 바치는 비렁뱅이와 함께 생활한다. 때문에 첫째를 포함한 그의 가족은 용연 동네에서 사람대우를 받지 못한다. 거기에 첫째는 "술 잘 먹고 사람 잘 치기로 유명"하여 용연 사람들의 기피 대상이 되기도 한다. 첫째가 가져온 소태나무 뿌리를 보고 선비의 어머니가 "저 부랑자놈이 누구를 또 어쩌려고 이 새벽에 왔는가"라고 걱정하면서 "일종의 공포"까지 느낀다는 데로부터도 용연에서 첫째의 대우를 알 수 있다. 그러나 짝사랑하는 선비의 어머니가 아픈 것을 알고 소태나무 뿌리나마 캐어다 드리는 데서는 또 첫째의 내면에 숨겨진 순박함과 따뜻한 마음이 엿보인다.

용연에서 일종의 경계인으로 살아가는 첫째는 동시에 강한 반항심을 갖고 있다. 개똥이네 타작마당에서의 항의는 첫째의 이런 반항심을 잘 보여준다. 개똥이네가 일 년 농사를 문전에 들여놓기도 전에 빼앗기는 것을 보면서 첫째는 벼를 베기도 전에 정덕호에게 입도차압(立稻差押) 당하고 끝내는 마을을 떠난 풍월영감을 떠올린다. 첫째가 보건대 정덕호의 착취는 단순히 개똥이 한사람에 머무르는 것이 아니라 전반 용연 농민들을 대

---

100 "북한 지도를 보면 황해남도에 몽금포와 장산곶으로 유명한 용연군(龍淵郡)이 있다. 그런데 용연군은 1952년 12월 행정구역 개편 때 장연군(長淵郡)에서 갈라져 새로 생긴 군이라고 한다. 그러니까 일제시대에는 장연군의 용연면이었던 것이다." 최원식, 「『인간문제』, 사회주의 리얼리즘의 성과와 한계」, 『인간문제』, 문학과지성사, 2006, 400면.

상으로 하고 있었다. 이런 불합리한 모습을 보고 첫째는 저도 몰래 지주 정덕호에 반항하게 된다. 그러나 이때 첫째의 반항은 어디까지나 우발적인 것이었다. 항의에 함께 한 농민들도 이 점에서는 마찬가지였다. 때문에 순사의 출두에 의하여 항의가 허망하게 진압당하자 함께 했던 농민들은 항의를 주도한 첫째를 원망한다.

> 첫째는 드디어 밭을 떼이고 말았던 것이다. 오늘 군수영감의 말을 들으면 이 면사무소는 농민들이 잘살기 위하여 힘쓰는 곳이라는데 (…중략…) 여기까지 생각한 그는 자기만은 이 동네의 농민이 아닌가 하는 의심이 부쩍 든다. 덕호로 말하면 이 면의 어른인 면장이라는 지위를 가지고 있는데도 불구하고 부치던 밭을 그에게 떼이지 않았는가? 응! 나는 그때 그 구루마를 깨친 것이 법에 걸리었기 때문이라지. 법, 법 (…중략…) 오늘 군수 영감의 말씀한 것도 역시 내가 행하지 않으면 법에 걸리게 될 터이지. 그러나 오늘에 부칠 밭이 없는데 거름은 만들어두면 뭘 하나? 그 법 (…중략…) 그는 날이 갈수록 이 법에 대하여 점점 더 의문의 실뭉치가 되어 그의 가슴을 안타깝게 보챈다. 그는 생각지 말자 하다가도 가슴 속에서 뭉치어 일어나는 이 뭉텅이! 그 스스로도 제어하는 수가 없었다. 첫째 자신은 이 신성불가침의 법을 지키려고 애를 쓰나 웬일인지 날이 갈수록 자신은 이 법에 걸려 들어가고 있는 것을 안타깝게 발견하였던 것이다.[101]

항의를 주도한 첫째는 예상대로 이듬해 밭을 떼이고 만다. 이유는 정덕호와 싸우고 또 그의 구루마를 깨뜨린 것이 '법'을 어겼기 때문이란다. 이번 타작마당에서의 항의가 첫째에게 가져온 가장 큰 변화는 첫째로 하여금 "막연하게나마 전통적으로 신성불가침의 것'으로 알고 있던 '법'에 대하여 의문을 제기하게 한 것이다. 면사무소의 지도아래 농사를 잘 지을 것

101　최원식 편,『인간문제』, 문학과지성사, 2006, 156~157면, 이하는 페이지 수만 표시.

을 독려하는 군수의 연설은 첫째의 이런 의문을 더욱 증폭시킨다. 농민은 농사를 잘 지어야 하며 농민이 농사를 짓지 않는 것은 법을 어기는 것이라 역설하는 군수와 농사를 지으려는 사람에게서 밭을 빼앗아간 면장 정덕호, 이 모순되는 현실 앞에서 첫째는 "자신은 이 신성불가침의 법을 지키려고 애를 쓰나 웬일인지 날이 갈수록 자신은 이 법에 걸려 들어가고 있는 것을 안타깝게 발견"한다.

'원소전설'에 나타난 지주와 농민의 대립 및 지주와 관가의 제휴는 『인간문제』에서 지주 정덕호와 첫째를 대표로 하는 농민 사이의 대립 및 정덕호와 면역소, 주재소 등 식민지 통치기구의 제휴라는 형식으로 등장한다.

> 어느덧 그는 원소까지 왔다. 앙상한 버드나무 숲은 어찌 보면 자기의 신세와도 흡사하였다. 그러나 다시 한 번 그 숲을 쳐다보았을 때, 오는 봄에 싹 돋으려는 씩씩한 기운을 발견할 수가 있었다. 그는 버드나무를 의지하여 원소를 내려다보았다. 그때에 생각킨 것은 원소의 전설이다.
>
> '그들도 법에 걸려 혹은 죽고 혹은 매를 직사하게 맞았다지.'
>
> 몇 천 년이나 몇 백 년이나 되었는지 분명하지 못한 그 옛날의 농민들도 자기와 같은 그런 궁경에 빠졌던 것을 새삼스럽게 느끼며 다시금 원소의 푸른 물을 들여다보았다.
>
> —『인간문제』, 160~161면

'법'에 대한 의문을 지닌 첫째는 원소를 보면서 "그 옛날의 농민들도 자기와 같은 그런 궁경에 빠졌던 것"을 생각한다. 관가와 결탁한 지주에 의한 농민의 착취라는 전설 속의 모순은 오늘날에 이르기까지 용연 동네에 그대로 전해내려 오고 있다. "몇 천 년이나 몇 백 년"을 이어져온 모순이라는 점에서 이는 '인간사회의 근본적인 문제'라 할 수 있다.

'원소전설'에서는 지주와 농민의 계급적 대립이라는 '인간사회의 근본적인 문제'를 남은 가족들이 지주의 집 앞에 와 통곡함으로써 그 눈물이 고여 지주의 집이 못으로 변하는 낭만적인 방식으로 해결하였다. 대를 이어 내려오는 이 '인간사회의 근본적인 문제'를 해결하는 방식을 찾는 것은 강경애가 그의 문학을 통하여 추구한 바이다.

「부자」에서 강경애는 각성한 농민의 조직적이고 목적의식적인 투쟁을 통하여 이 문제를 해결하고자 하였다. 「부자」와 『인간문제』는 여러모로 비슷하다. 「부자」의 장사와 바위는 『인간문제』에서 첫째라는 인물로 단일화되었다. 용연에서의 첫째는 자연발생적인 반항을 진행하는 아버지 장사로 볼 수 있다. 장사와 첫째는 모두 생산수단을 상실하고 생계를 위하여 도둑질을 한다. 순사의 추격을 받은 장사는 선주를 죽이고 자신도 죽는 길을 택하나 첫째는 순사의 추격을 받자 용연을 떠나 인천으로 간다. 그리고 인천에서 첫째의 행적은 M포구에서 목적의식적인 투쟁을 진행하는 바위와 비슷하다. 「부자」가 농민의 피착취와 각성의 모습을 모두 M포구라는 농촌을 배경으로 그려냈다면 『인간문제』는 용연에서 농민의 피착취의 모습만 보여주고 농민의 각성은 도시 인천에서 보여주었다. 인천에서 용연의 농민은 혁명적 노동자로 재탄생되었다.

'인천'과 '노동자'는 『인간문제』에 관한 분석에서뿐만 아니라 전반 강경애 문학 연구에서도 특별한 주목을 요한다. 강경애의 일관된 창작 경향으로 볼 때 『인간문제』의 후반부에 나타난 '인천'이라는 배경과 '노동자'라는 인물설정은 이례적이라 할 수 있다. 그의 작품은 대부분이 장연이나 간도와 같은 농촌을 배경으로 하며 도시로는 인천과 서울 둘뿐이기 때문이다. 이중에서 서울이 늘 부정적으로 그려진 것을 감안하면 긍정적인 도시 상으로는 인천이 유일하다.[102] 인물설정에서도 강경애가 가장 애착을 갖고 그려낸 것은 일제식민지하의 농민이다. 이외 그가 주목한 인물로는 간도

102　강경애의 소설에 자주 등장하는 간도 룽징은 농촌이라 하기에는 조금 어려우나 도시라고 보기에도 애매하다. 여기에서 도시라는 것은 일정한 규모를 갖춘 근대적인 도시를 말한다.

를 배경으로 하는 작품에 등장하는 사회주의자와 지식인이 있다. 노동자의 등장은 『인간문제』가 처음이자 마지막이다.

『인간문제』는 강경애의 최초 기획과는 달리 연재과정에서 큰 변화를 거친다. 그리고 이 변화에 의하여 나타난 것이 바로 '인천'과 '노동자'이다.

강경애는 간도에 이주한 후에도 여러 차례나 조선에 다녀왔다. 그 가운데서 특별히 주목을 요하는 것은 『인간문제』 발표 직전에도 조선에 왔었다는 점이다. 1936년 8월 『신동아』에 발표된 전기적 소설 「산남」에는 아래와 같은 구절이 있다. "지금으로부터 이태 전 7월 20일경 일입니다. 돌연히 나에게 전보 한 장이 뛰어들었습니다. 그 내용인즉 내 어머님의 병환이 위중하니 곧 오라는 것입니다."(636면) 알다시피 『인간문제』는 1934년 8월 1일부터 12월 22일까지 120회에 걸쳐 『동아일보』에 연재된 소설이다. 「산남」은 작품 발표 직전인 1934년 7월 20일 경에 강경애가 조선에 다녀간 적이 있음을 보여준다. 이는 1934년 7월 31일발 『동아일보』의 「신연재소설예고」에 실린 『인간문제』 경개(梗槪)에 관한 소개와 함께 놓고 보면 그 중요성을 더한다.

梗槪

이 소설의 작의(作意)는 탐욕무비한 장자의 집이 일야에 땅속으로 빠져 그 자리에 큰못이 생기엇다는 전설을 가진 원소라는 못을 중심으로 삶에 허덕이는 조그마한 농촌생활 현실을 그리어냄에 잇다.

원소 로-만쓰의 주인공 같은 장재-자기집차인이 근빈자에게 체금을 받기새려금품을 주엇다고 주판으로 면상을 쳐서 그거스로 말미암아 죽게까지 이르게 한 그리고 그의 진무른 육욕생활! 그조아에 히생되랴는 부모없는 계집애 그리고 그 계집애게게 첫사랑을 느끼엇든 소작인의 아들 거기에다 서울서 유학하는 장재집 아들이 하기휴가에 돌아와 그 가련한 계집애에게 동정하다고 그 동정이 연애가 되여 이에 이 조그마한 농촌에는 부자상극의 삼각연애가 전개되고 마는 것이다.

    그러나 이 조그마한 농촌은 원소 혜택을 받어가며 인심갈등의 이즈러진 정
욕의 세계를 내면에 실은채 밤을 마지하는 것이었다.[103]

예고(豫告)는 "강경애 씨는 예민하고 주도한 관찰과 섬세하고 박력있는
필치로써 특히 농촌소설을 그림에 있어 뛰어난 솜씨를 보여주었거니와
이『인간문제』도 농촌을 배경으로 한 것으로써 씨의 예술과 사상이 완전
히 융합된 참된 의미에 있어서의 완미한 작품"이라는 작가와 작품에 대한
간단한 소개에 이어 위의 작품 경개를 보여주는데 이로 보면『인간문
제』는 본래 용연을 배경으로 하는 한 편의 농촌소설로 기획되었다는 것을
알 수 있다. 초반의 14회, 즉 용연 지주 정덕호의 딸 옥점이가 등장하기 전
까지는 예고에서 보여준 작품 경개와 일치하다. 그러나 15회에서 지주의
아들 대신에 딸이 등장하며 16회에서 그 딸이 지주의 아들 역할을 하게 되
는 신철이라는 인물을 용연에 데리고 오면서 소설은 '부자상극의 삼각연
애'라는 사전의 예고와 전혀 다르게 전개되어 나간다. 애초의 기획을 연재
도중에 크게 고친 것이다. 그리고 이 변경에 의하여 나타난 것이 '인천'과
'노동자'이다. 강경애는 작품 기획에 대한 변경을 통하여 새로운 환경과 인
물을 등장시켰다. 문제는 이런 변경이 놀라운 당대성을 지니고 있음이다.
『인간문제』의 천석정(千石町) 대동방적공장이 실재한 만석정(萬石町, 현
만석동) 동양방적(東洋紡績) 인천공장임은 이미 여러 논자에 의하여 거듭
지적된 바이다.『인간문제』의 당대성은 바로 이 대동방적공장을 통하여
나타난다.[104] 강경애의 친구 동생 고일신(高一新)의 회고에 의하면 강경애

---

103 「新連載小說豫告」, 『동아일보』, 1934.7.31.
104 김정화는 「강경애 소설연구」(동국대 박사논문, 1991)를 통해 처음으로 『인간문제』의 대
    동방적공장이 당시 인천에 있은 동양방적 인천공장으로 추정된다는 문제제기를 하였다.
    이 문제제기는 이상경의 『강경애—문학에서의 성과 계급』(건국대 출판부, 1997)에 의해
    사실로 확인된다. 이상경은 『인간문제』의 천석정(千石町) 대동방적공장은 실재한 만석

부부는 1931년 6월 간도 룽징으로 이주하기 전의 한동안을 인천에서 품팔이를 하였다고 한다.[105] 이때의 노동경험은『인간문제』를 창작하는 데 많은 도움이 되었을 것이다. 그러나 주목을 요하는 것은 이 시기에는 인천에 동양방적공장이 없었다. 동양방적 인천공장은 일본 근대산업의 아버지로 일컬어지는 시부자와 에이이치[澁澤榮─]에 의해 창립된 오사카 보세키[大阪紡織]을 모체로 한다. 1932년 12월에 인천 만석정 매립지에 공장을 건립하기로 확정하여 1933년 말에 완공되었으며 1934년부터 조업을 시작했다.[106] 동양방적 인천공장은 강경애가 간도 룽징으로 이주한 후에 건립된 것이다.

룽징에서 신문이나 인편으로 관련 소식을 전해 듣고 썼다고 하기에는 『인간문제』에 그려진 동양방적 인천공장의 모습이 너무나 생생하다.『인간문제』에 여실히 반영되는 동양방적 인천공장의 모습들은『인간문제』의 당대성이 1934년 7월 20일 경의 조선행과 밀접한 연관이 있음을 보여준다. 이번 조선행에서 강경애는 인천에 직접 다녀옴으로써 부두와 동양방적공장을 둘러보고 이곳의 노동자들과 관련되는 충분한 자료를 확보했을 가능성이 크다. 이런 과정에서 인천과 이곳 노동자들의 역동성과 가능성에 주목하게 되었으며 나아가 본래의 창작기획을 크게 변경시켜 『인간문제』의 후반부를 이들을 중심으로 구성해나갔을 것이다.

'도성(都城)의 인후(咽喉)'로 불리던 인천은 1883년 일제에 의해 개항되자 또 미국, 청국 등 여러 나라와 맺은 수호통상조약의 호혜원칙에 따라 이들

정(萬石町, 현 만석동) 동양방적(東洋紡績) 인천공장임을 확정한 동시에 작품 발표 당시 신문보도와의 대비를 통하여 부두노동자에 대한 묘사도 진실성을 갖고 있음을 밝혔다. 이상의 사실적 확인을 기초로 최원식은 「『인간문제』, 사회주의 리얼리즘의 성과와 한계」 (『인간문제』, 문학과지성사, 2006)를 통하여『인간문제』가 갖는 당대성을 지적하였다. 그는 작품이 연재된 1934년 하반기가 바로 동양방적 인천공장이 조업을 시작한 시점임에 주목하여 논의를 전개함으로써『인간문제』의 정확한 시간적 배경을 추정해냈다.
105 이상경 편,『강경애 전집』, 소명출판, 2002, 856면 참고.
106 『東一紡織社史』, 동일방직주식회사, 1982, 참고.

나라에도 개방됨으로써 개항과 동시에 국제항의 성격을 띠게 된다. 국제적 항구로서의 인천항은 경인철도건설(1900), 인천항 축조(1912) 등으로 하여 1910년에 이르러서는 대외무역량의 28%를 차지하는 국내 최대의 무역항으로 발전한다. 무역의 발전은 상업의 발전을 이끌었으며 1930년대에 들어와 대공업이 자리 잡으면서 인천은 차츰 무역항, 상업도시, 공업지대로 발전하였다.[107] 그리고 이는 또 노동자들의 대량 유입으로 이어졌다.

『인간문제』의 후반부에 해당하는 인천편은 활기찬 인천의 새벽에 대한 묘사로부터 시작된다.

> 인천의 새벽만은 노동자의 인천같다! 각반을 치고 목에 타월을 건 노동자들이 제각기 일터를 찾아가느라고 분주하였다. 그리고 타월을 귀밑까지 눌러쓴 부인들은 벤또를 들고 전등불 아래로 희미하게 꼬리를 물고 나타나고 또 나타난다. 나중에 알고 보니 이 부인들은 정미소에 다니는 부인들이라고 하였다.
>
> —『인간문제』, 272면(밑줄―필자)

침울한 '원소(怨沼)' 전설로 시작되는 용연편과는 사뭇 다른 분위기이다. 인천의 새벽을 아름답게 장식하는 노동자들의 분주한 모습을 보면서 혁명적 노동운동에 투신하기 위하여 인천으로 내려온 지식인 신철이는 "인천의 새벽만은 노동자의 인천"이라고 한다. 강경애는 바로 이런 노동자의 도시 인천에 지주 정덕호의 핍박에 의하여 용연을 떠난 첫째를 투입시킨다. 그리고 첫째의 행적을 통하여 부두의 자유노동시장에서 근무하는 노동자들의 삶을 생생하게 그려낸다.

인천에 부두 임금노동자가 나타나기 시작한 것은 19세기로 거슬러 올라간다. 1883년의 개항과 함께 부두노동자들이 급격히 늘어난 것이다. 이

107　강덕우, 「仁川開港과 관련한 몇 가지 문제」, 『인천학연구』 창간호, 인천대 인천학연구원, 2002, 247~251면 참고.

들은 주로 부두의 하역운반을 맡았다.[108] 이런 노동과정에서 첫째는 "노동자의 씩씩한 참동무"가 되고자 하는 지식인 신철이를 만나며 그의 지도하에 계급의식에 눈을 뜬다.

> 첫째도 그들 틈에 섞여 흙을 날랐다. 그는 흙을 나르면서도 어젯밤 밤새도록 신철이와 자유노동자의 조직에 대하여 토의하던 것을 생각하였다.
>
> 그가 신철이를 만나본 후로는 세상에 모를 것이 없는 듯하였다. 그가 반생을 살아오면서 막히고 얽혔던 수수께끼는 바라보이는 저 신작로같이 그렇게 뚫려 보이었다. 그리고 그가 걸어갈 장차의 앞길까지도 저 길과 같이 훤하게 내다보이었다. 동시에 칼칼하던 그의 가슴은 햇빛에 빛나는 저 바다같이 그렇게 희망에 들떴다.
>
> ―『인간문제』, 322면

신철이를 만난 후, 첫째는 드디어 용연에서 가졌던 '법'에 대한 의문을 푼다. 첫째는 지주와 농민, 자본가와 노동자 사이에 존재하는 착취와 피착취의 계급적 대립을 이해하며 오늘날의 '법'이란 이런 계급적 대립을 지탱해주는 받침대임을 알게 된다. "그가 속하여 있는 계급을 명확히" 알게 된 첫째는 나아가 "인간 사회의 역사적 발전을 위하여 투쟁"하려는 굳은 결심을 하게 된다. 이런 사상적 변화가 있었기에 인천 부두노동쟁의에 첫째는 조직적이며 목적의식적으로 참여하게 된다.

첫째가 대동방적공장 건설현장에서 벽돌을 나르는 장면에 대한 묘사라든가 부두의 하역운반과정에 대한 묘사는 그 생동함으로 볼 때 본인이 직접 체험하거나 노동현장에 내려가 관찰해보지 않고는 써내기 힘든 것이다. 『인간문제』에는 단순히 신문기사를 보거나 추측에 의한 것이라고

108　경인일보 특별취재팀, 「국내 노동운동의 출발·중심지」, 『인천이야기』, 다인아트, 2001, 110면.

보기에 어려운 것이 또 하나 있다. 간난이와 선비를 통하여 보여준 대동방적공장 노동운동에 관한 묘사가 그렇다.

대동방적공장의 모델이 된 동양방적 인천공장에는 당시 확실히 간난이나 선비와 같은 혁명적 노동자들의 활발한 활동이 있었다.

인천에서는 이른바 '화요파' 공산주의자 김형선을 중심으로 정갑용 · 김만석 · 백봉흠 등이 인천적색노동조합을 조직하고 『공장뉴스』 등의 출판물을 간행하여 노동자들을 의식화 · 조직화하였다. 이들은 1935년 1월 29일 일제에 의해 공판에 회부되었다. 검거를 피한 박연성 등은 인천 동양방직을 토대로 계속 활동하다가 두달 후 일제에 의해 구속되었다. (밑줄―필자)[109]

1930년대 중반의 『조선중앙일보』를 보면 동양방적 인천공장과 인천적색노동조합에 관한 많은 기사를 접하게 된다.[110] 적색노동조합운동이 1930년대 조선공산당재건 운동의 한 부분이며 김형선이 옛 화요파가 주축이 되어 결성된 '꼼뮤니스트 그룹'에 가담하여 조공재건 활동을 했다는 것을 염두에 두면 동양방적 인천공장의 적색노동조합도 '꼼뮤니스트 그룹'계열의 조직임을 알 수 있다.[111]

코민테른은 1928년 '12월 테제'로 "파벌투쟁을 없애고 대중에 뿌리내린 볼셰비키당을 건설하라"는 당재건 방침을 제시했을 뿐만 아니라, 국제레닌대학이나 모스크바 동방노력자 공산대학에서 훈련받고 검증된 조선인 사회주의자들을 통해 당재건 운동에 직접 개입했다. '꼼뮤니스트 그룹'은

---

109 인천광역시사편찬위원회, 『인천광역시사―제2권 인천의 발자취』, 인천광역시, 2002, 686면.

110 『東紡職工等檢擧 25日부터 嚴重取調開始―事件內容은 赤色結社』, 1935.2.7; 『仁川赤色『그룹』事件靑年四名又檢擧―端緖는 東紡工場에서』, 1935.5.2; 『"東紡"赤化를 目的한 赤色그룹 事件公判』, 1936.3.11 등.

111 강경애는 남편 장하일 및 장하일 주변의 사회주의자들을 통하여 이 시기 인천에서 진행된 사회주의자들의 활동을 일정 정도 알고 있었을 가능성도 짙다.

바로 이런 배경과 조건에서 조직되었다. '꼼뮤니스트 그룹'은 공장신문을 발행하여 사회주의사상을 노동현장에 나르고 선진노동자와 직접 결합하려 했으며, 대중운동에 적잖은 영향을 끼쳐 당건설의 토대를 일부 마련했다. 인천의 경우, 대중사업에 끊임없이 참여하여 다섯 개의 '공장핵'과 6개의 '공장반'을 건설했다. 그리하여 '꼼뮤니스트 그룹'은 "적어도 인천에서는 당재건을 위한 조직적 준비가 끝났다"고 코민테른에 보고할 수 있었다.[112] 동양방적 인천공장의 적색노동조합이 '꼼뮤니스트 그룹'계열의 조직이라고 할 때 간난이와 선비를 통하여 보여주는 대동방적공장의 노동운동은 '꼼뮤니스트 그룹'이 동양방적 인천공장에서 진행한 활동을 문학적으로 재현한 것이라 볼 수 있다. 간난이에게 격문을 전해주는 사람이 첫째라는 것은 또 첫째의 활동도 이 그룹과 연관됨을 보여주며 『인간문제』의 인천편은 공장신문을 발행하여 사회주의사상을 노동현장에 나르고 선진노동자들과 직접 결합하려 했다는 '꼼뮤니스트 그룹'이 인천 지역에서 벌린 노동운동에 대한 문학적 재현이라고도 볼 수 있다.

　『인간문제』는 본래 용연을 배경으로 한 편의 농촌소설로 기획되었으나 창작과정에 최초의 기획을 크게 변경시켜 '인천'과 '노동자'라는 새로운 배경과 인물을 등장시켰다. 그리고 이들을 통하여 '인간문제' 해결 대안으로서의 도시 노동자의 조직적인 투쟁을 생동감 있게 그려냈다. 이는 강경애가 「부자」에서 보여준 농촌과 농민을 '인간문제' 해결의 장소와 주체로 보던 시각이 변하여 조선에서는 도시와 노동자가 그 대안으로 제시되었음을 시사한다.

112　성대경, 「'꼼뮤니스트 그룹'의 당재건 운동」, 『한국현대사와 사회주의』, 역사비평사, 2000 참고.

(2) 전망의 상실과 암흑

강경애 문학은 1935년을 기준으로 전기와 후기로 나눌 수 있다. 전반기 간도 배경 소설이 각성한 농민들의 항일무장투쟁에 의하여 전망을 획득하고자 했다면 조선 배경 소설은 노동자로 변신한 각성한 농민의 조직적인 투쟁을 통하여 전망을 쟁취하고자 했다. 그러나 1930년대 후반으로 오면서 간도에서는 일제의 토벌에 의하여 공산유격대의 활동이 거의 사라지고 조선에서는 일제의 탄압에 의하여 카프가 해소되고 모든 사상활동이 부정되는 등 창작환경의 악화에 따라 강경애의 문학적 경향도 급격히 변화되어 상실감과 좌절감을 드러낸다. 이것이 간도 배경 소설에서 사회주의자 및 그들 가족의 변화를 통하여 나타났다면 조선 배경 소설에서는 농민의 투쟁의식 약화를 통하여 반영된다.

『인간문제』에 뒤이어 발표된 「해고」(『신동아』, 1935.3)에 오면 목적의식적인 투쟁이 사라지고 자연발생적인 항의가 문제해결의 방법으로 다시 나타난다. 「해고」는 면장네 집을 위하여 평생을 바친 김서방이 끝내는 이 집에서 쫓겨나는 이야기를 다룬다.

어려서 양 부모를 잃은 김서방은 이 마을, 저 마을로 전전걸식하다가 다행이라 할지 면장의 아버지인 박초시의 눈에 들어, 이 집의 고용으로 있게 되었으며 주인과 손을 맞잡고 앞 벌을 개간하였다. 따라서 해가 거듭할수록 농사가 잘되며 전지가 하나 둘 늘어가는데는 그는 주인의 것이라는 관념을 전연히 잊고 몸을 아끼지 않고 일하였으며, 그런지 몇해에 주인 박초시는 이 신화면에 둘도 없는 재산가로 명성을 날렸던 것이다.

"자네는 하인이 아니라 내 아들이니……. 참말 주춧돌이니, 자네가 없으면 우리집 꼴이 되겠나. 그저 돈만 모이게 되면 자네 장가도 보내주고 한 살림 톡톡히 물려줄 것이니. 응 이 사람아."

— 「해고」, 570면

　김서방은 면장의 아버지인 박초시와 함께 앞벌을 개간하여 박초시네 재산을 하나, 둘 늘려나갔다. 이 과정에서 김서방은 자신이 모으는 재산이 모두 박초시의 것이라는 관념을 전연히 잊고 몸을 아끼지 않고 일하였다. 때문에 박초시도 김서방을 표면적으로는 아들처럼 아꼈으며 미래에 대한 많은 약속도 하였다. "김서방은 내가 죽는다더라도 내보내지 말아라. 그를 내보내면 우리집은 다된 것이다"는 박초시의 유언에서도 알 수 있는바 박초시 집에서의 김서방 역할은 막중한 것이었다. 그러나 아버지가 돌아가신 후, 박초시의 아들은 면장 운동을 하면서 활동자금을 마련하고자 김서방과 박초시가 개간해 낸 밭을 금융조합에 저당 잡혔으며 끝내는 그 밭을 팔아버리고 만다. 밭을 팔고나니 자연스럽게 김서방도 집에서 내쫓게 된다.

　　4년 전에 그가 면장 운동을 하면서 그 밭을 금융조합에 저당할 때는 면장만 되고 보면 그 밭만은 쉽사리 찾게 되리라 하였으며 그 위에 모든 것이 자기의 맘대로 될 줄 알았으나 실제 면장이 되고 보니, 씀 새가 넓어지며 그 밭을 찾기는 고사하고 이자도 못 물어서 미구에 밭을 앗기우게 될 모양이므로 하는 수 없이 그 밭을 팔았던 것이다. 김서방은 그제야 다소 짐작이되었다. 동시에 그는 몇천 길 되는 낭 아래로 떨어지는 듯 앞이 아뜩해지며 핑그르 도는 듯하여 머리를 푹 숙였다.

— 「해고」, 570면

　자신이 개간하고 가꾸어오던 밭에서 내쫓기는 순간에야 김서방은 그간 박초시가 그에게 한 약속이 모두 거짓말이었음을 알게 되며 지난 몇 십 년을 박초시의 말에 마취되어 헛된 삶을 살았음을 실감한다. 박초시와 면장에 대한 거대한 분노를 안고 면장의 집을 나오던 김서방은 면서기의 따귀를 때리는 것으로 자신의 분노를 표출한다.

우발적이며 자연발생적인 반항이라는 점에서 「해고」의 김서방은 「부자」의 장사와 『인간문제』의 용연에서의 첫째와 비슷하다. 그러나 「부자」와 『인간문제』는 모두 자연발생적인 반항을 부정하면서 목적의식적인 투쟁을 그 대안으로 제시하나 「해고」에는 이런 대안이 없다.

「해고」는 농민의 형상이 고정적으로 그려진 대신에 지주의 형상이 변화를 가져온다. 「부자」나 『인간문제』에 나오는 지주는 식민치 통치기구와 결탁하여 자신의 세력과 재력을 확장해가는 모습으로 등장하나 「해고」에 오면 지주도 몰락의 길을 걷는다. 비록 면장이 되었지만 박초시의 아들은 자신의 재산을 지키지 못하고 있다. 강경애가 보건대 1930년 후반이라는 시대적 조건하에서 몰락의 길을 걷는 것은 농민뿐만 아니라 중소지주도 마찬가지였다.

「해고」는 '신화면'이라는 한 농촌을 배경으로 한다. '신화면'이 황해도 장연군에 위치한 마을임을 염두에 두면 이 작품도 배경이 「부자」나 『인간문제』와 거의 동일한 지역임을 알 수 있다.

「해고」가 목적의식적인 투쟁에까지 이르지 못하고 자연발생적인 항의에 머물렀다면 「지하촌」(『조선일보』, 1936.3.12~4.3)에서는 이런 자연발생적인 항의마저 사라지고 극도의 궁핍만 제시된다. 작품의 주인공 칠성이는 다리병신이며 걸인이다. 아버지를 일찍 잃은 칠성이는 칠운이와 영애라는 두 동생, 그리고 어머니와 함께 산다. 칠성이는 갖은 수모를 당하면서도 구걸을 계속하고 어머니는 해산한 이튿날에도 쉬지 못하고 일하지만 이들 가족은 생계를 유지하기 힘들다. 칠성이가 짝사랑하는 큰년이네도 생활이 어렵기는 마찬가지이다. 큰년이의 어머니는 해산 막달에도 일을 계속하다 밭에서 아이를 낳기까지 한다. 밭에서 낳은 갓난아이가 보살핌을 받지 못하여 그 자리에서 죽자 큰년이 어머니는 이튿날 또 일하러 나간다.

칠성이네 마을 사람들은 모두 이처럼 열심히 일하지만 극도의 가난 속에서 살아간다. 그리고 이 마을 사람들의 특점으로 또 하나를 들면 모두 병신인 것이다. 다리병신인 칠성이가 짝사랑하는 큰년이는 소경이다.

> 큰년이 같은 그런 계집애를 낳았나, 또 눈먼 것을 ……. 그는 히 하고 웃음이 터졌다. 그 웃음이 입가에서 사라지기도 전에 왜 이 동네 여인들은 그런 병신만을 낳을까? 하니, 어쩐지 이상하였다. 하기야 큰년이가 어디 나면서부터 눈멀었다니, 우선 나도 네 살 때에 홍역을 하고 난 담에 경풍이라는 병에 걸리어 이런 병신이 되었다는데 하자, 어머니가 항상 외우던 말이 생각되었다.
>
> ―「지하촌」, 609면

주목을 요하는 것은 칠성이와 큰년이를 포함하여 이 마을 사람들은 모두 선천적 병신이 아니라 후천적 병신이다. 어려운 생활형편 때문에 병을 제때에 치료하지 못하여 병신이 된 것이다. 가난이 이들을 병신으로 만들었다고 볼 수 있다.

가난 때문에 치료를 하지 못하여 소경이 된 큰년이는 또 가난 때문에 읍에 있는 한 장사꾼의 첩으로 팔려가게 된다. 이 장사꾼은 첩을 여러 명이나 두었으나 이때까지 자식을 낳지 못하였다. 때문에 큰년이를 데려가는 것도 단지 자식을 낳으려는 생각에서였다. 장사꾼에게 있어 큰년이는 아이를 낳는 하나의 도구에 불과한 것이다.

자신이 짝사랑하던 큰년이가 다른 사람의 첩으로 들어간다는 소식을 들은 칠성이는 미칠 것만 같았다. 순진한 마음에 전에부터 벼르던 옷감을 끊어다 주면 큰년이와 그의 부모님들이 마음을 바꾸어 큰년이를 자신에게 시집보낼 것 같아 칠성이는 아껴두었던 돈으로 읍에 가 옷감을 끊어온다. 옷감을 끊어가지고 돌아오는 길에서 칠성이는 자신과 같은 한 걸인을 만난다. 이 걸인은 공장에서 일하다 기계에 다리를 다쳐 병신이 된 사람이었다. 칠성이를 여러모로 관심해주던 걸인은 칠성이에게 우리가 왜 이런 병신이 되었는가를 역설한다.

> "아니우, 결코 아니우, 비록 우리가 이 꼴이 되었는지 알아야 하지 않소…….
> 내 다리를 꺾게 한 놈두, 친구를 저런 병신으로 되게 한 놈두, 다 누구겠소? 알아
> 들었수? 이 친구"
> 사나이의 이 같은 말은 칠성의 뼈끝마다 짤짤 저리게 하였고, 애꿎은 하늘과
> 땅만 저주하던 캄캄한 속에 어떤 번적하는 불빛을 던져주는 것 같으면서도 다
> 시 생각하면 아찔해지고 팽팽 돌아간다. 무엇인가 묻고 싶어 머리를 번쩍 들었
> 으나 입이 꽉 붙고 만다. 그는 시름없이 하늘을 물끄러미 보았다.
>
> — 「지하촌」, 629면

'배 안의 병신'이 아닌 우리가 왜서 이 세상에 태어나 병신이 되어야 하는가에 대한 걸인의 말은 칠성이에게 일정한 공감을 주지만 결코 칠성이의 현실인식 자체를 변화시키지는 못한다. 「부자」, 『인간문제』와 같은 전기 작품에서는 지식인의 계급적 인도가 주인공의 현실인식을 변화시켜 주인공으로 하여금 투쟁에 나서게 하였지만 「지하촌」에서는 상기 작품의 지식인에 해당하는 걸인이 칠성이에게 실질적 영향을 미치지 못하고 있다.

집으로 돌아온 칠성이는 큰년이가 이미 시집갔다는 소식을 접한다. 칠성이가 살아가는 유일한 희망이 사라진 것이다. 그리고 집에 와서 보게 된 주변의 환경은 칠성이의 절망감을 더욱 짙게 한다. 마을에는 눈병이 돌아 아이, 어른이 모두 눈을 못 뜨고 힘들여 지은 농사는 비 때문에 모두 망쳐져 있었다. 칠성이의 분노와 절망 속에서 작품은 마무리 된다.

「지하촌」은 제목이 시사하는 바와 같이 현실세계에서는 있을 수 없을 것 같은 극도의 궁핍을 보여준다. 「지하촌」은 스토리 자체보다도 그에 대한 묘사가 중요하다. 작품 전체를 통하여 보여지는 참담한 풍경은 실로 눈

을 뜨고 볼 수 없다.

　　칠운이는 뛰어 일어나서 응응 운다. 그들은 놀라 일시에 바라보았다. 아기는
언제 그 헝겊을 찢었는지 반쯤 헝겊이 찢어졌고 그리로부터 쌀알 같은 구더기
가 설렁설렁 내달아오고 있다.
　　"아이구머니. 이게 웬일이냐 응, 이게 웬일이어!"
　　어머니는 와락 기어가서 헝겊을 잡아 걷으니 쥐가죽이 딸려 일어나고 피를
문 구더기가 아글바글 떨어진다.

— 「지하촌」, 633면

　　특히 칠성이의 여동생 영애에 대한 묘사는 지극히 처참하다. 때문에 김
윤식은 "「지하촌」은 지나치게 궁핍을 묘사한 것으로, 소설의 한계를 넘어
서고 있다. 문화의 이쪽이 아니라 공포가 지배하는 차원이기에 그것은 일
종의 신물적(神物的)인 세계에로 나아갈 위험성조차 엿보인다"[113]고까지
말하였다.
　　「지하촌」은 지금까지 그 배경이 강경애가 만들어낸 상상의 공간으로
여겨지고 있다. 그러나 현실세계에서는 존재할 수 없을 것 같은 이 작품의
배경은 결코 강경애가 만들어낸 상상의 공간이 아니다.

　　수수밭 머리로 파랗게 보이는 저 불타산은 몇 발걸음 옮기면 올라갈듯이 그
렇게 가까워 보인다. 그의 집 창문 곁에 비껴서서 맘놓고 바라볼 수 있는 것은
저 산이요, 또 이런 수수밭 머리에서 쉬어가며 바라볼 수 있는 것이 저 산이다.

— 「지하촌」, 620면

113　김윤식, 「강경애론—식민지 공장노동자의 세계」, 『(속)한국 근대작가론고』, 일지사,
　　　1981, 245면.

칠성이는 그의 마을로부터 육리나 떨어져 있는 송화읍 어구에 우두커니 서 있었다. 읍에 와서 돌아다니나 수입이 잘 되지 않으므로 이렇게 송화읍까지 오게 되었고, 그래서야 겨우 큰년의 옷감을 인조견으로 바꾸어 가지고 돌아오는 길이었던 것이다.

— 「지하촌」, 621면

작품 속에 나오는 '불타산'이라는 마을 뒷산 이름으로부터 알 수 있는바 「지하촌」도 강경애의 다른 조선 배경 작품과 마찬가지로 장연 일대를 배경으로 하고 있다. "마을로부터 육리나 떨어져 있는 송화읍"이라는 구절은 이 점을 더욱 분명히 해준다.

「지하촌」의 실질적인 배경은 「부자」, 『인간문제』, 「해고」와 같은 곳이다. 그러나 작품 속에 묘사된 모습은 천양지차이다. 동일한 배경이 이렇게 서로 다른 모습으로 작품 속에 등장한 것은 이 시기 강경애의 암울한 심경과 무관하지 않다.

「지하촌」이 보여주는 어두운 분위기는 같은 시기에 창작된 「어둠」, 「마약」 등 간도 배경 소설에서도 찾아 볼 수 있다.

4) 여성인식의 변화와 발전

(1) 교육과 여성의 자기각성

강경애의 '처녀작'은 『어머니와 딸』(『혜성』, 1931.8~1932.12)이란 제목의 장편소설이다.[114] 『어머니와 딸』이 강경애의 부탁을 받은 김경재가 그의 문

---

114 강경애는 『어머니와 딸』에 앞서 「파금」이란 단편소설을 『조선일보』에 '독자투고' 형식으로 발표하였지만 삼천리사에서 진행한 「作家作品年代表」(『삼천리』, 1937.1)란 설문조사에서 자신의 처녀작은 『어머니와 딸』이라 밝혔다. 「파금」이 '독자투고'의 형식으로 발표

예가 친구에게 의뢰하여 발표한 작품이라는 것은 이미 살펴본 바이다.

> 이 작(作)은 여러 가지로 보아 결코 낯선 솜씨가 아니다. 도리어 부분 부분의
> 섬세한 묘사 같은 것은 충분히 대가의 그것에도 손색이 없을 만큼 치밀하다. 이
> 러한 점으로 보아 앞으로 대성할 소질이 넉넉하다는 것을 단언할 수 있다. 그러
> 나 한 가지 섭섭한 것은 내용이 시속의 값 헐한 미국 활동사진의 그것에 근사한
> 것이다. 그리고 사건을 진행시키는데 무리와 조루가 많이 있다. 그러함에도 불
> 구하고 이것을 발표하는 것은 한 무명작가로, 더구나 현대 조선에 있어서 여자
> 로는 누구라도 손대어 보지 못한 큰 노력을 시험하였다는 것이다. 주견 없는 평
> 과 가삭(加削)을 내린 것을 작가에게 사(謝)하며 앞으로 더욱 용진함이 있기를
> 축수하여 마지 아니한다.[115]

김경재의 부탁을 받은 친구가 『어머니와 딸』을 『혜성』에 실어주면서
쓴 '편집자의 말'이다. 당시 『혜성』의 편집장이 채만식(蔡萬植, 1902~1950)이
었다는 점을 감안하면 김경재의 부탁을 받은 친구가 바로 채만식일 가능
성이 짙다. 실제로 채만식과 김경재는 서로 아는 사이로서 채만식은 가끔
김경재에게 원고 청탁을 하기도 하였다.[116]

『어머니와 딸』은 채만식의 정확한 지적대로 부분부분 묘사의 생동함은
있으나 전반적인 구성이나 사건의 전개에 있어서는 미숙함을 보인다. 그러
나 우리가 『어머니와 딸』을 간과할 수 없는 것은 이 작품이 강경애의 데뷔
작인 동시에 그의 여성인식이 가장 집중적으로 드러난 작품이기 때문이다.

『어머니와 딸』은 주인공 옥이와 그의 친정어머니 예쁜이, 그리고 시어
머니 산호주 등 세 여성의 삶을 그리는 것을 통하여 봉건적 가부장제의 폭

된 작품이라는 점에서 이를 습작으로 코고 실질적인 데뷔작이 된 『어머니와 딸』을 자신의
처녀작으로 인정한 것 같다.

115 이상경 편, 『강경애 전집』, 소명출판, 2002, 13면.

116 김경재, 「『開闢』時代를 追憶하며, 當時에 執筆하든 諸氏의 紀念執筆」, 『별건곤』, 1930.7 참고.

력성과 교육에 의한 여성의 자의식 획득이라는 계몽주의적 여성해방의
식을 보여준다.

　옥이의 친정어머니 예쁜이는 가난한 소작농의 딸이다. 열일곱 나던 해,
예쁜이는 농장주 이춘식의 첩으로 들어간다. 원치 않는 결혼을 하게 되지
만 이 과정에서 예쁜이의 목소리는 그 어디에서도 찾아볼 수 없다. 예쁜이
의 아버지 창문이는 가장(家長)으로서 일방적으로 농장주 이춘식과 딸의
결혼을 결정한다. 이 결정 과정에는 예쁜이 어머니도 참여하지 못한다.
예쁜이 어머니는 딸을 소실로 보내는데 불만이 없지 않았지만 이도 문제
제기에는 이르지 못하고 단순한 자기 생각에 머문다. 봉건적 가부장제 하
에서 아버지의 권위는 절대적인 것으로서 어머니와 자식들은 이에 따를
뿐이다. 딸을 소실로 보내면서도 창문이는 불만이나 자책 같은 것이 없
다. 오히려 농장주로부터 일정한 경제적 도움을 받게 되어 가정의 생활 형
편이 나아질 것을 생각하고 기뻐한다. 그러나 창문이가 자기의 딸을 사랑
하지 않는 것은 결코 아니다. 봉건적 가부장제 속에서 가장인 아버지가 딸
을 사랑하는 것과 딸의 의사와는 관계없이 결혼을 결정하는 것은 결코 모
순되지 않는다.

　　우리는 살았네. 내 딸 때문이지. 에이! 고얀놈! 이놈아! 만수란 놈아! 날도적
　놈아!

— 「어머니와 딸」, 31면

　　남편의 입에서 나오는 말에 의하면 딸의 혼인은 이미 결정된 듯싶었다. 무엇
　보다도 섭섭한 것은 소실이라는 것이었다.

— 「어머니와 딸」, 32면

　　공연한 소리를 또 하네그려. 그런 자리가 쉽겠나. 그러고 며칠 있다가는 가겠

다니까 예쁜이를 따라 보내야 하겠네.

—「어머니와 딸」, 32면

　이튿날 아침 여덟 점 차로 예쁜이는 그리운, 그리운 고향을 등지고 떠나게 되었다.

—「어머니와 딸」, 35면

　아버지의 일방적인 결정에 순응하여 이춘식의 첩이 된 예쁜이는 행복한 삶을 살지 못한다. 딸을 낳은 예쁜이는 이춘식의 무관심 속에서 구박과 냉대를 받으며 몸종과도 같은 시간을 보내다 끝내는 다시 집으로 쫓겨 온다.

　예쁜이의 일생에서 주목을 요하는 것은 그가 종래로 자신의 의지에 따라 삶을 살아본 적이 없다는 것이다. 예쁜이는 가장인 아버지의 판단에 따라 혹은 남편의 판단에 따라 임의로 좌우할 수 있는 존재였다. 예쁜이도 자신의 이런 수동적인 삶에 이의를 제기하지 않았으며 이것을 운명으로 여기고 묵묵히 감수하기만 하였다. 그 결과 예쁜이는 가중되는 생활고를 이겨내지 못하고 자신을 방종하게 된다. 집으로 쫓겨 온 예쁜이는 난봉을 피우기 시작하더니 끝내는 술장수로 전락한다.

　옥이의 친정어머니 예쁜이가 봉건적 가부장제도 속에 포획되어 있는 가난한 소작농 딸의 한 전형이라면 옥이의 시어머니 산호주는 당시의 여성으로서는 이례적인 존재이다. 사생아로 태어나 고아원에서 자란 산호주는 십칠팔 세 때에는 이미 평양에서 누구나 알아주는 기생이 된다. 예쁜이가 가정으로부터 이탈되어 술장수가 되었다면 산호주는 기생으로부터 가정으로의 복귀를 꿈꾼다. "남과 같이 남편을 얻어 아들 딸 낳고 재미있게 살아"보는 것이 산호주의 꿈이다. 산호주는 이 꿈을 강수라는 고학생을 통하여 이루고자 한다. 그러나 산호주의 도움을 받아 공부를 마친 강수는 결코 산호주의 꿈을 이루어 주지 않는다.

시간은 빠르다. 어느덧 형설의 공을 쌓아 가지고 그리운 고향으로 나온 강수는 평양 모 중등학교 교편을 잡게 되었다.

중화로부터 그의 부모님들은 아들의 뒤를 따라 평양성내에 들어오자마자 아들의 혼사담은 바짝 일게 되었다.

하여 산호주에게는 말 한 마디 전함 없이 그곳 사립 모 여학교를 우수한 성적으로 졸업한 깨끗한 여학생과 드디어 약혼되어서 문밖 예배당 내에서 목사의 주례하에 성대한 결혼식은 끝나고 말았다.

바로 결혼식 열흘 앞두고 산호주를 찾아온 강수는 아무러한 눈치도 그에게 보이지 않고 간 후 발길을 뚝 끊고 말았다.

소문을 들은 산호주는 새삼스럽게 놀라지는 않으면서도 자기의 기대가 너무 컸던 것을 얼핏 깨달았다. '세상은 그런 것이다!'이 한 마디로 오륙 년간 받은 자기의 상처를 눌러버리려 하였다.

—「어머니와 딸」, 59면

강수는 '깨끗한 여학생'을 찾아 결혼한다. 기생이라는 신분은 산호주에게 '부정한 여자'라는 사회적 시선을 가져다주었으며 봉건적 가부장제 하의 가정은 그녀를 배척하였다. 훗날 자신이 임신한 것을 안 산호주는 기생 일을 접고 조용히 농촌으로 내려와 새로운 삶을 산다. 비록 소원대로 아들을 낳고 또 마을 사람들에게 모범이 되는 생활을 하지만 산호주는 어디까지나 그의 꿈인 하나의 완전한 가정은 이루지 못하였다. 가정에 대한 갈망과 원망을 함께 갖고 있었기에 산호주는 옥이에게 "봉준이를 잘 길러라. 둘이서 싸우지 말고 잘살아야 한다"와 "믿지 마라! 남자를 믿지 말아라!"는 상반된 두 개의 유언을 남긴다.

수동적인 예쁜이와는 반대로 산호주는 능동적인 일면이 있다. 산호주는 비록 기생이지만 자신이 원치 않는 사람에게는 몸을 맡기지 않으며 또 기생이라는 신분으로부터의 탈출도 꿈꾼다. 그러나 산호주의 능동성은 어디까지나 개인적이고 자연발생적인 것이었다. '고아'라는 출생적 한계와 '기생'이라는 신분적 한계를 동시에 해결하는 대안으로 산호주는 '가정'을 제시하였으나 현실은 그가 가정으로 돌아오는 것을 거부하였다. 그가 그토록 믿고 의지하던 강수도 학교를 졸업함과 동시에 부모님의 의지에 따라 '깨끗한 여학생'을 찾아 결혼한 것이다.

예쁜이가 처음부터 끝까지 수동적인 인물로 그려졌다면 산호주는 처음부터 능동적인 인물로 등장한다. 작품 속에서 예쁜이와 산호주는 모두 성격의 변화가 없다. 이에 반하여 옥이는 수동적인 인물로부터 능동적인 인물로 변신하는 과정이 작품 속에서 구체적으로 드러난다. 『어머니와 딸』은 옥이가 예쁜이와 같은 수동적인 인물로부터 산호주와 같은 능동적인 인물로의 변화과정을 그린 작품으로 볼 수 있다.

옥이도 시어머니 산호주처럼 살림살이를 나무랄 여지없이 잘하는 동시에 홀로 농사를 하며 남편 뒷바라지를 한다. 그러나 일본 유학을 한 남편 봉준이는 여학생 숙희와의 자유연애를 갈망하며 조혼한 옥이와 이혼하려 한다. 옥이에 대한 봉준의 감정은 연인으로서의 사랑이 아니라 누나에 대한 사랑이었다. 옥이와 봉준이의 불화의 씨앗은 조혼제도에 있다. '여학생', '일본 유학생', '자유연애' 등 근대적 산물의 범람 속에서 '조혼'이라는 전근대적 제도는 충격을 받을 수밖에 없었다. '조혼'에 의하여 형성된 봉건적 가정 속에서 충격을 주는 사람은 남성이었으며 그 충격을 받는 사람은 여성이었다. 『어머니와 딸』에서도 옥이는 남편으로부터 이혼을 독촉하는 편지를 일방적으로 받고 있다.

며칠에 한 번씩 온다는 편지는 돈 보내라는 것 외에는 어서 이혼하고 당신도 다른 남편 얻어가라는 충고 비슷한 형식을 취하여 협박을 하는 것이었다.

여기에서 좋게만 해석하던 옥이도 마음이 흔들리기 시작하였다. 하여 그 잘하던 공부도 차츰차츰 뒤로 물러가며 따라 밤이면 꼬박 일어 앉아 새우는 밤이 점증하였다. 자기를 생각하여서 그러는 것보다도 나 어린 남편의 장래를 위하여 어쩌면 그로 하여금 편하게 마음대로 해주는 동시에 일생을 행복스럽게 만들어줄까, 자기의 신세를 마쳐 버리게 된다더라도 남편에게 행복함이 된다면 어떠한 일이라도 감행할 것 같았다.

— 「어머니와 딸」, 66~67면

그러나 옥이에게 있어서 이혼이란 있을 수 없는 일이었다. 표면적 이유는 남편 봉준이는 자신을 키워준 시어머니의 외동아들이기에 시어머니의 은정을 생각해서도 이혼할 수 없다는 것이었으나 보다 본질적인 이유는 봉건적 사회제도 속에서 이혼당한 여성, 가정 밖에 축출된 여성의 미래가 불행으로 이어지는 것을 누차 보아왔기에 '이혼불가'라는 생각이 의식 속에 내면화되었던 것이다. 옥이는 친정어머니가 걸어온 길을 통해서도 이 점을 누구보다 잘 알고 있었다. 옥이가 어머니 세대로부터 전해 받은 유산은 순종과 봉사로서의 여성의 삶이었다. 남성에 대한 불신으로부터 오는 여성의 주체적 삶에 대한 당부도 있었지만 이는 어디까지나 부차적인 것이었다. 때문에 남편의 거듭되는 이혼 요구에도 불구하고 옥이는 가정을 지켜내려 하였다. 아니 가정 속에서 나가려 하지 않았다.

옥이의 이런 수동적인 삶에 변화를 가져온 것은 '교육'이다. 봉준이를 따라 서울에 올라온 옥이는 모 여학교에 입학한다. 농촌의 가정주부에서 도시의 여학생으로 변신한 옥이는 외적으로는 복장부터 변하고 내적으로는 수양을 쌓아간다. 이런 내적, 외적 변화 중에서 가장 중요한 것은 교육을 통한 자신감의 획득이다. 자신감의 증가는 옥이로 하여금 남편의 친구들 앞에 당당히 나서게 하며 또 남편이 짝사랑하고 있는 숙희를 찾아가 남편을 만나줄 것을 요구하게까지 된다. 사랑의 라이벌이라고 할 수 있는 숙희를 찾아가 남편을 만나 달라고 부탁하는 것은 옥이의 내면에는 이미 자의든 타의든 남편과 이혼을 해야겠다는 의식이 싹트고 있음을 보여준다. 이는 초기의 이혼불가라는 태도에 비하면 근본적인 변화라 하겠다. 이런 내적인 변화를 표면화 시키는 계기가 된 것이 영실 오빠와의 만남이다. 몇 백 명의 노동자를 위하여 자기 몸을 희생한 영실 오빠를 보는 순간 옥이는 마침내 봉건적 가부장제의 굴레에서 벗어나게 된다.

> 중로에서 영실을 보낸 옥이는 자기의 과거를 곰곰이 생각하며 걸었다. '나는 어떠한 길을 걸었나? 아니, 나도 사람인가? 밥을 먹고 옷을 입을 줄 아니 사람이랄까, 울고 웃을 줄 아니 사람이랄까? 응! 아니다! 울었다면 나를 위하여 울었더냐? 웃었다면 진정한 나의 웃음어었더냐? 모두가 봉준을 위하였음이었다. 두루뭉수리 삶이었다! 이러한 삶을 계속시키려고 안타깝게 울었던 것이었다. 불쌍한 인간!'그는 이렇게 부르짖고 대문으로 들어섰다.
>
> — 「어머니와 딸」, 122면

> 옥이는 속으로 '불쌍한 인간! 차라리 울 바에는 너를 위하여 울어라. 좀 더 나아가 여러 사람을 위하여 울어라! 한낱 계집애를 생각하여 운다는 것은 너무나 값없는 울음이 아니냐?'이렇게 부르짖을 때 아까 본 영실의 오빠가 머리에 똑똑히 나타나는 것이었다. 하여 자기 가슴속에 깊이깊이 들어앉았던 남편인 봉준이는 차츰차츰 희미하게 사라지기 시작하였다. 봉준을 물끄러미 보았다. 핏기 없는 그의 아웅한 얼굴, 진그락지 같은 그의 흰 손은 마치 죽은 송장을 보는 듯한 것이었다. 그리고 이때처럼 아무 미련없이 봉준을 불쌍하게 본 적은 없었다.
>
> — 「어머니와 딸」, 123면

남편에 의지하여 살아온 지난날에 대한 반성과 함께 옥이는 이혼을 결심한다. 교육을 통한 자의식의 획득에 의하여 이혼을 선택하였기에 옥이의 가정 이탈은 축출이 아닌 탈출이었다.

봉건적 가부장제 속에서 탈출한 옥이는 이제 친정어머니 예쁜이가 걸은 타락의 길이 아닌 사회와 계급이라는 보다 큰 문제에 눈길을 돌리게 된다. 문제는 옥이의 계급적 각성이 너무 급작스럽다는 것이다. 옥이가 교육을 통하여 자의식을 획득하는 과정은 구체적 상황 속에서 비교적 설득력 있게 묘사되었지만 계급적으로 각성하는 것은 아무런 사전 예고가 없이 이루어졌다. 구체적 계기가 결여된 조건에서 의식의 비약을 가져온 것이다. 때문에 계급적으로 각성하기 전후의 연결이 매끄럽지 못하고 또 각성한 이후의 모습도 보여주지 못하고 있다.

『어머니와 딸』은 1931년 8월부터 1932년 12월까지 『혜성』에 연재된 작품이다. 알다시피 이 작품은 연재 전에 이미 원고가 완성된 상태였다. 그러면 강경애가 『어머니와 딸』을 창작한 시기는 바로 그가 장연에서 여성주의 단체 근우회에 가입하여 활동할 때가 된다.[117]

근우회에서 활동하던 1930년 11월 말, 강경애는 『조선일보』의 '부인 문예란'에 「조선 여성들의 밟을 길」(『조선일보』, 1930.11.28~29)이란 글을 쓴 적이 있다. 이 글에는 당시 강경애의 여성인식이 집약적으로 나타나 있다.

> 무론 가정 내에서 남성을 도와 일가(一家)의 평화와 단락(團樂)을 도모하며 자녀를 길러 우리 사회에 굳센 일꾼을 보내는 것이 여성의 공통적 · 천부적 책임이지만 우리 사회에 결함이 많으니 만큼 우리 조선 여성의 특수한 사명도 있을 것이다.
>
> ─「조성 여성들의 밟을 길」, 710면

> 우리 사회에서 우리 여성들이 할 일이 한두 가지가 아니겠지만 가장 제일 급선무라고 내가 생각하는 것을 간단히 써보고자 한다.
>
> 독서. 이것이야말로 더욱 우리 여성들에게 필요하다. (…중략…) 독서를 못

---

117 강경애가 근우회에서 활동한 시기는 1928년 말부터 1931년 초까지로 추정된다.

하면 사색이 천박하며 따라서 남편에게도 진실한 사랑을 못하고 완롱물에 지나지 않는 인격적 멸시를 당할 것이다. (…중략…) 그리고 우리 조선 여성들은 자기만 아는 것으로 그냥 멎어지지 못할 특수한 사명을 가졌다는 것을 알아야 한다.

한글 보급의 사명이 그것이다. 우리 조선 여성 중 한글 아는 사람이 몇 할 가량 되겠느냐 하면 대개 추측해보건대 백인 중 오인이 될까 의문이다. 그러면 우리 한글이나마 아는 여성들은 일인당 이십 인씩 한글을 배워주지 않으면 안 될 의무가 있다. (…중략…)

물산장려의 관념이 퍽 필요할 것으로 믿는다. 될 수 있는 대로 우리들이 만든 것으로 만족할 것이다. 요새 미곡 폭락으로 백미 1두 6, 70전 하는 이때이니 남편에게 대하여 술 담배의 절약을 종용하는 것도 우리 여성들의 의무이며 크림, 백분(白粉), 향유 등을 폐지할 것도 우리 조선 여성으로서 당연한 사명이다.

—「조선 여성들의 밟을 길」, 711~712면

강경애는 오늘의 조선 여성은 가정 내에서 현모양처의 역할을 잘 하는 동시에 일정한 사회적 역할도 맡아야 한다고 한다. 강경애는 조선 여성이 맡아야 할 가장 시급한 사회적 역할로 '독서', '한글보급', '물산장려' 등 세 가지를 든다. '독서'와 '한글보급'이 모두 여성의 계몽과 관계되는 일이며 '물산장려'도 토산품 애용에 중점을 둔 대중계몽운동임을 볼 때 이 시기 강경애는 계몽을 통하여 여성해방을 이룩한다는 여성인식을 갖고 있음을 알 수 있다. 「어머니와 딸」은 강경애의 이런 여성인식의 구체적 형상화이다.

동시에 주목할 것은 이 시기 강경애는 장하일, 김경재 등 사회주의자들로부터 문학적 지도를 받았으며 또 강경애가 가입하여 활동한 근우회도 사회주의 경향을 띠고 있었음이다. 『어머니와 딸』이 여성에 대한 봉건적 가부장제도의 폭력성과 교육을 통한 여성의 자의식 획득이라는 주제를 중심으로 이야기가 전개되다가 결말 부분에 와서 갑자기 계급적 각성을 가져오는 것으로 끝난 것은 강경애의 이런 창작환경, 생활환경과 무관하지 않다. 옥이가 갑자기 계급적 각성을 가져오는 마지막 부분은 어쩌면 그의 '문학적 스승'들의 요구를 반영한 것일 수도 있다.

(2) 사회주의와 '현모양처'

『어머니와 딸』이 연재되기 두달 전인 1931년 6월, 강경애는 남편 장하일과 함께 간도 룽징으로 이주한다. 강경애가 룽징에서 사회주의자들과 어울려 생활하였으며 또 일제의 야만적인 간도토벌과 이에 반하는 항일 무장투쟁을 가까이에서 지켜 본 것은 앞에서 이미 서술한 바이다. 이런 주변 환경은 강경애의 사회주의적 이념을 더욱 강화시켰으며 이는 또 그의 여성인식에 일정한 변화를 가져온다.

1933년 말에 쓴 「송년사」(『신가정』, 1933.12)란 글에는 변화된 강경애의 여성인식이 집약적으로 나타나 있다.

사회적으로 완전한 경제적 개변을 보지 못하고는 완전한 여성의 해방도 볼 수 없습니다. 이대로는 해방은 고사하고 더욱 더욱 여성은 상품화하며 따라서 인간적 지위에서 점점 더 말살되고 말 것입니다.

그러니 무엇보다도 근본적 해결이 있어야 합니다. 극동의 풍운이 험악해오는 이 해를 보내며 더욱 이런 감상이 생깁니다. 꾸준히 서로 노력합시다.

— 「송년사」, 746면

"사회적으로 완전한 경제적 개변을 보지 못하고는 완정한 여성의 해방도 볼 수 없습니다"는 말로부터 알 수 있는바 간도 이주 이후, 강경애는 여성문제를 계급문제에 종속시켜 보고 있다. 근본적 문제인 계급문제가 해결되면 지엽적 문제인 여성문제도 자연스럽게 해결되는 것으로 생각하였다. 때문에 이 시기 강경애의 소설 속에 나타나는 여성인물은 여성으로서의 독자적인 문제를 갖고 등장하는 것이 아니라 계급문제를 갖고 등장한다. 작품 속에서 여성인물은 자신의 수난을 통하여 착취와 피착취라는 계급문제를 더욱 효과적으로 부각시키는 작용을 한다. 그리고 여성인물의 수난은 현존하는 여성문제를 반영한다기보다 피착취자의 모습을 보여주는 하나의 소재로 사용되는 일면이 더 강하다.

여성문제를 계급문제에 종속시킨 대표적 작품으로 『인간문제』를 들 수 있다. 『인간문제』(『동아일보』, 1934.8.1~12.22)는 "즉자적(卽自的) 농촌 여성에서 강렬한 노동계급의 여전사로 전신한 여주인공 선비의 5년간의 삶(1915~1920)을 1930년대 당대의 사회적 맥락 속에서 파악"[118] 한다. 지주 정덕호가 던진 산판에 맞아 아버지가 돌아가시고 뒤이어 어머니도 죽자 선비는 정덕호네 집에 와서 살게 된다. 선비는 정덕호의 호의를 순진하게 믿고 아버지처럼 따랐지만 그에게 돌아온 것은 성적 유린이었다. 정덕호에게 유린당한 선비는 현실에 불만을 품었지만 자신이 이처럼 피착취의 지위에 놓이게 된 원인은 알지 못했다. 때문에 해결책도 제시할 수 없었다. 용연에서 선비가 취할 수 있는 유일한 반항적 행동은 정덕호의 마수를 피해 멀리 달아나는 것 밖에 없었다. 이마저도 선비에게는 거대한 용기를 필요로 하는 일이었다.

한참이나 나오던 그는 멈칫 섰다. 읍으로 들어가는 새로 닦은 신작로가 달빛에 뚜렷이 바라다보였다. 그는 언제나 이 길을 바라볼 때마다, 그가 이 길로 외롭게 …… 쓸쓸하게 나가게 될 날이 멀지 않으리라 …… 하였다. 그렇게 막연하게 생각은 들면서도 마침 나가려고 단단히 맘을 먹고 이 길 위에 올라서면 멀리 바라보이는 컴컴한 솔밭과 솔밭 새로 뿌옇게 사라져간 이 길 저편에는 덕호보다도 몇 배 더 무서운 사나이가 눈을 부릅뜨고 자기를 기다리는 것 같았다. 그

---

[118]　최원식, 「『인간문제』, 사회주의 리얼리즘의 성과와 한계」, 『인간문제』, 문학과지성사, 2006, 405면.

는 전신에 소름이 오싹 끼쳐지며 무의식간에 휙 돌아섰다.

—『인간문제』, 238면

용연을 떠난 선비는 원래는 자신과 같은 처지에 있었으나 지금은 이미 혁명적 노동자로 전신한 간난이를 찾아간다. 그리고 간난이의 도움을 받아 그도 혁명적 노동자로 성장해 간다. 인천 대동방적공장에서의 노동경험은 선비에게 정덕호와 같은 착취자는 용연뿐만이 아니라 사회의 도처에 널려 있으며 자신은 용연을 떠났어도 육체적, 정신적, 경제적으로 피착취의 위치에서 벗어나지 못했음을 알게 하였다.

그때 그는 간난이가 일상 하던 말을 얼핏 깨달으며 세상에는 덕호와 같은 우리들의 적이 많은 것이다, 그것을 대항하려면 우리들은 단결하지 않으면 안 될 것이라던 그 말을 그는 다시 생각하였다. 선비는 어떤 힘을 불쑥 느꼈다. 그리고 간난이가 가르쳐주는 그대로 하는 데서만이 선비는 첫째의 손목을 쥐어보리라 하였다. 흙짐을 져서 괄해진 첫째의 등허리! 실을 켜기에 부르튼 자기의 손끝! 그리고 수많은 그 등허리와 그 손들이 모여서 덕호와 같은 수없는 인간과 싸우지 않으면 안 될 것이라……하였다. 보다도 선비의 앞에 나타나는 길은 오직 그 길뿐이다.

—『인간문제』, 336면

선비에게 있어서 자신을 지키는 유일한 방법은 불합리한 사회적 제도를 바꾸는 것이었다. 계급적으로 각성한 선비는 간난이가 '조직의 수요'에 의하여 공장을 떠나게 되자 그의 뒤를 이어 대동방적공장에서의 노동운동을 이끈다.

여주인공의 행적을 따라가 볼 때 『어머니와 딸』과 『인간문제』는 여러모로 비슷하다. 특히 두 작품은 모두 농촌과 도시라는 두 개의 상반되는 공간을 상정해놓고 농촌을 탈출한 여성이 도시에서 자의식을 획득하는 구조를 취하고 있다. 『어머니와 딸』이 송화의 여성 옥이가 서울에서의 교육을 통하여 자의식을 획득함으로써 무의식 속에 내면화되었던 봉건적 가부장제의 굴레에서 벗어나는 과정을 보여주었다면 『인간문제』는 용연 소작농의 딸 선비가 인천에서 노동운동을 통하여 자의식을 획득함으로써 혁명적 노동자로 재탄생하는 모습을 그렸다.

초기작인 『어머니와 딸』이 현존하는 여성의 문제를 통하여 현실을 인식하였다면 중기작에 해당하는 『인간문제』는 착취와 피착취라는 강경애의 현실인식에 여성이라는 소재가 사용되었다. 『인간문제』는 선비라는 여주인공 외에도 첫째라는 남성주인공을 통하여 이런 현실인식을 보여주었다. 후기작에 오면 여성은 또 다른 모습으로 작품 속에 등장한다.

후기의 작품에서 변화된 여성의 모습을 나타내는 것으로 「마약」(『여성』, 1937.11)이 대표적이다. 간도 룽징을 배경으로 하는 「마약」은 아편쟁이 남편에 의하여 중국인에게 팔려간 여성의 이야기를 다룬다. 보득 어머니는 남편이 자신을 중국인에게 팔았음을 알면서도 남편과 자식의 곁으로 돌아가야만 한다는 강박 관념에 사로잡혀 있다.

> 곁에 보득이만 있다면 되는대로 지내리란 생각도 때론 든다. 새벽부터 남편이 자기를 이 되놈에게 팔았는가 하고 의문이 들었던 것이다. 하나 그것은 잠깐이고 어젯밤에 남편이 정녕 집에 갔는지, 여기 어디서 죽지나 않았는지, 만일 갔더라도 보득일 데리고 얼마나 애를 태울까 하는 걱정이 다투어 일어난다.
>
> —「마약」, 686면

> 그는 뛴다. 보득이 옆에 쓰러진 남편, 아편에 취하여 있을 그, 이제 가면 붙들고 실컷 울고 싶다. 원망도 아무것도 사라지고 오직 반갑고 슬픔만이 이락이락 일어나는 것이다. 응당 남편도 그를 붙들고 사죄할 것 같다. 꼭 아편도 뗄 것 같다.
>
> —「마약」, 688면

「마약」에서는 기왕의 작품에서 보여주던 여성의 자의식 획득이라는 진취적인 모습이 사라지고 모성애가 부각된다. 그리고 자식에 대한 모성애는 남편과 가정에 대한 사랑과 애착으로 확대된다. 보득 어머니에게 있어 그 어떤 경우에도 가정은 지켜져야 하는 것이다. 그 가정 속에서 자신이 받는 대우가 어떻던 지를 막론하고 말이다. 보득 어머니에게는 자신이란 없고 아들과 남편이 있는 가정이 있을 뿐이다.

「마약」을 비롯하여 후기의 작품들에서 보여지는 강경애의 여성인식은 아주 보수적이다. 봉건적 가부장제의 가정으로부터 탈출을 꿈꾸던 초기의 여성인식보다 후퇴해버린 감이 없지 않다. 이는 강경애가 간도 이주 후에 여성적 정체성보다 계급적 정체성에 더 큰 중시를 돌린 점과도 무관하지 않겠지만 보다 중요한 것은 당시 중국공산당 여성정책의 영향을 받은 데 그 원인이 있다고 본다.

1928년의 '12테제'이후 중국에 있는 조선인공산당원들은 중국공산당에 가입하여 활동하였다. 때문에 이들은 중국공산당의 정책적 영향을 많이 받았다. 중국공산당은 당의 통일성을 유지하는 차원에서 민족모순과 계급모순이 복잡하게 뒤얽힌 지역적 특수성을 고려하지 않고 간도에서도 중국의 다른 지역과 동일한 정책을 실시하였다. 여성정책도 마찬가지였다. 간도에서의 중국공산당의 여성정책은 초기에는 반제 · 반봉건 투쟁의 일환으로 선전되었다. 여성의 사회적 · 경제적 · 정치적 참여를 통한 봉건적인 결혼제도와 사회관계로부터의 해방이 주요과제로 여겨졌다. 그러나 이러한 정책은 오래 지속되지 못하고 1934년부터 변화되기 시작했다. 이는 중국 내지의 정책 변화를 또다시 따른 것으로 가족과 사회 안에서의 여성의 모성, 가사활동, 봉사 등이 여성의 본분이며 미덕으로 강조되었다. 혁명적인 여성은 가정을 혁명적으로 이끌며 가사활동과 시부모를 더욱 잘 모시는 것으로 혁명적인 모범을 보여야 한다고 했다.[119]

후기 작품에서 보이는 보수적인 여성인식은 남성중심의 봉건적 가부장제 사회가 요구하는 부정적 의미에서의 '현모양처'라고도 할 수 있다. 이는 변화된 중국공산당의 여성정책과 너무나 흡사하다. 간도에서 많은 사회주의자들과 함께 어울려 생활한 강경애였기에 주변 환경의 영향으로 여성인식도 변화된 것 같다.

강경애의 소설에서 여성문제를 통하여 현실인식에 도달한 것은 강경애가 여성주의 단체 근우회에 가입하여 활동하면서 창작한 『어머니와 딸』이 유일하다. 그 후, 간도로 이주하여 사회주의자들과 어울려 생활하면서 사회주의 이념이 더욱 강화된 강경애는 여성문제를 계급문제에 종속시킨다. 이때로부터 강경애의 작품 속에서 여성문제는 더는 주요문제로 자리 잡지 못하고 강경애의 현실인식을 보여주는 하나의 소재로 격하된다. 『인간문제』에서 이를 확인할 수 있다. 후기에 오면 강경애의 여성인식은 봉건적 가부장제의 가정이라는 억압적인 삶의 공간으로부터 해방을 꿈꾸던 초기보다도 후퇴해 버린다.

강경애의 작품 중에 여성주의 시각으로 볼 수 있는 작품이 없지 않으나 그의 문학 전체를 여성주의 시각으로 보는 것은 무리이다. 강경애 문학 전

---

119 박현옥, 「여성·민족·계급 : 다름과 집합적 행위」, 『한국여성학』 10호, 한국여성학회, 1994 참고.
박현옥은 중국공산당 여성정책의 변화 원인을 세 가지 방면에서 찾고 있다. 첫째 : 여성의 사회진출은 남성이 전쟁에 나가 생산노동이 필요하였던 까닭이고, 여성이 전투에 참여한 것은 군사인력이 필요하였기 때문으로 여성들은 전시체제가 끝나면 원래의 성 체계내의 자리로 돌아와야 했다. 둘째 : 여성의 참여는 공산당의 조직에 종속된 것으로 여성만의 독립적 기반은 없었으며, 공산당 조직에서 여성의 참여율이 낮아 여성의 이해가 공산당의 정책에 제대로 반영되지 않았다, 셋째 : 공산당은 초기에 여성을 가족으로부터 해방하는 정책을 실시하였다. 그러나 농민남성들과 공산당의 제휴로 여성해방에 대한 정책이 후퇴하게 되었다. 여성을 가족으로부터 해방시키는 정책은 농민경제의 단위인 가족의 해체를 의미하므로 농민남성들은 공산당에 대항하였고 이에 위기를 느낀 공산당은 이 정책을 철회하고 가족을 보호하는 정책으로 전환하였다. 계속되는 계급혁명 투쟁에 농민남성들의 연대와 지지가 필요했기 때문이다.
간도에서의 중국공산당의 여성인식의 변화는 간도의 특수성에 근거하여 좀 더 구체적으로 설명되어야 하겠지만 박현옥의 주장에서 첫 번째와 세 번째는 상당한 설득력이 있다고 느껴진다.

체로 놓고 보았을 때 여성문제는 어디까지나 계급문제에 종속된 하위범
주로서 하나의 주요문제로까지는 격상되지 못했다.

4. 결론

본고에서 필자는 '만주체험'과 '사회주의'를 키워드로 강경애의 이력을 재
구성하였으며 이를 기초로 강경애 소설의 주제와 변모양상을 살펴보았다.

강경애가 사회주의를 처음 접한 것은 북만에서였다. 1926년 초, 조선공
산당 만주총국이 위치한 북만 하이린·닝안 일대로 이주한 강경애는 이
곳에서 유치원 교사를 하면서 사회주의자 김봉환을 만나 2년여의 시간을
함께 보낸다. 이런 생활환경 때문에 강경애는 자연스럽게 북만에서 벌어
지고 있는 항일무장투쟁에 대해 알게 되었으며 나아가 자신도 사회주의
를 수용하게 되었다.

사회주의를 수용한 이후, 강경애의 창작경향은 변화를 가져온다. 북만
이주 전의 시작(詩作)들이 자신의 감상적인 정서의 표출에 머물렀다면 북
만체험을 거친 이후 강경애는 문학을 통하여 현실을 반영하고 비판하며
또 현실적 모순을 해결할 방도를 찾는다. 북만에서 장연으로 돌아온 후의
첫 발표작인 평론 「염상섭 씨의 논설 「명일의 길」을 읽고」에는 변화된 강
경애의 사상경향과 문학관이 집약적으로 드러나 있다. 이 평론을 통하여
강경애는 처음으로 계급과 민중에 주목하는 문학관을 드러낸다.

강경애의 첫 발표소설인 「파금」은 평론 「염상섭 씨의 논설 「명일의 길」을
읽고」에서 보여준 민중에 주목하는 문학관의 구체적 형상화이다. 사회주
의적 경향을 갖고 있는 형철이라는 지식인을 주인공으로 설정한 강경애는

형철이를 통하여 식민지 법률의 허위성, 민중의 부당한 대우, 이론투쟁의
비현실성 등을 역설한다. 그리고 형철이를 자신이 생활한 적이 있는 북만
닝안 일대로 보내며 이곳에서 항일무장투쟁을 진행하다 희생되는 것으로
작품을 끝낸다. 형철이의 구체적인 이주지와 이주 후의 활동으로부터 우
리는「파금」이 강경애의 북만체험과 밀접히 관계되는 작품임을 알 수 있다.
강경애는「파금」을 통하여 처음으로 민중의 문제를 작품세계에 끌어들였
으며 항일무장투쟁을 통하여 이 문제를 해결하겠다는 의지를 나타냈다.

대표작『인간문제』연재 예고에서 직접적으로 토로한 바와 같이 강경
애의 문학은 "인간사회의 근본적인 문제를 포착하고 나아가 이 문제를 해
결할 사람을 찾으며 또 그가 행할 바를 지적한다"는 말로 귀납할 수 있다.
「파금」은 북만체험 이후 강경애가 사회주의적 경향을 갖고 있는 지식인
을 인간문제 해결의 주체로 삼았으며 만주에서의 항일무장투쟁을 통하
여 그 문제를 해결하고자 했음을 보여준다.

그러나 이런 현실인식은 간도 룽징에 이주한 이후 일정한 변화를 가져
온다. 룽징에서 강경애는 사회주의적 경향을 갖고 있는 남편 장하일과 함
께 생활하였으며 또 장하일을 통하여 많은 사회주의자들을 만날 수 있었
다. 북만에 이어 계속되는 사회주의자들과의 밀접한 교류는 강경애의 사
회주의적 이념을 더욱 확고히 하였다.

강경애는 1931년부터 1939년 사이의 대부분 시간을 룽징에서 보냈다.
룽징에서 강경애는 상대적으로 여유로운 삶을 살았는데 이는 자유로우
면서도 활발한 창작활동의 밑거름이 되었다. 강경애가 발표한 대부분의
작품이 이 시기에 창작되었다. 본격적으로 창작활동을 진행한 이 8년간,
강경애의 행적은 아주 단출하다. 룽징에서 평범한 가정주부로 살면서 가
끔 조선에 다녀온 것이 전부이다. 조선에 들어와서도 강경애는 주로 어린
시절을 보낸 황해도 장연 일대에 기거하였다. 이런 행적상의 단출함 때문
인지 이 시기 강경애가 창작한 소설은 모두 간도와 황해도 장연 일대를 배

경으로 하며 또 1935년을 기준으로 전기와 후기로 나눌 수 있다.

전반기 간도 배경 소설은 농민의 삶과 투쟁을 주제로 하는 소설과 지식인에 대한 부정과 비판을 주제로 하는 소설로 양분된다. 강경애는 「그 여자」, 「동정」, 「원고료 이백 원」 등 자전적 색채가 짙은 소설을 통하여 지식인의 허위성, 소시민성 등 약점들을 폭로, 비판하고 자신에 대한 반성을 진행한다. 이는 전기 간도 배경 소설의 중요한 주제의 하나임은 분명하나 결코 중심적 위치에는 놓이지 못한다. 지식인의 여러 문제점들을 짚어내고 이들을 비판한 것은 어쩌면 농민의 건강한 일면과 역사발전 주체로서의 정당성을 더욱 부각시키기 위함일지도 모른다. 농민이야말로 이 시기 강경애가 가장 주목한 대상이다.

간도 이주 후에 쓴 첫 소설 「그 여자」에서 이미 지식인을 부정하면서 각성한 농민에 주목한 강경애는 「채전」에서 처음으로 간도의 농민을 작품의 전면에 등장시킨다. 농장주의 무단해고에 대응하여 농민들이 조직적인 투쟁을 진행하여 고용을 보장받고 처우를 개선했다는 내용을 다룬 「채전」은 농장주와 농민(소작인) 사이의 갈등이 자본가와 노동자 사이의 갈등과 비슷한 형식으로 드러나면서 해결을 보았으며 배경으로서의 간도의 특수성도 살리지 못하였다. 「채전」은 강경애 이념의 직접적 토로라고 볼 수 있다. 이런 강경애의 이념이 간도의 현실과 밀착하여 작품으로 형상화된 것이 「유무」와 「소금」이다.

간도에서 강경애는 일제가 감행한 야만적인 토벌에 특히 주목하였다. 강경애는 「유무」에서는 복순 아버지의 꿈이라는 형식을 빌려 직접 토벌의 현장을 담아냈으며 「소금」에서는 토벌이 가져온 간도 사회의 변화와 그 속에서 살아가는 이주민의 지난한 삶을 보여주었다. 동시에 「유무」의 복순 아버지나 「소금」의 봉염 어머니가 일련의 수난을 겪고 생명의 위협을 느끼는 순간에 인식의 발전을 가져와 공산당에 동조하게 되는 것으로 작품을 마무리함으로써 일제의 무자비한 토벌은 농민을 각성시켰고 각성한 농민은 항일무장투쟁에의 동경을 나타내고 있음을 그려냈다. 이는 당시 간도에서 생활한 강경애가 일제의 야만적인 토벌과 이에 대항한 항일무장투쟁을 가까이에서 지켜본 것과 무관하지 않을 것이다.

간도에서 각성한 농민의 항일무장투쟁에 '인간문제' 해결의 기대를 거는 동시에 강경애는 조선 국내에서도 각성한 농민에 주목하였다. 간도 배경 소설이 지식인, 농민, 사회주의자 등 다양한 신분의 사람들을 등장시켜 간도의 현실과 강경애의 의식변화를 그려냈다면 조선 배경 소설은 농민을 집중적으로 파고든다.

강경애가 처음으로 조선의 농민을 주인공으로 창작한 소설은 「부자」이다. 지주와 농민 사이의 계급적 대립을 조선 농촌의 주요모순으로 설정한 강경애는 아버지 장사의 일대기를 통하여 개인적인, 자연발생적인 반항의 무의미함을 밝히고 조직적인, 목적의식적인 투쟁의 필요성을 역설한다. 그리고 농민들이 조직적인 투쟁으로 나아가는 과정에서 지식인의 계몽적 역할도 지적한다. 주목을 요하는 것은 「부자」에서 지식인이 작품 속에 직접 등장하지 않고 바위의 회상을 통하여 간접 등장함이다. 대신 부각되는 것은 각성한 농민 타위의 형상이다. 「부자」는 바위를 주인공으로 바위의 시각으로 작품을 전개해나간다. 이는 강경애가 간도에 이어 조선에서도 지식인보다 각성한 농민에 주목하고 있음을 보여준다. 그러나 「부자」에서는 야학에 의한 바위의 의식변화 과정이 배제되었으며 바위를 비롯한 XX회의 투쟁 모습도 보여주지 못했다. 「부자」는 단편이었기에 자세한 과정을 담아내기에는 편폭상의 제약을 받았다. 「부자」에서 유감으로 남겼던 이런 부분을 강경애는 이듬해에 쓴 『인간문제』를 통하여 구체적으로 형상화 했다. 『인간문제』는 용연의 농민들이 인천에서 노동자로 재탄생하는 과정을 자세히 보여주었으며 또 조직화된 노동자들이 자본가와 투쟁하는 모습도 생동하게 그려냈다. 강경애는 『인간문제』를 통하여 농촌과 도시에 공존하는 계급적 대립을 발견하고 이를 노동자로 전신한 농민들의 조직적인 투쟁을 통하여 해소하고자 했다.

상기 논의에서도 보다시피 강경애는 그의 문학을 통하여 시종 현실에 대한 비판력을 유지했을 뿐만 아니라 현실적 모순을 해결할 주체와 그가 행할 바를 추구했다. 이런 경향은 첫 발표소설 「파금」(1931)으로부터 나타나기 시작했으며 「부자」(1933), 「소금」(1934) 등 작품을 거쳐 『인간문제』(1934)에서 구체적으로 형상화되었다. 이 점에서 강경애의 전기 문학은 『인간문제』에 이르는 과정이라 할 수 있으며 그 문학적 경향은 비판적 리얼리즘보다 사회주의 리얼리즘으로 보는 것이 마땅하다.

강경애는 사회주의적 이념을 갖고 사회주의 리얼리즘 소설을 창작하였다. 때문에 강경애는 카프에 가입하지 않았다는 이유만이라면 몰라도 그의 문학적 특점을 갖고 동반자작가로 부르는 것은 마땅치 않음을 알 수 있다.

전반기의 이런 진취적인 모습과는 반대로 1930년대 후반으로 오면서 간도에서는 일제의 토벌에 의하여 항일유격대의 활동이 거의 사라지고 조선에서는 일제의 탄압에 의하여 카프가 해소되고 모든 사상활동이 부정되는 등 창작환경의 악화에 따라 강경애의 문학적 경향도 급격히 변화되어 상실감과 좌절감을 드러낸다.

간도 배경 소설에서 이는 사회주의자 및 그들 가족의 변화를 통하여 나타난다. 「모자」, 「번뇌」, 「어둠」, 「검둥이」 등 작품이 여기에 속한다. 이런 작품을 통하여 강경애는 지난날처럼 투쟁을 견지하지 못하더라도 최소한 양심에 거리끼는 일은 하지 않거나 아니면 자신을 망가뜨리는 한이 있더라도 결코 전향을 하지는 않는 인물을 주인공으로 설정함으로써 직접 투쟁이 불가능한 현실적 조건에서 강경애가 생각하는 사회주의자 및 그들 가족의 마땅한 자세를 보여준다.

조선 배경 소설에서 이는 농민의 투쟁 의식 약화라는 방식으로 나타난다. 『인간문제』에 뒤이어 발표된 「해고」에 오면 목적의식적인 투쟁이 사라지고 자연발생적인 항의가 문제 해결의 방법으로 다시 나타난다. 「해고」가 목적의식적인 투쟁에 대한 묘사가 없이 자연발생적인 항의를 다루었다면 그 후에 발표된 「지하촌」에 이르면 이런 자연발생적인 항의마저 사라지고 극도의 궁핍만이 제시된다.

강경애의 소설에서 여성문제를 통하여 현실인식에 도달한 것은 강경애가 여성주의 단체 근우회에 가입하여 활동하면서 창작한 『어머니와 딸』이 유일하다. 그 후, 간도로 이주하여 사회주의자들과 어울려 생활하면서 사회주의 이념이 더욱 강화된 강경애는 여성문제를 계급문제에 종속시킨다. 이때로부터 강경애의 작품 속에서 여성문제는 더는 주요문제로 자리 잡지 못하고 강경애의 현실인식을 보여주는 하나의 소재로 격하된다. 『인간문제』는 이를 잘 보여준다. 후기에 오면 강경애의 여성인식은 봉건적 가부장제의 가정이라는 억압적인 삶의 공간으로부터 해방을 꿈꾸던 초기보다도 후퇴해 버린다.

강경애의 작품 중에 여성주의 시각으로 볼 수 있는 작품이 없지 않으나 그의 문학 전체를 여성주의 시각으로 보는 것은 무리이다. 강경애 문학 전체를 놓고 볼 때 여성문제는 어디까지나 계급문제에 종속된 하위범주로서 하나의 주요문제로까지는 격상되지 못했다.

강경애는 남·북한과 중국 조선족 문학사에서 모두 중요하게 다루는 작가이다. 한국 근대문학사에서 강경애처럼 세 곳에서 모두 사랑 받는 작가는 많지 않다. 이는 강경애가 남·북한과 중국 조선족 문학을 잇는 가교(架橋) 작용을 할 수 있는 작가임을 보여준다. 실제로 2006년에는 '강경애 탄생 100주년 기념 남·북 공동 논문집'[120]이 출간되는 등 이런 가교적 역할은 지금 가시화되고 있다. 앞으로 이런 교류가 더욱 활발히 진행되었으면 하는 바람이다. 이는 세 곳 문학 교류의 활성화에 유용할 뿐만 아니라 강경애 연구에도 도움이 된다. 이런 교류를 통하여 지금까지 논란이 되

---

[120] 김인환 외, 『강경애, 시대와 문학―강경애 탄생 100주년 기념 남·북 공동 논문집』, 랜덤하우스코리아, 2006.

거나 공백으로 남아있던 이력을 충실히 할 수 있을 뿐만 아니라 강경애 문학을 보는 시각을 다양화 할 수 있다. 그리고 강경애는 만주에서 창작활동을 진행한 작가라는 점을 염두에 두면 당시 만주에서 창작활동을 한 중국인 작가들과의 비교 연구를 진행해볼 필요성도 있다.

참고문헌

1. 단행본

강경애, 이상경 편,『강경애 전집』, 소명출판, 2002.

곽　근 편,『최서해 전집』, 문학과지성사, 1994.

권　철 외편,『중국 조선족문학』, 연변대학출판사, 2000.

권영민,『한국현대문학사』, 민음사, 2008.

김동화 외편,『연변당사 사건과 인물』, 연변인민출판사, 1988.

김우종,『한국 현대소설사』, 성문각, 1978.

김윤식,『한국 근대문예비평사 연구』, 일지사, 2006.

김윤식 · 김현,『한국문학사』, 민음사, 2007.

김인환 외편,『강경애, 시대와 문학』, 랜덤하우스코리아, 2006.

김준화 · 김창순,『한국 공산주의 운동사』 1~5, 아시아문제연구소, 1967.

김학준 편,『혁명가들의 항일회상』, 민음사, 1988.

김호웅,『재만 조선인 문학연구』, 국학자료원, 1998.

박　환,『대륙으로 간 혁명가들』, 국학자료원, 1987.

＿＿＿＿,『만주지역 항일독립운동 답사기』, 국학자료원, 2001.

박충록,『한국 민중문학사』, 열사람, 1988.

사회과학원 문학연구소,『조선문학사』, 과학백과사전출판사, 1977.

서대숙,『한국 공산주의 운동사 연구』, 이론과실천, 1989.

서정자,『한국 근대 여성소설 연구』, 국학자료원, 1999.

스칼라피노, 이정식 역,『한국공산주의운동사』 1, 돌베개, 1986.

안수길,『한국문단이면사』, 깊은샘, 1999.

연변대 조선언어문학연구소 편,『중국 조선민족문학대계 10－안수길』, 흑룡강조선민족출
　　　　판사, 2001.

오상순,『개혁개방과 중국 조선족 소설문학』, 월인, 2001.

오양호,『일제강점기 만주 조선인 문학연구』, 문예출판사, 1996.

이상경,『강경애－문학에서의 성과 계급』, 건국대 출판부, 1997.

이선영,『문학비평의 방법과 실제』, 삼지사, 2002.

임계순,『우리에게 다가온 조선족은 누구인가』, 현암사, 2004.

장춘식,『일제강점기 조선족이민문학』, 민족출판사, 2005.

장춘식, 『해방 전 조선족이민소설연구』, 민족출판사, 2004.

전광화 편, 『세월속의 용정』, 연변인민출판사, 2002.

전성호, 『중국 조선족 문학예술사 연구』, 이회문화사, 1997.

정한숙, 『현대한국문학사』, 고려대 출판부, 1982.

조규태 외, 『중국 동북지역의 독립운동사 연구』, 보훈연수원, 1995.

중공연변주위당사연구소, 『중공연변당조직활동년대기』, 연변인민출판사, 1989.

중국인민정치협상회의 룡정현위원회 문사자료연구위원회 편, 『룡정문사자료』 1, 1986.

지린성 룽징현 지방지 편찬위원회, 『룽징현지』, 동북조선민족교육출판사, 1989.

채 훈, 『일제강점기 재만 한국문학 연구』, 깊은샘, 1990.

최유찬, 『문예사조의 이해』, 이룸, 2006.

표연복, 『해방 전 중국 유이민소설 연구』, 한국문화사, 2004.

2. 논문

강덕우, 「仁川開港과 관련한 몇 가지 문제」, 『인천학연구』 창간호, 인천대 인천학연구원, 2002.

경인일보 특별취재팀, 「국내 노동운동의 출발 · 중심지」, 『인천이야기』, 다인아트, 2001.

곽 근, 「한국 동반자작가 연구 서설」, 『한국문학연구』 9호, 동국대 한국문학연구, 1986.

菅原百合, 「1920년대의 여성운동과 근우회」, 연세대 석사논문, 2003.

김경수, 「강경애 장편소설 재론―페미니스트적 독해에 대한 하나의 문제제기」, 『여성문학
　　　연구』 16호, 한국여성문학학회, 2006.

김병민, 「남북한 민중을 위한 문학―신채호, 강경애의 경우」, 『실천문학』 58호, 실천문학사,
　　　2000.

김윤식, 「강경애론」, 『(속)한국 근대작가논고』, 일지사, 1981.

김은정, 「강경애 장편소설 『인간문제』 연구」, 한국외대 석사논문, 2000.

김원숙, 「사회주의 사상의 수용과 여성작가의 정체성」, 『어문연구』 4호, 한국어문
　　　교육연구회, 2005.

김정화, 「강경애 소설 연구」, 동국대 박사논문, 1991.

김종원, 「강경애 소설의 변모과정 연구」, 연세대 석사논문, 1993.

김종호, 「강경애의 간도 배경 소설 연구」, 『교육연수논총』 9, 대구광역시 교육연수원, 2004.

김재용, 「프로소설의 확대와 동반자 작가의 변모」, 『한국현대대표소설선』 4, 창작
　　　과비평사, 1996.

김헌순, 「강경애론」, 『현대작가론』, 조선작가동맹출판사, 1961.

도애경, 「해방 전 간도 체험소설의 공간수용 양상 연구」, 한림대 박사논문, 2004.

박현옥, 「여성·민족·계급 : 다름과 집합적 행위」, 『한국여성학』 10호, 한국여성학회, 1994.

박혜경, 「강경애의 작품에 나타난 여성인식의 문제」, 『민족문학사연구』 23호, 민족문학사
학회, 2003.

사성국, 「강경애 소설 연구－간도배경 작품에 나타난 인물의 유형적 분류와 저항의식」, 연
세대 석사논문, 1996.

서은영, 「강경애 소설 연구」, 연세대 석사논문, 1993.

서정자, 「일제강점기 한국 여류소설 연구」, 숙명여대 석사논문, 1987.

______, 「체험의 소설화, 강경애의 글쓰기 방식」, 『여성문학연구』 13, 한국여성문
학학회, 2005.

______, 「페미니스트 성장소설과 자기발견의 체험」, 『한국여성학』 7호, 한국여성
학회, 1991.

성대경, 「'꼼뮤니스트 그룹'의 당재건 운동」, 『한국현대사와 사회주의』, 역사비평사, 2000

안숙원, 「강경애 연구」, 서강대 석사논문, 1976.

안화춘, 「김좌진 장군의 평가에 대하여」, 『중국 조선족사연구』 2, 서울대 출판부, 1996.

오현미, 「강경애 소설 연구」, 중앙대 석사논문, 1992.

우영란, 「괴뢰 만주국 시기의 집단부락에 대하여」, 『중국 조선족사연구』 1, 서울대 출판부,
1996.

이규희, 「강경애론－빛과 어둠의 절규」, 이화여대 석사논문, 1974.

이남훈, 「소설에 나타난 간도의 의미－최서해, 강경애, 안수길의 작품을 중심으로」, 연세대
석사논문, 1985.

이무영, 「여류작가 개평」, 『신가정』, 1934.

이상경, 「간도 체험의 정신사」, 『작가연구』 2호, 새미, 1996.

______, 「강경애 연구」, 서울대 석사논문, 1984.

______, 「만주 항일혁명운동의 문학적 수용－강경애론」, 『한국문학의 리얼리즘과 모더니
즘』, 민음사, 1989.

이은경, 「강경애 소설 연구」, 연세대 석사논문, 1989.

이태숙, 「사회주의 여성문학의 계급성 문제」, 『어문학』 78호, 한국어문학회, 2002.

인천광역시사편찬위원회, 『인천광역시사－제2권 인천의 발자취』, 인천광역시, 2002.

임선애, 「강경애 소설의 주제 연구」, 『국문학연구』 9호, 효성여대 국어국문학연구실, 1986.

______, 「1930년대 한국여류소설 연구－박화성·강경애·백신애의 작품을 중심으로」, 효
성여대 박사논문, 1992.

이　청, 「여류작품 총관」, 『신가정』, 1935.

이희춘, 「강경애 소설 연구」, 『한국언어문학』 46, 한국언어문학회, 2001.

장춘식, 「간도체험과 강경애의 소설」, 『여성문학연구』, 한국여성문학학회, 2004.

정혜경, 「강경애 소설 연구 ― 식민지하 여성문제 인식을 중심으로」, 고려대 석사논문, 1991.

조남현, 「강경애의 『인간문제』, 그 종횡」, 『작가세계』 5호, 세계사, 1990.

______, 「『인간문제』에 나타난 '인천'」, 인하대 석사논문, 1998.

차은희, 「강경애 연구」, 중앙대 석사논문, 1990.

최고봉, 「강경애 문학 연구 ― 작가의식 형성과정을 중심으로」, 경기대 석사논문, 2000.

최원식, 「『인간문제』, 사회주의 리얼리즘의 성과와 한계」, 『인간문제』, 문학과지성사, 2006.

최형순, 「『북향』과 강경애」, 『천지』 298호, 천지월간사, 1986.

하상일, 「식민지 여성의 현실과 사회주의 여성서사」, 『비평문학』 22호, 한국비평문학회, 2006.

홍연실, 「간도소설연구 ― 최서해, 강경애 안수길의 작품을 중심으로」, 건국대 석사논문, 1992.

한자	한자음	중국어 발음
局子街	국자가	쥐쯔제
吉林省	길림성	지린성
內蒙古	내몽고	네이멍구
敦化	돈화	둔화
東北	동북	둥베이
明東	명동	밍둥
盤石	반석	판시
奉天	봉천	펑톈
北京	북경	베이징
白河	백하	바이허
三頭溝	삼도구	싼터우거우
上海	상해	상하이
延吉	연길	옌지
龍井	용정	룽징
寧古塔	영고탑	닝구타
遼寧省	요녕성	랴오닝성
柳條溝	유조구	류타우거우
二道溝	이도구	얼두거우
汪淸	왕청	왕칭
依蘭	의란	이란
延邊	연변	옌벤
寧安	영안	닝안
黑龍江省	흑룡강성	헤이룽장성
哈爾濱	할빈	하얼빈
琿春	훈춘	훈춘
海林	해림	하이린
和龍	화룡	허룽
黃之屯	황지둔	황즈툰

강경애의 '만주' 이주

1. 「파금」과 만주항일투쟁에의 지향

강경애의 최초의 문학 활동은 시로 시작되었다. 그러나 그의 시 창작은 어디까지나 습작에 머물렀으며 문인으로서의 입지를 굳혀준 것은 소설이다. 양주동은 강경애의 최초의 소설은 미발표작으로 「황혼의 설움」이란 제목의 "자신의 '일'과 운명을 적은 눈물겨운 처절한 작품"[1]이라고 하며 이 작품을 읽고 강경애에게 시에서 소설로 전향할 것을 권고했다고 한다. 우리가 지금 찾아볼 수 있는 강경애의 첫 소설은 1931년 초 『조선일보』에 독자투고 형식으로 발표한 「파금」(『조선일보』, 1931.1.27~2.3)이다.

「파금」은 이념적 갈등으로 번민하던 주인공 형철이가 가정의 파산을 계기로 만주에 이주하는 내용을 다루고 있다. 형철이의 번민은 자신이 배우고 있는 법률에 대한 불신으로부터 야기되며 사회의 질서를 유지하는 법률에 대한 불신은 또 대중의 삶에 눈을 돌리게 한다. 형철이가 보건대

---

1 양주동, 「춘소초 – 'K와의 인연'」, 『인생잡기』, 탐구당, 1965, 238면.

현행 법률체제 안에서 대중은 "어떤 특수계급 사람들에게 부리우기 위하여 살아있"(421면)으며 모순된 현실을 바꾸는 유일한 길은 대중과 함께 싸우는 것이다. 가정의 파산은 형철이의 이러한 인식을 더욱 깊게 하여 결국 만주행을 감행하게 만든다.

> 형철이의 가족은 아버지 어머님 은숙이 그리고 자기까지 네 식구다. 그는 자기네 토지를 가진 대농가로 그 동리에서는 남부럽지 않게 산다. 그러나 그의 아버지는 외아들 형철이를 끝까지 공부시키기 위하여서는 거지 되기를 그리 헤아리지 않았다. 그러므로 빚은 매해 태산같이 늘어가던 중 갑자기 불경기 바람이 불어 곡가가 털썩 내려진 까닭에 그 빚을 이루 감당치 못하게 되어 이번에 그만 집행을 만났다. 성미가 좀 칼칼한 형철이의 아버지는 결국 그곳에서 살기 싫다 하여 <u>만주 영고탑 어떤 친척을 의지하고 떠나게 되었으니</u> 곧 내려오라는 그 아버지의 편지였다.
>
> —「파금」, 424면(밑줄—필자)

「파금」의 배경이 되는 1920년대 말의 조선은 일본의 식민지이다. 식민지 조선의 법률이란 곧 식민지체제를 유지하는 일종의 도구이다. 때문에 "만주 영고탑 어떤 친척을 의지하고 떠나"는 형철이의 만주행은 식민지법률체제로부터의 탈출이라고도 할 수 있다.

강경애의 소설 중에서 「파금」에 주목하는 이유는 단순히 식민지법률체제에서의 탈출을 다루었기 때문만은 아니다. 강경애는 에필로그 형식으로 "그 후 형철이는 작년 여름 XX에서 총살을 당하였고, 혜경이는 XX사건으로 지금 XX감옥에서 복역 중이다"(429면)라는 말을 남기고 있다. 이는 형철이의 만주행은 식민지법률체제에서의 탈출일 뿐만 아니라 동시에 식민지법률체제를 붕괴시키기 위한 것임을 나타내며 그 가능성의 공간을 만주로 설정하고 있음을 보여준다.

「파금」에 관한 지금까지의 대부분의 논의는 「파금」은 간도항일투쟁에의 지향을 나타낸다고 한다. 비록 한국에서 만주와 간도라는 개념이 많이 혼용되고 있지만 「파금」에 대해서는 이 두 단어를 혼용해 사용할 수 없다. 만약 형철이의 이주지가 단지 '만주'라고 표시되었다면 이 두 단어를 혼용해도 괜찮으나 「파금」에서 형철이의 이주지는 분명히 '만주 영고탑(寧古塔)'으로 되어 있다. 형철이의 구체적인 이주지는 닝구타(寧古塔)이며, 닝구타는 간도가 아닌 북만에 속한 도시임을 상기할 때 지금까지의 「파금」에 관한 논의는 그릇된 것임을 알 수 있다. 「파금」은 강경애의 만주(북만)항일투쟁에의 지향을 나타낸다.

2. 닝구타와 조선인

'닝구타'란 지명에 대하여 정확히 알아볼 필요성이 있다. 닝구타란 헤이룽장성 닝안현성[寧安縣城]의 청(淸)나라 때 지명이다. 1910년 닝안부[寧安府]로 고쳤으며, 중화민국 이후 닝안현으로 고쳤다. 닝안현성의 소재지를 닝구타이라 부르기도 하였다.[2]

닝안은 조선인의 항일투쟁사와 밀접한 연관을 맺고 있는 곳이다. 1920년대, 닝안에는 두 개의 조선인 항일조직이 있었으니 그것은 각기 '신민부(新民府)'와 '조선공산당 만주총국(朝鮮共産黨滿洲總局)'이다.

신민부란 1925년 3월 10일에 북만주의 닝안현에서 조직된 민족운동단체이다. 대한독립군단(大韓獨立軍團)과 대한독립군정서(大韓獨立軍政署)를 주축으로 하여 구성되었는 데 그중에서도 김좌진 계열인 대한독립군단의 북로군정서가 중심이었다. 독립운동 방법론으로는 무장투쟁 우선론이 지배적이었다. 신민부는 군사조직과 자치기구를 갖추었으며, 위원장 김혁(金赫), 민사 최호(崔灝), 군사 김좌진, 외교 조성환(曹成煥), 재무 최정

---

2 "영고탑시는 영안현성의 소재지로서 독립운동자의 근거지처럼 된 시기도 있었다." 이강훈, 『이강훈 역사증언록』, 인물연구소, 213면.

호(崔正浩), 실업 이영백(李英伯), 교통 유현(劉賢), 선전 허백도(許白島, 백도
는 호이며 본명은 허성묵(許聖默)이다－필자), 교육 정신(鄭信), 보안대장 박두
희(朴斗熙) 등이 선임되었다. 1920년대 후반에는 정의부·참의부와 어깨
를 나란히 할 정도로 규모가 큰 독립운동단체로 성장하여 5년간 지속되었
다. 그 세력은 닝안을 중심으로 북만주의 쭝둥셴[中東線] 일대와 북간도 북
부까지 미쳤다. 신민부 안에는 군정파와 민정파 2파가 있었으며 서로 갈
등이 심했다. 이들 2파는 1928년 12월과 1929년 3월에 각각 해체되었고, 그
에 따라 신민부도 결국 해체되었다. 군정파는 1929년 7월에 조직된 한족
총연합회의 기반이 되어 한국독립군·한국독립당으로 발전했고, 민정파
는 국민부에 참여하여 조선혁명당·조선혁명군으로 발전했다.

만주지역에 본격적으로 공산주의 세력이 형성된 것은 1926년 5월 북만주
닝구타[寧古塔]에 조선공산당 만주총국이 설치되면서부터였다. 조선공산
당 만주총국의 책임비서는 조봉암(曺奉岩), 조직부장은 최원택(崔元澤), 선
전부장은 윤자영(尹子瑛)이었다. 이 중 조봉암과 최원택은 화요파였으며,
윤자영은 상하이파였다. 즉 조선공산당 만주총국은 화요파와 상하이파의
연합에 의하여 이루어진 것으로 볼 수 있다. 조선공산당 만주총국은 또 아
래에 룽징의 동만구역국, 이란(依蘭) 근처 둥즈선[東支線]의 북만구역국, 판
시[盤石]의 남만구역국 등 세 개의 구역국(區域局)을 두었다. 그러나 세 개의
구역국이 동시에 발전한 것은 아니었다. 남만구역국은 김찬(金燦)이 1929년
말에 도착할 때까지 활동을 시작하지 못했고, 북만구역국은 준비단계에 있
었다. 조선공산당이 만주에서 기반을 확충하기 위하여 주로 힘을 쏟은 곳
은 동만구역국이었다. 1926년 10월 28일 한응갑(韓應甲)의 주재하에 동만구
역국을 조직하기 위한 모임이 있었으며 김용락(金龍洛)이 책임비서로 선출
되었다. 6인으로 구성된 집행위원회도 이 회의에서 선출되었는 데 집행위
원회는 구역국의 확대를 위해 조직적으로 활동하면서 1926년 10월부터
1927년 9월까지 매월 둘째 주 월요일에 정기적으로 회합을 가졌다.

조선공산당 만주총국은 1927년 10월 일제에 의한 공산주의자 검거사건
으로 부득이 개편하게 되어 각파는 자파 공산당 만주총국을 조직하게 된
다. 그 가운데 가장 강력한 세력은 화요파의 만주총국이었다. 이 만주총
국은 1927년 11월 김찬을 실질적 지도자로 하여 북만주 닝안현 닝구타에
조직을 재건하고, 북만주지역을 중심으로 활동하였는 데, 책임비서 이동
산(李東山), 조직부 김성득(金聖得), 선전부 김홍헌(金洪憲), 간부 이우영(李
又影), 강철(姜哲), 진허(陳墟), 최충호(崔忠浩) 등이었다. 그리고 이 조직은
다시 1929년 6월 이후 김성득(金聖得)을 책임비서로 하여 개편되며 1930년
3월 조선공산당 만주총국의 해체 선언에 따라 종막을 고하였다.[3]

「파금」은 "그 후 형철이는 작년 여름 XX에서 총살을 당하였고, 혜경이
는 XX사건으로 지금 XX감옥에서 복역중이다"(429면)라는 말로 끝맺는다.
「파금」의 발표시간이 1931년 1월이라는 점을 감안하면 형철이의 사형은
늦어도 1930년이 되며 형철이의 만주 닝구타에의 이주는 1930년 이전임을
짐작할 수 있다. 따라서 형철이가 만주에 이주할 때는 조선공산당 만주총
국이 해체되기 전이 된다. 여기서 우리는 형철이의 만주 닝구타행은 조선
공산당 만주총국을 찾아가는 것으로 볼 수 있다. 문제는 강경애가 어떻게
닝구타에 있는 조선공산당 만주총국의 존재를 알았으며 왜 자신의 소설
속의 주인공을 그곳으로 보냈는가 하는 것이다. 만약 김헌순 등 사람들의
주장대로 강경애가 1920년대 말에 간도 룽징에 갔었다면 소설 속 주인공
의 이주지가 룽징으로 나오는 것이 더 자연스럽다. 위에서도 보다시피
1920년대 말에 룽징에는 조선공산당 만주총국 동만구역국이 자리하고 있
었으며 이 동만구역국은 당시 "조선공산당이 만주에서 기반을 확충하기
위하여 주로 힘을 쏟은 곳"[4]이기도 하였다. 이는 우리에게 강경애가 북만

---

3   서대숙,『한국 공산주의 운동사 연구』, 이론과 실천, 1989; 박환,『대륙으로 간 혁명가들』,
     국학자료원, 1987 참고.
4   박환, 위의 책.

주 닝구타 일대에 가보지 않았는가 하는 의문을 제기하며 또 이를 증명하는 사람도 있다. 유감스러운 것은 강경애의 북만행은 김좌진 암살 사건과 연관되어 나타난 것이다.

　김좌진의 암살 원인과 주모자 및 구체적인 하수인에 대해서는 여러 가지 이설(異說)이 있으나 당시 김좌진을 측근에서 보좌했으며 해방 후 광복회 회장을 지낸 이강훈(李康勳, 1903~2003)은 김봉환(金奉煥, 일명 김일성(金一星))이 하얼빈영사관 경찰부 소속 마쓰시마[松島] 형사의 회유로 변절하여 공산청년회[5]의 박상실(朴尙實)을 사주해 암살한 것으로 말하고 있다. 그리고 당시 김봉환은 강경애와 함께 하이린[海林]에 거주하고 있었으며 강경애는 김좌진 암살사건의 공모자라는 것이다. 이강훈은 자신이 쓴 여러 편의 글에서 김좌진 암살사건의 전말을 적고 있다. 그것을 하나로 정리하면 아래와 같다.

　백야(白冶) 김좌진 장군을 살해한 주동자(主動者)는 경남 밀양 출신의 김봉환(金奉煥, 일명 金一星)으로서 일찍이 동래(東萊) 범어사(梵漁寺) 승려가 되어 3·1운동 당시 범어사 학림의거에 앞장섰다가 1년 6개월 형을 받았으며 같이 승려 생활을 하던 김성숙(金星淑)과 함께 북경으로 갔다. 북경에서 마르크스주의자들과 접촉하여 공산주의 사상에 공명하게 됐다. 김성숙은 그 뒤 남쪽으로 가고 김봉환은 북만으로 향하여 혁명투사들의 내왕이 빈번한 중동선 해림참(中東線海林站) 역에 정착했다(김봉환은 북만에서 공산주의를 선전하였다고도 하며[6] 고려공산당 만주총국의 주요 간부라고도 한다).[7]

5　　"만주에서 고려공산청년회가 최초로 창설된 것은 1923년이었고 1926년 6월에 조선공산당 만주총국이 설립되었을 때 고려공산청년회는 재조직되어 총국의 지부로 되었다." 서대숙, 『한국 공산주의 운동사 연구』, 이론과 실천, 1989, 143면.

6　　"金一星은 일명 金奉煥이라고도 하였는 데 그는 조선공산당 만주총국 산하의 북만구역국의 조직부장 金殷漢과 함께 아성지역에 파견되어 1927년 3월부터 두 달 동안 공산주의를 선전하였고……." 안화춘, 「김좌진 장군의 평가에 대하여」, 『중국 조선족사연구』 2, 서울대 출판부, 1996, 340면.

　　1929년 당시 김좌진 장군을 상징으로 하는 북만주에서의 민족진영의 활동무대는 해림을 근거지로 하고 있었다. 해림에서 남쪽으로 60리 거리에는 영고탑이 있고, 여기에서 또 70리 거리에는 발해국의 수도였던 동경성이 있는 데, 동경성과 영고탑에서 목단강을 사이에 두고 10리쯤에 있는 황지둔(黃之屯)은 '고려공산당'의 만주 근거지였다. 해림은 중동선 철도 종점이며 소련과 만주의 국경 정거장인 보그라니츠나야와 하르빈[哈爾濱]과의 중간이 되어 교통상으로 보면 요충지였다. 또 독립운동상으로 보면 부근에는 교포의 부락이 여기저기 산재해 있어서 북만주 독립운동의 중심지가 되었다.

　　김봉환은 여류문인 강경애와 동거하면서 신민부(新民府)의 기관지인 신민보(新民報)에 종종 기고(寄稿)하여 부(府)의 사업을 옆에서 내조하였다. (김봉환과 강경애가 함께 투고하였다는 설도 있다.)[8] 1929년 겨울의 어느 날, 하르빈으로 갔다가 일본 영사경찰에게 체포되어 심문을 받고 있던 중 하르빈 일본 영사관 경찰서의 독립운동자 취체담당경부로 한국말에도 능숙한 마쓰시마[松島]라는 경부가 상부의 지시를 받고 해림에 있는 강경애를 꾀어내 하르빈 영사관 감옥에 감금된 김봉환과 만나게 했다. 마쓰시마 자신을 포함한 이 세 사람이 1시간 동안 밀회한 결과 김봉환은 그 즉시 석방되어 애인과 함께 해림으로 돌아왔다.

　　그러나 6, 7년의 징역을 살아야 될 형편에서 일본 경찰의 도움으로 풀려나온 그는 동지들을 비롯한 좌우익을 막론하고 모든 동포들로부터 백안시당했다.

　　김봉환도 고등교육을 받은 자라 번민이 많았지만, 왜놈의 감언이설에 넘어가 나쁜 마음을 품게 되었다. 무거운 형을 받아야 할 입장에서 옥고를 면하게 되었으니 일제의 은혜도 생각해야 되고 공산주의자들이 대륙의 호랑이로 제일

7　　재중국조선무정부주의자연맹의 기관지 『탈환』 9호에 실린 「산시사변의 진상」이란 글에는 주모자(김좌진 암살—필자)는 지난번 북경에서 김천기(金天支)와 함께 공산주의 간행물 『혁명』을 발행한 김봉환(金奉煥, 일명 金一星)으로서 고려공산당 만주총국의 주요 간부라고 밝히고 있다. 박환, 『만주지역 항일독립운동 답사기』, 국학자료원, 2001, 139면 참고.

8　　"金一星, 姜敬愛 등이 『新民報』에 투고한 사설이 적색 경향을 띠었다고 일본 할빈영사관에서 트집을 잡았다." 안화춘, 「김좌진 장군의 평가에 대하여」, 『중국 조선족사연구』 2, 서울대 출판부, 1996, 340면.

무서워하고 꺼리는 김좌진, 또 애인과 공락(共樂)하면서 생활보장도 될 것 같으므로 전격으로 일제의 제의를 받아들여 김좌진 장군의 목숨을 해하기로 결심을 굳히고 공산청년회의 박상실(朴尙實, 일명 金信俊)을 사주하여 김좌진 장군 암살을 의뢰했다.[9]

"해림(海林)에서 남쪽으로 60리 거리에는 영고탑이 있고"[10]라는 말에서도 알 수 있듯이 닝구타는 하이린[海林]의 바로 옆 도시이다. 하나의 지역에 속하는 두 개의 도시라고 할 수 있다. 이강훈의 증언을 기초로 추리하면 강경애는 사회주의자 김봉환과 함께 하이린에 거주함으로써 닝구타에 있는 조선공산당 만주총국의 존재를 알게 되었으며 이념적 갈등을 겪는 자신의 소설의 주인공 형철이를 북만주 닝구타로 보낸 것이다.

이강훈의 이러한 증언은 갑자기 제기된 것이 아니다. 김봉환과 강경애가 김좌진 암살사건과 연관된다는 것은 오래 전에 이미 이강훈이 펴낸 여러 책들에 의하여 제기되었지만 별로 주목을 끌지 못하다 강경애가 지난 2005년 3월의 문화인물로 선정되면서 시비가 불거졌다. 『월간조선』 2005년 2월호가 "강경애가 백야 김좌진 장군의 암살을 사주한 김봉환의 동거녀였고, 김봉환과 함께 암살을 공모하기까지 했다"고 이강훈 전 광복회장의 생전증언을 인용 보도한 것이 발단이 됐던 것이다. 그러자 이에 대한 반론도 강력히 제기되었다. 여러 가지 반론이 있었지만 그중에서 가장 핵심적인 것은 강경애의 간도 이주시기에 관한 재고를 통하여 김좌진 암살사건에 대한 강경애의 부재증명의 제출이었다.

강경애의 부재증명은 그의 수필을 정밀히 분석하여 첫 간도행 시간을 확정짓는 것을 통하여 진행되었다.[11] 강경애의 첫 간도행에 대해서는 지

9　이강훈, 『이강훈 역사증언록』, 인물연구소, 1994; 『민족해방운동과 나』, 제삼기획, 1994; 『청사에 빛난 순국선열들』, 역사편찬회 출판부, 1990 참고.
10　이강훈, 「청산리 대첩 김좌진 장군의 최후」, 위의 책, 93면.
11　연변조선족문화발전추진회에서 운영하는 '문화산맥'이란 사이트(http://koreancc.com)

금까지 1929, 1931, 1932년 등 다양한 설(說)이 공존한다. 아래에 강경애의 수필과 자전적 소설에서 나타나는 모든 간도 이주와 관계되는 내용들을 찾아 그의 첫 간도 이주시기 및 이주지를 추적해보고자 한다.

3. 강경애의 간도 이주

"1932년 6월 3일 아침. (…중략…) 나는 수많은 승객 틈을 뻐기고 자리를 잡자마자, 차창을 의지하여 돌아보니 얼씬얼씬 멀어져가는 용정촌. 그때에 내 머리에 얼핏 떠오르는 것은 내가 처음으로 발을 들여놓던 작년 이때다."(「간도를 등지면서, 간도야 잘 있거라」, 717면) 「간도를 등지면서, 간도야 잘 있거라」에서 강경애는 1932년 6월 3일 아침 룽징을 떠나면서 처음 룽징에 발을 들여놓은 것은 작년이때라고 회상하고 있다. 다시 말하면 1931년 6월에 처음 룽징에 발을 들여놓았다는 말이 된다.

"나는 간도를 안 지 불과 이태에 지나지 않지만 누구에게나 간도를 자랑하고 싶다."(「간도」, 747면) 「간도」가 1934년 5월 8일에 발표된 작품임을 감안할 때 강경애가 처음 간도를 접한 시간은 1932년으로 짐작해볼 수 있다.

"누구든지 간도를 알아보려면 이 두만강부터 먼저 알아야 할 것이다. 내가 처음으로 두만강을 대하기는 1931년 봄 바야흐로 신록이 빛나는 그때이었다."(「두만강 예찬」, 756면) 「두만강 예찬」에서 강경애는 처음으로 두만강을 대한 것이 1931년 봄이라고 말한다. 두만강이 간도와 조선을 가르는 계선임을 상기할 때 이는 강경애가 1931년 봄에 처음으로 간도에 왔다는 말로 이해할 수 있다.

"K야, 북국의 바람이 얼마나 찬 것은 말할 수 없다. 내가 여기에 온 지 4개 성상을 맞이했건만 그날 밤 같은 그러한 매서운 바람은 맛보지 못하였다."(「원고료 이백 원」, 564면) 「원고료 이백 원」이 『인간문제』를 『동아일보』에

에 올린 리함(「강경애의 첫 간도행은 1931년」)과 반벽거사(「강경애의 행적에 대한 일 고찰」)의 글이 대표적이다.

연재하고 받은 원고료를 어떻게 사용할 것인가를 놓고 발생한 남편과의 의견 충돌을 다룬 자서전적인 소설임은 누구나 공인하는 바이다. 그러면 이 소설의 배경도 자연스럽게 룽징이 되며 강경애가 룽징에 온지 4년이 되었음을 나타내는 것이라 할 수 있다. 「원고료 이백 원」이 1935년 2월에 발표되었음을 볼 때 강경애가 룽징에 온 시간은 1931년이 된다.

"내 고향을 떠난 지 벌써 3년이 잡힌다. 그동안 고향에는 많은 변동이 생겼을 것이다. 시가지가 좀 더 번화했을 것이라든지 사릿골[四里洞], 오릿골(五里洞)에 빈민이 그 수를 더했을 것이라든지 (…중략…) 우리 집 앞으로 지나다니던 나무하는 아이들까지도 내가 이제 고향에 가면 만나보지 못할 얼굴들이며 알아보지 못할 얼굴들이 있을 것이다."(「고향의 창공」, 758면) 「고향의 창공」은 1935년 5월에 발표된 작품이다. 여기서 고향을 떠난 지 3년이 된다고 하니 1932년에 고향을 떠난 것으로 생각되지만 이 문장에서는 1933년 9월 두 번째로 간도에 나온 후 간도에서 생활한 것이 2년이 지나고 3년째에 접어든다는 말로 이해하는 것이 정확하다.[12]

강경애의 간도 이주시기와 이주지를 추적해볼 수 있는 작품은 이상의 다섯 편이다. 지금까지의 논의는 모두 이 중의 몇 편을 이용하여 강경애의 간도 이주시기와 이주지를 밝혔다. 김좌진 암살사건에 대한 강경애의 부재증명도 이 중의 몇 편을 통하여 진행되었다. 그러나 이상의 작품을 통하여 부재증명을 하는 데는 하나의 문제점이 있다. 강경애의 이주지가 모두 룽징이나 간도로 나타났다는 것이다.

우선 '만주'와 '간도'라는 개념에 대하여 정리 해볼 필요성이 있다. 만주(滿洲)란 중국 동북부의 역사적 지명으로서 오늘날의 료닝성[遼寧省], 지

---

12 1933년 11월 룽징에서 쓴 『이역의 달밤』에서는 "두 달 전에 저 달은 내 고향서 보았건만"(743면)이라고 쓰고 있다. 이로부터 1932년 6월에 룽징을 떠나서(『간도를 등지면서, 간도야 잘 있거라』) 1933년 9월에 두 번째로 룽징에 들어왔음을 알 수 있다. 『간도의 봄』을 보면 강경애는 1933년 봄에 간도에 있지 않았다.

린성[吉林省], 헤이룽장성[黑龍江省]으로 구성되어 있다. 동쪽과 북쪽은 러시아와 접해 있고, 남쪽은 압록강과 두만강을 경계로 한반도와 접해 있다. 만주는 또 동만, 남만, 북만으로 나누어 불리는 데 동만은 오늘의 옌볜을, 남만은 오늘의 료닝성 료허[遼河] 동부와 지린성의 중남부 지역을, 북만은 지금의 헤이룽장성을 가리킨다. 해방 전, 조선인은 만주의 각지에서 모두 생활의 터전을 마련하였지만 주요하게는 간도에 집중되었다. 간도는 만주의 동남부에 위치한 지역으로서 두만강과 압록강을 사이에 두고 함경북도, 평안북도와 인접해 있으며 각기 북간도와 서간도라 불리우고 있다. 북간도를 또 동간도라 부르기도 하는 데 훈춘[琿春], 옌지[延吉], 왕칭[汪淸], 허룽[和龍] 4현(縣)으로 이루어졌다. 간도라고 하면 흔히 북간도를 가리킨다.

하이린과 닝구타(닝안)는 헤이룽장성에 속하는 것으로서 북만에 있는 도시이다. 결코 간도에 있는 도시가 아니다. 때문에 위의 작품들은 강경애가 언제 처음 간도에 갔는가는 증명이 가능하나 이를 통하여 강경애가 언제 처음 북만에 갔는가는 증명이 불가능하며 또 위의 작품만을 놓고 강경애가 종래로 북만에 가본 적이 없다는 것도 증명이 불가능하다. 예나 지금이나 많은 사람들에게 있어서 간도와 만주는 동일한 개념으로 통하고 있다. 만약 강경애에게 있어서도 간도와 만주가 동일한 개념으로 통한다면 위의 작품 분석을 통한 부재증명은 가능하게 된다. 그러나 강경애는 「두만강 예찬」에서 "지금의 간도라면 왕청, 연길, 화룡, 훈춘 이 4현을 말함이니 이 넓은 지광(地廣)에 조선인이 40만이다. 이 40만은 누구나 두만강과 인연이 깊을 것이다"(755면)라고 쓰고 있다. 다시 말하면 강경애에게 있어서 간도란 곧 두만강상류의 북간도를 가리키는 것이다. 강경애의 작품을 분석함에 있어서 간도란 곧 왕칭, 옌지, 허룽, 훈춘 4현을 말하는 것으로 볼 수 있다.

강경애에게 있어서 간도와 만주가 서로 다른 개념이 분명하다면 자연히 위의 작품을 통한 북만에 있는 하이린이나 닝구타에서의 강경애의 부재증명은 불가능하다. 위의 다섯 편의 작품을 통하여 추적 가능한 것은 강경애가 언제 처음으로 간도에 갔는가 하는 것뿐이다. 다섯 편의 작품에서 나타나는 간도행 시간을 살펴보면 「간도」, 「두만강 예찬」, 「원고료 이백 원」, 「고향의 창공」 등 네 편의 작품은 대체적인 시간적 범위를 나타내고 있는 반면에 「간도를 등지면서, 간도야 잘 있거라」는 '1932년 6월 3일 아침'이라는 구체적인 시간을 제시하고 이를 기준으로 '내가 처음으로 발을 들여놓던 작년 이때'라고 한다. 이로부터 강경애의 첫 간도행은 1931년 6월에 이루어졌다고 확정할 수 있다.[13]

4. 강경애의 북만 이주

이강훈의 증언에 의하면 1920년대 말에 강경애는 북만의 하이린, 닝구타 일대에 거주했다고 한다. 이에 대한 논의에 앞서 강경애의 이력을 간단히 돌이켜볼 필요성이 있다.

1906년 4월 20일 황해도 송화에서 가난한 농민의 딸로 태어난 강경애는 네 살 나던 해에 아버지가 죽자 그 이듬해 재혼하는 어머니를 따라 장연으로 이주하게 된다. 여덟 살 무렵, 의붓아버지가 보던 『춘향전』에서 한글을 깨쳐 구소설을 읽기 시작하며 열 살이 지나서야 장연여자청년학교를 거쳐 장연소학교에 들어간다. 1921년, 형부의 도움으로 평양 숭의여학교에 진학하게 되며 1923년 10월 학생들의 동맹휴학과 관련하여 퇴학당한다. 1924년 봄, 양주동을 따라 서울에 오게 되며 동덕여학교 3학년에 편입하여 1년간 공부한다. 1924년 9월, 양주동과 헤어진 강경애는 다니던 동덕여학교를 중퇴하고 다시 장연으로 돌아가며 1931년 6월에는 장하일(張河

---

[13] 1931년 6월에 강경애의 첫 간도행이 이루어졌음은 리함(「강경애의 첫 간도행은 1931년」), 반벽거사(「강경애의 행적에 대한 일 고찰」) 등 여러 논자들에 의하여 이미 제기된 바이다. 여기서는 1931년의 '첫 간도행'이 결코 '첫 만주행'이 아님을 논증하기 위하여 강경애의 간도행과 유관되는 자료들을 다시 한 번 살펴보았다.

一)과 결혼하여 간도로 이주한다.

이강훈의 증언은 1924년 9월부터 1931년 6월 사이 강경애가 북만의 하이린, 닝구타 일대에 거주한 적이 있음을 나타낸다. 이 7년 남짓한 시간은 오늘날 강경애의 이력에서 가장 불확실한 시기의 하나이며 또한 가장 많은 논의가 진행되고 있는 시기이기도 하다.

여기서 우선 확인 가능한 것은 장연 근우회에서의 활동을 통한 1929년부터 1931년 사이의 행적이다. 강경애는 자신의 첫 평론 「염상섭 씨의 논설 「명일의 길」을 읽고」(『조선일보』, 1929.10.3~7)에서 '장연 근우회 지회 내 강경애'라고 자신을 소개하고 있다. 동시에 그는 평론의 맨 끝에 「폭언 다사(暴言多謝). 9.17 추석 달밤」이라는 글을 남김으로써 1929년 9월 장연에서 이 평론을 썼음을 보여준다. 『동아일보』의 한 보도는 또 이보다 몇 달 전인 1929년 6월에도 강경애가 장연에서 근우회 활동을 하고 있었음을 보여준다.

> 근우회장연지회에서는 예딩과가티 지난 10일 오전 9시경에 회원 이십여 명과 기타가덩부인 수십 명이 본읍향교대성전 뒤ㅅ동산에 회집하야 성대히 야유회(野遊會)를 개최하고 순서에 의하야 동회서무부장 강경애(姜敬愛) 씨의 의미심장한 개회사가 잇슨 후 록음이 욱어진 그늘 속에서 자미잇는 XXXX을 하고 동 오후 5시경에 폐회하얏다더라.[14]

2년 후인 1931년 2월 『조선일보』에 발표된 「양주동 군의 신춘평론—반박을 위한 반박」에서 강경애는 '장연 강악설'[15]이라고 자신을 밝히고 있

---

14 「長淵槿友支會野遊」, 『동아일보』, 1929.6.17. 이상경의 「1930년대 후반 여성문학사의 재구성 : 강경애의 「어둠」을 중심으로」(『페미니즘 연구』, 동녘, 2005, 36면)를 통해 이런 자료가 존재함을 알 수 있었다.

15 '강악설'이 곧 '강경애'임은 이상경이 구체적으로 밝혔다. 이상경, 『강경애—문학에서 의성과 계급』, 건국대 출판부, 1997, 41면.

다. 이는 1931년 2월 강경애는 장연에 있었음을 나타낸다.

이로부터 1929년 6월부터 1931년 2월 사이 강경애는 장연에 있었음을 알 수 있다. 이제 남은 것은 1924년 9월부터 1929년 6월 사이에 강경애는 어디에서 무엇을 했는가 하는 것이다. 국사편찬위원회에서 펴낸 『한민족독립운동사』 4에 이 시기 강경애의 행적이 기록되어 있다.

『신민보』의 창간호는 1925년 4월 1일에 발행되었는 데, 그해 8월 29일에 제12호가 나올 정도였다. 신민보는 관할지역인 중동선일대는 물론 북간도에까지 배부되었다.

그러나 이러한 『신민보』의 선전활동도 일제의 탄압에 의해 오래 지속되지 못하였다. 1926년 4월에 김일성(金一星 : 金奉煥)·강경애(姜敬愛) 등이 투고한 사실이 적색(赤色)의 경향을 띠었다고 일본의 하얼빈[哈爾濱] 영사관에서 트집을 잡았던 것이다.(『北滿新民府』 필사본, 1945) 당시 동삼성(東三省)은 물론 중국의 전 지역에 걸쳐 공산주의자에 대한 취체[取締]가 삼엄한 시기였다. 그 결과 신민부의 선전부위원장인 허성묵 및 이광진(李光鎭)이 체포됨으로써(『北滿新民府』 필사본, 1945) 활동이 중지된 것이다.[16]

『북만신민부(北滿新民府)』(필사본, 1945)의 내용을 인용했다는 『한민족독립운동사』 4에 의하면 1926년 4월 강경애는 김봉환과 함께 신민부의 기관지 『신민보』에 '적색의 경향을 띤 글을 발표하고 있다. 이강훈 증언의 구체화라고도 할 수 있는 이 내용은 이 시기 강경애가 북만의 하이린, 닝구타 일대에 있었다는 데 무게를 더해주고 있다. 이 자료를 무시할 수 없는 것은 1927년 3월 10일발 『동아일보』에 의하면 당시 『신민보』는 확실히 정간당한 적이 있었다.

---

16   국사편찬위원회, 『한민족독립운동사』 4, 1998, 301~302면.

신민부선뎐부댱겸신민보(宣傳部長兼新民報) 주간허모(許某)외 열한 명을 검거한 후 4일에(1927.3.4-필자)도라왔는데 신민보라는 것은 그 선뎐긔관 신문으로서 일시는 휴간하얏섯스나 최근에 다시 재간발행하야써 주의를 선뎐하든 것이라하며.[17]

신민부 선전부위원장이라는 직함으로부터 『동아일보』의 허모(許某)가 곧 『한민족독립운동사』 4의 허성묵임을 알 수 있다. 황해도 송화에서 출생한 허성묵(許聖默, 1891.3.17~1931.4.14)[18]은 독립운동 시기에는 허빈(許斌)이라는 이름도 사용하였다.[19] 허성묵의 조카 손자가 되는 허경진[20]의 증언에 의하면 "강경애와 같은 고장 선후배 사이였던 허성묵은 강경애가 『신민보』에 쓴 글 때문에 한동안 숨어다니다 신민부의 한 부하가 밀고하여 일

---

17 「哈爾賓日本警察官新民府員多數檢擧」, 『동아일보』, 1927.3.10.

18 1919년 3·1독립운동이 일어나자 황해도 안악(安岳)에 조직된 동창청년회(東昌靑年會)에 가입하였으며, 1920년 12월 2일 서울에서 열린 조선청년회연합회 제1회 창립총회에 의사(議事)로 참가하여 이봉수(李鳳洙), 이예용(李禮用) 등과 함께 활약하였다. 또한 1919년에는 이창실(李昌實)과 함께 구월산 패엽사(九月山貝葉寺)에서 임시정부와 연락하여 독립신문을 배포하다가 일경에 체포되어 1921년 10월 5일 송화지청에서 징역 6월형을 받고 옥고를 치렀다. 1922년 4월 5일 출옥 후 만주로 망명하였다. 1924년에는 북간도에 동계중학(冬季中學)을 설립하고 교장으로 취임하여 청소년들에게 민족의식을 고취시켰다. 1925년에는 김좌진(金左鎭), 김혁(金赫), 나중소(羅仲紹) 등이 중심이 되어 조직한 신민부(新民府)에 가담하여 교육 및 선전부위원장으로서 활약하였다. 그는 선전부위원장으로서 대종교적 공화주의와 대종교적 민족주의를 재만한인들에게 고취시키기 위하여 『신민보(新民報)』를 발간하였다. 그러나 이러한 신민보의 선전활동도 일제의 탄압에 의하여 오래 지속되지 못하였다. 1926년 4월 김일성(金一星), 강경애(姜敬愛) 등이 투고한 사설이 적색(赤色)경향을 띠었다고 일본 하얼빈[哈爾濱] 영사관에서 트집을 잡았기 때문이다. 그 결과 그는 신민보의 종사원인 김병희(金炳禧) 등 동지 9명과 함께 체포되었다. 그는 1927년 10월 4일 평양복심법원에서 징역 2년형을 받고 옥고를 치르다가 1929년 2월 28일 가출옥하였으나, 옥고의 여독으로 오래지 않아 별세하였다. 정부에서는 그의 공훈을 기리기 위하여 1977년에 건국훈장 국민장을 추서하였다. 독립기념관 홈페이지 허빈에 관한 소개 참고.

19 독립기념관 홈페이지와 네이버 백과사전에는 허빈이 본명이며 허성묵이 이명으로 되어 있으나 그의 조카 손자 허경진 교수의 증언에 의하면 허성묵이 본명(족보에 허성묵으로 기록되었음)이며 허빈은 독립운동시기에 사용하던 이름이라 한다.

20 현 연세대 국어국문학과 교수.

본 경찰의 습격을 받아 체포되었다"[21]고 한다.

　베이징에서 북만 하이린에 와 강경애와 함께 생활한 것으로 되어 있는 김봉환의 북만행에 대한 또 다른 증언자가 있다. 이강훈에 의하면 김봉환을 잘 알고 있다[22]는 정화암(鄭華岩, 1896~1967, 무정부주의자)은 김봉환이 1927년에 북만으로 갔으며 가기 전 그에게 "만주 영안(寧安)현이라고 하는 곳의 어느 마을에서 우리 동포들이 운영하는 유치원으로 고국에서 부임해 온 여교사와 결혼하게 되었다"고 말했음을 증언한다.

> 김좌진 암살 사건은 내가 잘 압니다. 김좌진을 암살한 장본인 즉 하수한 사람은 아니라도 그 배후에서 조종한 사람이 나하고 인간적으로 아주 가까워 함께 많은 일을 했었어요. 누구인가 하면 金—토이라는 사람인데 나하고 천진과 북경에서 같이 있었어요. 나하고 작별할 때는 이랬습니다. 만주 寧安현이라고 하는 곳의 어느 마을에서 우리 동포들이 운영하는 유치원으로 고국에서 부임해 온 여교사와 결혼하게 되었다면서 떠났습니다. 북경에서는 내가 그와 이론 논쟁을 많이 했지요. 나는 아나키즘이 옳다고 하고 그는 공산주의가 옳다고 하고. 그가 영안현으로 떠난 때는 1927년이었지요. 그런데 영안현이라는 데가 공산당 소굴입니다. 거기를 갔으니 공산주의가 더 깊어졌는지도 모르지요.[23]

　김봉환과 결혼하게 되었다는 이 여인의 '영안현이라고 하는 곳의 어느 마을'이라는 지명과 '유치원 여교사'라는 직업에 주목해볼 필요가 있다.

21　허경진 교수가 집안의 어른들로부터 전해들은 바에 의하면 강경애와 허성묵(허빈)은 같은 고장 선후배 사이였으며 당시 『신민보』 주간을 담임하고 있던 허빈은 강경애가 『신민보』에 쓴 글 때문에 한동안 숨어 다니다 신민부의 한 部下가 밀고하여 일본 경찰의 습격을 받아 체포되었다고 한다. 2006년 10월 13일 오후 4시 연세대에서 필자와 담화.

22　"본명이 金奉煥인 金—토인데 鄭華岩 씨가 이 金—토이를 잘 알지요. 이 김일성이는 원래 중입니다. 금년 봄에 사회장 지낸 金星淑 씨 하고 같은 중인데, 두 사람이 조선에서 북경으로 같이 갔었지요." 김학준 편, 『혁명가들의 항일회상』, 민음사, 1988, 421면.

23　김학준 편, 『혁명가들의 항일회상』, 민음사, 1988, 301~302면.

'영안현이라고 하는 곳의 어느 마을'은 「파금」의 주인공 형철이의 만주행 목적지 '만주 영고탑'과 같은 곳이며 '유치원 여교사'는 김헌순 등 '1929년 첫 간도행'을 주장하는 사람들이 강경애가 간도에서 종사했다는 '교육기관의 임시고원'과 같은 직업이다. 여기에 이강훈의 증언을 더하면 김봉환의 결혼상대자인 '유치원 여교사'는 강경애이며 강경애는 1920년대 후반에 북만의 하이린, 닝구타(닝안) 일대에서 생활했음을 확정지을 수 있다.

『신민보』에 '적색의 경향'을 띤 글을 발표했다는 1926년 4월과 1927년에 김봉환이 북만으로 갔다는 정화암의 증언 사이에는 일정한 시간적 차이가 있으나 정화암의 증언이 오랜 기억에 의한 것이라는 점을 감안하면 비슷한 시기로 볼 수 있으며 김봉환이 북만에 갈 때 강경애는 이미 '영안현이라고 하는 곳의 어느 마을'에서 '유치원 여교사'를 하고 있었으므로 강경애가 북만 하이린, 닝구타 일대에 간 시간은 1926년이라 볼 수 있다.

강경애가 북만에서 장연으로 돌아온 시간은 이강훈과 정화암의 증언에서 찾을 수 있다. 이강훈의 증언에 의하면 김봉환은 "1929년 겨울의 어느 날" 하얼빈 일본 영사관에 체포되어 심문을 받았으며 김봉환, 강경애, 마쓰시마(松島)라는 영사관 경찰서 경부 등 세 사람이 밀회한 결과 김봉환은 그 즉시 석방되어 강경애와 함께 하이린으로 돌아왔다고 한다. 그러나 1929년 6월 17일발 『동아일보』에 의하면 강경애는 1929년 6월 10일에 장연 근우회 서무부장의 신분으로 야유회에서 개회사를 하고 있다. 이강훈의 증언은 강경애가 1929년 겨울에 북만에 있었음을 보여주며 『동아일보』의 보도는 강경애가 1929년 여름에 장연에 있었음을 증명하고 있다. 『동아일보』가 당시에 발행된 신문인 점을 고려할 때 이강훈이 제시한 시간을 재고해볼 필요성이 있다.

만약 이강훈의 증언대로 김봉환이 하얼빈 일본 영사관에 체포된 것이 1929년 겨울이라면 김봉환은 석방된 후 곧바로 박상실을 사주했으며 박상실은 사주를 받고 얼마 안 되는 사이에 김좌진을 암살한 것이 된다. 김좌진이 암살당한 시간이 1930년 1월 24일임을 볼 때 이 모든 것은 3개월 미만에 이루어지고 있다. 이는 암살이 너무 손쉽게 이루어졌다는 의문을 남긴다. 이강훈 본인도 김봉환과 박상실은 김좌진을 암살하기 위하여 '장기 계획'을 세웠다고 말한다.

> 김좌진장군의 측근에는 언제나 사람들의 왕래가 잦으니까 기회를 얻기가 쉽지 않았습니다. 그래서 두 사람은 장기 계획을 세웁니다. 우선 山市拈이라고 러시아말로 빨리강이라고 하는 일종의 러시아 정거장이 있었는데 김좌진장군이 바로 이곳에 조그만 정미소를 갖고 있음을 알고 이곳으로 들어갑니다.……그런데 빨니강 일대에는 족제비가 많았습니다. 박상실은 이 점에 착안해 빨니강에 있는 동안에 매일 아침 족제비를 사냥을 해서 김장군에게 드렸습니다. 그러니 누구도 박상실을 의심하지 않게 되었습니다.
>
> 그러던 어느 날 그는 마침내 혼자 있는 김장군을 보게 되었습니다. 늘 옆에 있던 젊은이들이 전부 밖으로 나간 겁니다. 그 틈을 타 마침 정미소에서 시운전을 하고 있던 김장군을 죽이고 만 것입니다. 그때가 1930년 1월 24일입니다.[24]

'3개월 미만'의 시간을 두고 '장기 계획'이라고 하는 것은 무리가 아닌가 싶다. 이강훈의 증언과는 달리 정화암은 박상실이 김좌진을 암살하기 위하여 그의 주변에 잠복한 시간을 2년이라고 한다.

> 그때 이미 공산주의자와 우익 독립운동가들 사이가 아주 나빠 같은 동포요 똑같이 항일한다고 하면서 서로 죽이고 있었어요. 특히 만주에서 그랬어요. 극도로 상극이 되어 있었어요.…… 이것을 제대로 알아야 김봉환이 김좌진을 죽인 배경을 알게 됩니다.

24　위의 책, 422~423면.

이렇게 상극인 판인데, 공산당은 해림을 근거로 한 韓族總聯이 공산당의 활동과 사상 전파에 많은 지장을 주는 데다가 아예 기반마저 굳혀 가자 겁을 먹었습니다. 그래서 韓族總聯의 우두머리인 김좌진을 죽이기로 결심한 것입니다.

일단 김좌진을 죽이기로 결심하자 김봉환은 朴尙實이란 사람을 매수해 김좌진 쪽에 침투시켰습니다. 박상실의 다른 이름은 金信俊입니다. 이때 韓族總聯에서는 山市에 정미소를 차려 직영하고 있었습니다. 해림지방의 교민들이 짓는 농토에서 거두어들인 수만석의 양곡을 중국인 정미소로 가져가는 대신 이 직영 방앗간에서 도정하게 함으로써 교포들을 보호하는 한편 韓族總聯의 수입도 확보한다는 계산에서 그렇게 한 것이지요. 김좌진은 주로 이 정미소에 있었어요. 그래서 김봉환은 박상실을 정미소 머슴으로 위장해서 침투시킨 겁니다. 그런데 韓族總聯은 늘 일제 및 공산당과 대치 상태에 있었으므로 그 총수인 김좌진의 신변에도 위험이 언제나 따랐지요. 그래서 젊은 동지들이 김좌진의 주변을 경계하고 있으니까 박상실은 침투한 지 2년이 되도록 하수할 수가 없었어요. 그러던 어느 날 경호원들이 잠시 자리를 비웠을 때 박상실은 방앗간의 지붕에 숨겨둔 육혈포를 꺼내, 바닥에 떨어진 쌀을 쓸어담던 장군을 향해 방아쇠를 당긴 것입니다. 두 발의 총알을 받고도 김좌진은 벌떡 일어나 한 1백보 가량 추격했다는 얘기가 있습니다.

경호원들이 돌아왔을 때는 박상실은 이미 도망친 뒤였습니다. 韓族總聯에서는 사람들을 풀어 해림을 뒤져 예배당에 숨어 있던 김봉환을 잡아냈고 김좌진을 죽이라는 공산당의 지령문도 찾아냈지요. 하수인 박상실은 중국 護路軍에게 잡혔지요. 두 사람 모두 사살되었지요. 내가 그때로부터 1년 뒤 해림으로 가다가 山市로 가는 산모퉁이의 바위 옆에 딩굴던 김봉환의 해골과 뼈를 보았어요.[25]

---

25 위의 책, 303~304면.
김좌진 암살과 관계있는 또 다른 증언이기에 비교적 상세히 인용하였다. 이강훈은 김봉환이 박상실을 사주하여 김좌진을 암살한 주요원인을 일제에의 변절에 두고 있는 데 반하여 정화암은 공산당의 조직적 행위로 보고 있다.

당시 김좌진의 위망과 지위로 볼 때 박상실이 손쉽게 김좌진의 신변에 다가가며 나아가 그를 암살하기는 어려웠을 것이다. "박상실은 침투한 지 2년이 되도록 하수할 수가 없었다"는 정화암의 증언이 이강훈의 증언에 비하여 더욱 설득력이 있다. 정화암의 증언에 따르면 박상실이 김좌진의 신변에 침투한 것은 1928년이 되며 따라서 김봉환이 하얼빈 영사관에 다녀온 시간도 1928년이 된다. 1929년 겨울에 하얼빈 영사관에 다녀왔다는 이강훈의 증언은 1928년 겨울을 잘 못 기억한 것이라고 본다.

김봉환이 1928년 겨울에 하얼빈 영사관에 다녀왔다면 자연히 강경애가 하얼빈 영사관에 다녀온 것도 1928년 겨울이 된다. 강경애는 하얼빈 영사관에서 나온 후 곧 장연으로 돌아왔으며 장연에서 근우회에 가담한 것이 아닌가 싶다. 1926년에 북만에 간 강경애는 2년여의 시간을 하이린, 닝구타 일대에서 보내고 고향으로 돌아간 것이다.

북한 김헌순의 글에 의하면 강경애는 1929년 겨울에 간도 룽징에 가 "근 2년 가까운 동안 교육기관의 임시 고원으로 일해 보기도 하고 때로는 끼니를 넘기는 가난의 고초를 겪어 보기도 했다"[26]고 한다. 간도에 거주한 시간이나 간도에서 종사한 직업으로 볼 때 김헌순의 '1929년 간도행'은 '1926년 북만행'을 말하는 것이 아닌가 하는 의문이 제기된다.

이제 지금까지 논란이 많던 1924년 9월부터 1931년 6월 사이 강경애의 행적을 아래와 같이 정리해 볼 수 있다. 1924년 9월 양주동과 헤어진 강경애는 동덕여학교를 중퇴하고 황해도 장연으로 돌아와 문학공부를 하며 지냈으나 "친지의 꾸중과 이웃의 냉대에 견디지 못하여"[27] 1926년에 북만 닝구타(닝안)로 갔고 그곳에서 '유치원 여교사'를 하였으며 사회주의자 김봉환을 만나 함께 살았다. 『신민보』에 '적색 경향의 글을 발표하며 사회주의를 본격적으로 받아들였으며 1928년에 장연에 돌아와 근우회에 가담

---

26   김헌순, 「강경애론」, 『현대작가론』, 조선작가동맹출판사, 1961, 297면.
27   이상경 편, 『강경애 전집』, 소명출판, 2002, 845면.

하였다. 이후 사회주의 경향이 강한 작품들을 발표하였으며 장하일을 만나 결혼하고 1931년 6월 다시 만주로 가게 되는 데 이번 행선지는 간도 룽징이었다.[28]

---

28 이 시기 강경애의 행적을 간단히 정리하면 아래와 같다.
1924.9~1926 : 조선 황해도 장연 거주
1926~1928 : 북만 닝구타 일대 거주
1928~1931.6 : 조선 황대도 장연 거주
1931.6 : 간도 룽징 이주
"초기 작품은 더 말할 것도 없고 말기작품에 이르기까지도 강경애의 작가의식은 저항과 계급이념으로 일관되고 있음"(장춘식, 「간도체험과 강경애의 소설」, 『여성문학연구』, 2004, 193면)이 분명하다. 강경애에 대한 논쟁이 완전한 해결을 가져오지 못한 시점에서 이 문제는 더욱 명확히 해둘 필요성이 있다. 강경애가 북만에 간 적이 있고, 하얼빈 영사관 경찰서에 다녀온 적이 있다고 하여도 이것만으로는 김좌진의 암살과 직접 연관된다고 보기 어렵다. 김좌진 암살사건 자체가 아직 하나의 수수께끼로 남아있는 상태에서 이것과 연관시켜 강경애를 부정하는 것은 섣부른 결론이라고 본다. 그리고 가령 특정한 조건하에서 강경애가 김좌진의 암살에 일정 정도 연관된다고 하더라도 이것이 강경애의 문학작품에 대한 부정으로 이어져서는 안 된다. 강경애의 문학은 우리의 근대문학작품 중에서 시종 일제에 대한 저항의 최전선에 서 있었다.

강경애와 샤오홍 소설 비교 연구 재고

『인간문제』와 『생사의 마당』 비교를 통하여

1. 서론

강경애(姜敬愛, 1906~1944)와 샤오홍(蕭紅, 1911~1942)은 한·중 근현대문학사에서 모두 대표적인 여성작가로 불린다. 때문에 이들에 대한 논의도 오래전부터 활발히 진행되어 왔으며 그 열기는 오늘까지 이어지고 있다.

한국에서의 강경애 문학 연구는 크게 작품 발표 당시의 논의와 1970년대 이후의 논의로 나누어 볼 수 있다. 작품 발표 당시의 논의는 대부분 초기의 작품들을 단편적으로 논의하는데 그쳤으며 그것을 정리해 보면, 강경애는 체험을 통해 삶의 현실을 생생한 묘사로 보여주지만 명료한 사상성에 기초한 주제의 형상화에 있어 다소 미흡한 점을 보인다고 한다.[1] 강경애 문학에 관한 본격적인 논의는 1970년대 이규희의 논문[2]에서부터 시작되었다. 논의의 방향은 크게 세 가지로 나눌 수 있다. 첫째는 강경애의 문학을 리얼리즘적 시각에서 보는 것이며[3] 둘째는 작품 속에 나타난 여성

---

[1] 이청, 「여류작품 총관」, 『신가정』, 1935.2.

[2] 이규희, 「강경애론―빛과 어둠의 결규」, 이화여대 석사논문, 1974.

[3] 이상경, 「강경애 연구」, 서울대 석사논문, 1984; 최원식, 「『인간문제』, 사회주의 리얼리즘의 성과와 한계」, 『인간문제』, 문학과지성사, 2006.

인식에 주목하여 여성주의적 시각으로 접근하는 것이다.[4] 그리고 셋째로 만주체험과 강경애 문학사이의 연관성에 대한 연구가 있다.[5]

중국에서의 샤오홍 문학 연구는 크게 세 단계로 나누어 볼 수 있다. 첫 번째는 작품 발표 당시의 논의로서 '항전문학' '좌익문학'으로 불렸다.[6] 두 번째는 20세기 1980년대 이후 계몽담론의 영향 아래 '민족영혼개조'의 시각에서 본 것이다.[7] 진정한 의미에서의 샤오홍 연구는 이때로부터 시작되었다고 할 수 있다. 세 번째는 20세기 1980년대 말, 1990년대 초에 나타난 논의로서 이때에 이르러 일부 학자들이 여성주의 시각으로 샤오홍의 소설을 보기 시작하였다.[8] 20세기 1990년대 말로부터 시작하여 상술한 시각들을 종합적으로 이용하여 샤오홍의 소설을 보는 연구[9]들이 나오고 있으나 기본 방법은 위에서 크게 벗어나지 않고 있다.

이처럼 자국문학사 내에서의 연구가 새로운 돌파를 가져오지 못하는 시점에서 그 대안으로 나온 것이 비교문학적인 연구이다. 한·중 교류의 활성화와 함께 흥기한 한·중 근현대문학 비교연구라는 큰 틀 안에서 강경애와 샤오홍은 자연스럽게 만나게 되었으며 2000년대에 들어와 그 연구가 본격화되었다.

강경애와 샤오홍 비교 연구는 주로 석·박사논문의 형식으로 진행되었으며 지금까지 10여 편의 논문이 나왔다.[10] 이런 논문은 주로 작품 속에 나타난 여성의식에 대한 비교를 중심으로 진행되었으며 이 기초상에서 생명

---

4 서정자, 「페미니스트 성장소설과 자기발견의 체험」, 『한국여성학』 7호, 한국여성학회, 1991; 하상일, 「식민지 여성의 현실과 사회주의 여성서사」, 『비평문학』 22호, 한국비평문학회, 2006.
5 장춘식, 「간도체험과 강경애의 소설」, 『여성문학연구』 11호, 한국여성문학학회, 2004.
6 胡風, 「"生死場" 讀后記」, 『蕭紅全集 : 呼蘭河傳』, 鳳凰出版社, 2010.
7 錢理群, 「改造民族灵魂的文學」, 『十月』 1982.1.
8 劉喬, 「女性, 文本与民族國家」, 『批評空間的開創－二十世紀中國文學硏究』, 上海東方出版中心, 1997.
9 陳國恩·任秀霞, 「蕭紅小說与 "五四" 文學傳統」, 『北方論叢』, 哈尔滨师范大学, 2004.3.
10 우한, 「강경애와 소홍 소설 비교 연구 : 여성인물을 중심으로」, 서울대 석사논문, 2004; 張美紅, 『中韓兩位才女的悲劇意識 : 蕭紅, 姜敬愛比較硏究』, 延邊大學碩士學位論文, 2002.

의식, 비극의식, 인물형상, 작품의 제재와 풍격에 대한 연구로 그 범위를 넓혀나갔다. 두 작가의 다양한 작품을 다양한 시각에서 비교를 진행하였지만 필경은 비교 연구의 역사가 짧은 만큼 아직도 거시적인 측면에서의 비교에 그치거나 작품의 표면에 나타난 몇몇 공통점을 비교 열거하는데 머무르며 나아가서는 그 비교 자체가 일부 문제점을 안고 있는 것도 없지 않다.

강경애와 샤오훙의 대표작이라 할 수 있는 『인간문제』와 『생사의 마당』을 여성주의 시각에서 진행한 비교 연구는 두 작가 비교연구의 핵심이라 할 수 있다. 그러나 이 두 작품은 단순히 여성주의 시각으로 비교를 진행하기에는 일부 문제점을 안고 있다. 본고는 『인간문제』와 『생사의 마당』에 대한 비교를 재고하는 것을 통하여 강경애와 샤오훙 문학 비교의 새로운 가능성들을 찾아보고자 한다.

2. 여성 현실의 반영과 여성문제의 계급화

『생사의 마당』은 샤오훙의 대표작으로서 그에게 저명한 좌익작가라는 명성을 안겨준 작품이다. 샤오훙은 이 작품을 통하여 중국의 주류 문단에서 그 위치를 확고히 하였다. 둥베이 하얼빈[東北 哈爾濱] 일대의 농촌을 배경으로 하는 『생사의 마당』은 후우펑[胡風]의 말대로 "개미와 같은 삶을 살아가는, 피동적으로 태어나 되는대로 살다가 죽어가는" 둥베이 농민의 삶을 다루고 있다. 작품은 특별한 이야기 줄거리가 없이 농민들의 삶의 단편들을 열거하는 형식으로 씌어졌으며 이는 또 1920년대 초의 삶을 다룬 전반부(1~10회)와 둥베이가 일제에 의하여 괴뢰만주국으로 전락한 1930년대 초의 삶을 다룬 후반부(11~17회)로 나누어 볼 수 있다.

작품의 전반부는 폐쇄적이고 순환적인 둥베이 농촌 마을을 다루고 있다. 이곳에서 "사람과 동물은 모두 태어나기에 바쁘고 죽어가기에 바쁘다." 이러한 순환적인 삶을 그림에 있어 작가는 특히 이곳 여성의 삶에 주목한다. 金枝는 작가가 가장 애착을 갖고 그려낸 여성이다. 혼전임신으로 주변 사람들의 손가락질을 받았지만 金枝는 남편의 사랑만을 믿고 결혼을 한다. 그러나 남편 成業에게 있어 金枝는 단순히 자신의 욕정을 해소하는 대상에 지나지 않았으며 시집에서도 하나의 일손에 불과했다. 가부장적인 남편은 金枝에 대하여 지배자로 군림할 뿐만 아니라 밖에서 불쾌한 일이 있었다는 이유만으로 한 달도 되지 않은 친딸을 죽이기까지 한다. 때문에 金枝는 결혼하여 네 달도 안 되어 차츰 남편을 저주하게 되었으며 남자는 "차가운 동물"이라는 인식을 갖게 된다.

金枝의 이런 삶은 결혼 전에 이미 福發女에 의하여 예언된 바이다. 成業의 아주머니인 福發女는 자신의 경험에 근거하여 金枝도 결혼하면 자기처럼 남자를 두려워하며 살게 될 것이라 말한다. 봉건적 가부장제 사회 속에서 여성들은 대를 이어 그 수난의 굴레에서 벗어나지 못하고 있는 것이다.

金枝와 福發女 뿐만 아니라 작품 속에 나오는 거의 모든 여성들이 남편으로부터 멸시받고 남편을 두려워한다. 마을에서 가장 예쁜 여성이었던 月英은 하지가 마비되어 노동능력을 상실하자 남편의 보살핌을 받기는커녕 갖은 방법으로 괴로움을 당하다 죽으며 五姑姑의 언니는 난산 도중에도 남편의 욕설을 듣는다. 그리고 五姑姑, 麻面婆 등 여성들도 남편 앞에서는 늘 위축된 모습이다. 이들이 쌓인 울분을 토로하는 유일한 방법은 울음뿐이다.

王婆가 죽었다는 소식은 삽시간에 온 마을에 퍼졌다. 여인들은 王婆의 관 앞에 모여들어 목놓아 울기 시작했다. 애 때문에 우는 사람, 남편 때문에 우는 사람, 자신의 운명을 우는 사람, 마음 속에 품고 있던 모든 원한을 이 자리를 빌어 울음으로 풀어냈다. 마을에서 년장자가 죽을 때마다 그녀들은 이렇게 자신을

위하여 울었다.[11]

　마을의 여성들은 자신이 왜 이런 대우를 받아야 하는지에 대하여 생각하지 못한다. 이것을 단지 운명으로 받아들일 뿐이다. 작품 속에서 대부분의 여성인물은 자신의 독립적인 사유를 갖지 못하고 남편에 순종하여 구박받으며 살다 이런저런 이유로 죽어간다.

　"내 인생의 가장 큰 고통과 불행은 내가 여성인 것이다"고 말하는 샤오홍은 봉건적 가부장제 아래에서 고통받는 여성들의 삶에 주목했으며 자신의 필을 통하여 그들의 일상과 정신세계를 그려냈다.『생사의 마당』은 그의 이런 여성인식이 가장 집약적으로 나타난 작품의 하나이다.

　샤오홍의『생사의 마당』이 봉건적 가부장제 아래에서 살아가는 여성의 모습을 그려냈다면 같은 해(1934)에 발표된 강경애의『인간문제』는 또 다른 시각으로 여성의 문제에 접근한다.

　『인간문제』는 강경애의 대표작으로서 1930년대 한국소설사에서 새로운 경지를 연 작품으로 평가되기도 한다. 황해도 용연과 인천을 배경으로 하는『인간문제』는 용연의 농민들이 인천에서 혁명적 노동자로 재탄생하는 과정을 그렸다. 이 과정은 또 용연을 배경으로 하는 전반부와 인천을 배경으로 하는 후반부로 나누어 볼 수 있다.

　작품의 전반부에서 여성문제는 주로 지주 정덕호와의 관계 속에서 나타난다. 자식이라고는 슬하에 딸 옥점이 밖에 없는 정덕호는 아들을 낳기 위하여 부단히 가난한 농민의 딸을 첩으로 들인다. 정덕호가 신천댁, 간난이, 선비 등 여러 농민의 딸을 첩으로 삼았지만 강경애는 그중에서도 특히 선비의 행적에 주목한다.

　지주 정덕호가 던진 산판에 맞아 아버지가 돌아가고 뒤이어 어머니도

11　蕭紅,「生死場」,『蕭紅全集 : 呼蘭河傳』, 鳳凰出版社, 2010, 63頁, 이하는 페이지 수만 표시. (번역－필자)

죽자 선비는 정덕호네 집에 와서 살게 된다. 선비는 정덕호의 호의를 순진하게 믿고 아버지처럼 따랐지만 그에게 돌아온 것은 성적 유린이었다. 정덕호에게 유린당한 선비는 현실에 불만을 품었지만 자신이 왜 이런 삶을 살아야 하는지는 알지 못했다. 때문에 해결책도 제시할 수 없었다. 용연에서 선비가 취할 수 있는 유일한 반항적 행동은 정덕호의 마수를 피해 멀리 달아나는 것 밖에 없었다.

용연을 떠난 선비는 원래는 자신과 같은 처지에 있었으나 지금은 이미 혁명적 노동자로 전신한 간난이를 찾아간다. 그리고 간난이의 도움을 받아 인천에서 혁명적 노동자로 성장해 간다. 인천 대동방적공장에서의 노동경험은 선비에게 정덕호와 같은 착취자는 용연뿐만이 아니라 사회의 도처에 널려 있으며 자신은 용연을 떠났어도 육체적, 정신적, 경제적으로 피착취의 위치에서 벗어나지 못했음을 알게 하였다.

> 그때 그는 간난이가 일상 하던 말을 얼핏 깨달으며 세상에는 덕호와 같은 우리들의 적이 많은 것이다, 그것을 대항하려면 우리들은 단결하지 않으면 안 될 것이라던 그 말을 그는 다시 생각하였다. 선비는 어떤 힘을 불쑥 느꼈다. 그리고 간난이가 가르쳐주는 그대로 하는 데서만이 선비는 첫째의 손목을 쥐어보리라 하였다. 흙짐을 져서 괄해진 첫째의 등허리! 실을 켜기에 부르튼 자기의 손끝! 그리고 수많은 그 등허리와 그 손들이 모여서 덕호와 같은 수없는 인간과 싸우지 않으면 안 될 것이라 …… 하였다. 보다도 선비의 앞에 나타나는 길은 오직 그 길뿐이다.[12]

선비에게 있어서 자신을 지키는 유일한 방법은 불합리한 사회적 제도를 바꾸는 것이었다. 계급적으로 각성한 선비는 간난이가 '조직의 수요'에

---

12   강경애, 『인간문제』, 문학과지성사, 2006, 336면.

의하여 공장을 떠나게 되자 그의 뒤를 이어 대동방적공장에서의 노동운
동을 이끈다.

샤오홍의 『생사의 마당』이 동일한 계급 내부에서, 특히는 남편이라는
가족의 일원이 여성에 대한 억압을 그리는데 그 중점을 두었다면 강경애
의 『인간문제』는 지주 대 소작인의 딸, 공장 감독 대 노동자라는 부동한
계급 사이에서의 여성에 대한 억압을 그렸다. 그리고 『생사의 마당』은 여
성에 대한 억압이 대를 이어 진행되고 있으나 여성은 그에 대하여 순종하
며 이제는 마비되어 무감각한 모습으로 나타나나 『인간문제』는 억압의
결과 여성들이 각성하여 조직적으로 반항하는 모습을 그렸다.

보다시피 강경애의 『인간문제』와 샤오홍의 『생사의 마당』은 여성문제
에 대한 접근이 부동할 뿐만 아니라 그 결과도 서로 다르다. 강경애의 작
품 중에서 『생사의 마당』과 보다 가까운 작품은 『인간문제』가 아니라
『어머니와 딸』이다.

『어머니와 딸』은 강경애의 처녀작으로서 그가 여성주의 단체인 근우
회에서 활동할 때 쓴 작품이다. 『어머니와 딸』은 주인공 옥이와 그의 친
정어머니 이쁜이, 그리고 시어머니 산호주 등 세 여성의 삶을 그리는 것을
통하여 봉건적 가부장제의 폭력성과 교육에 의한 여성의 자의식 획득이
라는 계몽주의적 여성해방의식을 보여준다는 점에서 『생사의 마당』과
많은 유사점을 보인다.

『어머니와 딸』 이후 강경애는 사회주의자들과의 교류가 활발해지면서
본인도 사회주의를 받아들이게 되며 나아가 여성인식도 상응한 변화를
가져온다. 1933년 말에 쓴 「송년사」란 글에는 이 시기 강경애의 여성인식
이 집약적으로 나타나 있다.

　사회적으로 완전한 경제적 개변을 보지 못하고는 완전한 여성의 해방도 볼
　수 없습니다. 이대로는 해방은 고사하고 더욱 더욱 여성은 상품화하며 따라서

인간적 지위에서 점점 더 말살되고 말 것입니다.

그러니 무엇보다도 근본적 해결이 있어야 합니다. 극동의 풍운이 험악해오는 이 해를 보내며 더욱 이런 감상이 생깁니다. 꾸준히 서로 노력합시다.[13]

"사회적으로 완전한 경제적 개변을 보지 못하고는 완정한 여성의 해방도 볼 수 없습니다"는 말로부터 알 수 있는바 이 시기 강경애는 여성문제를 계급문제에 종속시켜 보고 있다. 근본적 문제인 계급문제가 해결되면 지엽적 문제인 여성문제도 자연스럽게 해결되는 것으로 생각하였다. 때문에 이 시기 강경애의 소설 속에 나타나는 여성인물은 여성으로서의 독자적인 문제를 갖고 등장하는 것이 아니라 계급문제를 갖고 등장한다. 작품 속에서 여성인물은 자신의 수난을 통하여 착취와 피착취라는 계급문제를 더욱 효과적으로 부각시키는 작용을 한다. 그리고 여성인물의 수난은 현존하는 여성문제를 반영한다기보다 피착취자의 모습을 보여주는 하나의 소재로 사용되는 일면이 더 강하다. 이런 여성인식을 가장 효과적으로 반영한 것이 『인간문제』이다.

3. 자연발생적 투쟁과 목적의식적 투쟁

'계급'과 '성' 사이에서 강경애는 '계급'에 무게중심을 두었다. 강경애를 따라다니는 '여류작가가 아닌 작가', '남성적인 여성작가' 등 수식어는 '계급'적 일면에 치중한 강경애의 문학적 특점을 여실히 보여준다.[14]

---

13 강경애, 「송년사」, 『강경애 전집』, 소명출판, 2002, 746면.
14 김윤식, 「강경애론─식민지공장노동자의 세계」, 『(속)한국 근대작가논고』, 일지사,

『인간문제』는 강경애의 이런 문학적 경향을 가장 잘 보여주는 작품이며 이는 첫째라는 인물을 통하여 가장 효과적으로 드러난다. 용연에서 첫째는 문제적 인물이다. 용연에서 가장 어려운 삶을 사는 첫째는 그만큼 현실에 대한 불만과 반항심도 강하다. 개똥이네 타작마당에서의 항의는 첫째의 이런 반항심을 잘 보여준다. 개똥이네가 일 년 농사를 문전에 들여놓기도 전에 빼앗기는 것을 보면서 첫째는 벼를 베기도 전에 정덕호에게 입도차압(立稻差押) 당하고 끝내는 마을을 떠난 풍월영감을 떠올린다. 첫째가 보건대 정덕호의 착취는 단순히 개똥이 한사람에 머무르는 것이 아니라 전반 용연 농민들을 대상으로 하고 있었다. 이런 불합리한 모습을 보고 첫째는 저도 몰래 지주 정덕호에 반항하게 된다. 그러나 이때 첫째의 반항은 어디까지나 우발적인 것이었다. 항의에 함께 한 농민들도 이 점에서는 마찬가지였다. 때문에 순사의 출두에 의하여 항의가 허망하게 진압당하자 함께 했던 농민들은 항의를 주도한 첫째를 원망하며 또다시 현실에 안주하여 살아간다.

항의를 주도한 첫째는 예상대로 이듬해 밭을 떼이며 토지로부터 분리된 농민은 자연스럽게 도시로 흘러들어 막노동에 종사하게 된다. 인천의 공사장에서 첫째는 사회주의자 신철이를 만나게 되며 그의 인도하에 차츰 계급의식에 눈을 뜬다. 신철이를 통하여 첫째는 지주와 농민, 자본가와 노동자 사이에 존재하는 착취와 피착취의 계급적 대립을 이해하며 나아가 "인간 사회의 역사적 발전을 위하여 투쟁"하려는 굳은 결심을 하게 된다. 이런 사상적 변화가 있었기에 인천 부두노동쟁의에 첫째는 조직적이며 목적의식적으로 참여하게 된다.

자신들을 억압하는 세력에 대한 농민의 반항이라는 점에서는 『생사의 마당』도 마찬가지이다. 『생사의 마당』은 여성인물을 중심으로 하여 둥베

1981, 238면; 조남현, 『한국현대소설연구』, 민음사, 1987, 150면.

이 농촌의 순환적인 삶을 보여줌과 동시에 그 속에서 일어나는 농민들의 반항과 투쟁도 그려내고 있다.

『생사의 마당』은 주로 趙三과 李靑山을 통하여 이런 반항과 투쟁을 보여준다. 1920년대 초를 배경으로 하는 작품의 전반부에서 지주가 토지세를 인상하려 하자 趙三은 李靑山 등과 단합하여 '낫회[鎌刀會]'라는 농민들의 자체적 반항조직을 만들어 지주를 죽이려 한다. 그러나 '낫회'는 그 준비과정에서 주요 책동자인 趙三이 도적을 지주의 마름으로 잘못 알고 다리를 분질러 감옥에 들어가게 되면서 자동 해체된다. 지주의 도움으로 감옥에서 나온 趙三이 지주에게 감사를 표하며 투쟁을 포기하고 토지세 인상을 묵인한다는 데로부터도 우리는 '낫회'는 지주의 가혹한 착취에 불만을 품은 농민들의 자연발생적 투쟁에 지나지 않았음을 알 수 있다. 이 점에서 趙三이 조직한 투쟁은 용연에서 첫째가 주도했던 투쟁과 일맥상통한다.

일제의 지배하에 있는 괴뢰만주국 시기인 1930년대 초를 배경으로 하는『생사의 마당』후반부에 오면 투쟁은 이제 李靑山이 인도하게 된다. 혁명군에 가담하여 투쟁한 경력을 갖고 있는 李靑山은 농민들에 대한 일제의 억압이 가심화되는 현실에서 마을의 젊은이들과 과부들을 조직하여 직접 투쟁을 진행한다. 그러나 이런 투쟁은 5일만에 실패로 귀결되며 농민들은 투쟁에 대해 실망하고 그 투쟁을 인도했던 李靑山을 원망한다.

『인간문제』가 첫째, 선비 등 용연의 농민들이 사회주의자의 인도 하에 인천에서 혁명적 노동자로 재탄생하는 것을 그림으로서 동일한 인물이 사건의 전개에 따라 인식의 변화를 가져왔다면『생사의 마당』은 그런 변화가 없다. 앞에서도 지적했지만『생사의 마당』은 특별한 이야기가 없이 삶의 단편들을 열거하는 형식으로 구성되었다. 그리고 작품 속에 등장하는 인물들도 성격상에서 고정된 모습으로 등장한다. 趙三, 王婆, 李靑山 등 몇몇 인물은 처음부터 혁명적인 모습으로 등장하고 나머지 인물들은 모두 숙명적인 농민의 모습이다. 이들이 관심을 갖는 것은 자신의 개인적 생활뿐이다.

‘애국군’이 삼가자를 지나갔다. ‘애국군’이란 글자를 박은 누런색 기를 들고 지나갔다. 일부 사람들이 “애국군”을 따라갔다. “애국군”을 따라간 사람들도 어떻게 애국하고 왜 애국해야 하는지를 몰랐다. 단지 그들은 먹을 밥이 먹었다.

—『생사의 마당』, 105면

애국이란 무엇인지도 모르고 단지 생존을 위해 ‘애국군’을 따라간 마을 농민들이나 늙은 양 한 마리도 혁명에 바치기 아까워하던 二里半이 가족이 모두 죽고 더는 이 마을에서 농사를 지을 형편이 못되자 李青山을 따라 혁명의 길에 들어선 것은 이를 잘 말해준다. 때문에 이들 농민의 투쟁은 생존을 위한 자연발생적 투쟁에 머물러 있게 된다. 어쩌면 이것이야말로 괴리만주국 통치하 농민들의 가장 진솔한 모습이기도 하다.

『생사의 마당』에서 혁명자와 농민들은 시종 하나로 합쳐지지 못하며 이들 사이에는 괴리가 존재한다. 그러나 압제자에 대한 조직적 투쟁과 그것을 인도하는 혁명자의 모습을 그렸다는 점에서『생사의 마당』은『인간문제』와 많은 비교의 가능성을 보여준다.

4. 전기 작품의 비교 가능성

강경애의 본격적인 문학 창작은 룽징[龍井]에서 시작되었다. 때문에 강경애의 룽징 생활은 그의 문학을 이해하는 하나의 열쇠이기도 하다. 강경애의 룽징 생활 대부분이 베일에 가려져 있지만 확실한 것은 그가 룽징에서 많은 사회주의자들과 어울려 살았다는 것이다. 우선 그의 남편 장하일은 사회주의적 경향을 갖고 있는 사람이었으며 남편과 함께 둥싱중학교 교사로 있은 이병립, 하리환, 정일광 등이 모두 사회주의자였다. 그리고 문학 창작 초기 강경애에게 문학적 지도를 해준 남편 장하일의 친구 김경재도 사회주의자였다. 이는 강경애의 문학 창작은 처음부터 사회주의의 영향을 많이 받았음을 보여준다.[15]

인간사회에는 늘 새로운 문제가 생기며 인간은 이 문제를 해결하기 위하야 투쟁하므로써 발전 될 것입니다. 대개 인간 문제라면 근본적인 문제와 지엽적 문제로 나눠 볼수가 잇을 것이니 나는 이 작품에서 이 시대에 잇어서의 인간의 근본문제를포착하여 이 문제를 해결할 요소와 힘을 구비한 인간이 누구며 또 인간으로서의 갈 바를 지적하려고 노력하엿습니다.[16]

『인간문제』 연재 예고인 이 글은 강경애가 『인간문제』를 창작하게 된 동기를 보여줄 뿐만 아니라 그의 문학관을 드러내기도 한다. 강경애의 문학을 전기와 후기로 나눈다면 전반기의 문학적 경향은 위에서 보다시피 "인간사회의 근본적인 문제를 포착하고 나아가 이 문제를 해결할 사람을 찾으며 또 그가 행할 바를 지적한다"는 말로 귀납된다. 첫 발표 소설인 「파금」[17]으로부터 나타난 이런 경향은 「부자」,[18] 「소금」[19] 등 작품을 거쳐 『인간문제』에서 구체적으로 형상화 된다. 이 점에서 강경애의 전기 문학은 『인간문제』에 이르는 과정이라 볼 수 있다.

---

15 최학송, 「강경애 소설의 주제와 변모양상 연구」, 인하대 박사논문, 13~36면 참고.

16 「新連載小說豫告—作者의말」, 『동아일보』, 1934.7.31.

17 「파금」은 이념적 갈등으로 고민하던 지식인 주인공 형철이가 가정의 파산을 계기로 만주로 이주하여 일제와의 직접 투쟁에 참여한다는 내용을 다루었다.

18 「부자」는 M포구라는 한 농촌을 배경으로 순박한 어부인 아버지가 선장에 의하여 막다른 골목에 처했을 때 취한 자연발생적인 반항과 야학에서 교육 받은 아들이 지주에 의하여 막다른 골목에 처했을 때 목적의식적 투쟁을 준비하는 것의 대비를 통하여 농민의 각성을 보여준다.

19 「소금」은 봉염 어머니라는 한 이주민 여성의 일련의 수난을 통하여 1930년대 초 간도 이주민의 삶을 반영하는 동시에 그 수난 속에서 각성해가는 이주민의 모습을 보여주고 있다.

『생사의 마당』은 샤오홍 문학의 한 전환점이다. 샤오홍은 하얼빈에서 『생사의 마당』을 창작하기 시작했으며 그 도중에 일제의 탄압을 피해 칭도로 옮겨 창작을 마무리했다. 샤오홍의 하얼빈 생활은 좌익계열의 사람들과 밀접한 관련이 있다. 우선 샤오홍을 문학의 길로 인도한 남편 蕭軍이 바로 좌익적 사유를 갖고 있는 사람이었으며 蕭軍을 통해 만나게 된 金劍嘯, 羅烽, 白朗, 舒郡, 金人 등은 모두 좌익문학청년들이었다. 샤오홍은 하얼빈에서 이들과 함께 신문출판, 연극공연, 문학창작 등 다양한 분야에 거쳐 좌익문예활동을 활발히 진행했다. 따라서 이 시기에 창작된 샤오홍의 초기 소설들은 자연스럽게 계급적 시각을 띄게 되며 진보적인 사상을 반영하게 되었다. 첫 발표작인 「王阿嫂的死」[20]로부터 나타난 이런 계급적 시각은 「看風箏」,[21] 「夜風」[22] 등 작품을 거쳐 『생사의 마당』에 이르게 된다. 주목할 것은 『생사의 마당』 후반부에 오면 작품 창작 초기부터 견지해오던 계급적 시각에 민족적 시각이 첨가되는 것이다. 이것은 아마도 후반부는 일제의 통치하에 있는 괴뢰만주국을 떠나 칭도에서 창작한 것과 일정한 관계가 있는 것 같다.

『인간문제』와 『생사의 마당』 이후 강경애와 샤오홍은 모두 창작경향에서 일정한 변화를 가져온다. 『인간문제』가 발표된 1934년 이후 간도에서는 일제의 토벌에 의하여 공산유격대의 활동이 거의 사라지고 조선에서는 일제의 탄압에 의하여 카프가 해소되고 모든 사상활동이 부정되는 등 창작환경의 악화를 맞는다. 이에 따라 강경애의 문학적 경향도 급격히 변화되어 상실감과 좌절감을 드러낸다. 이것이 간도 배경 소설에서 사회주의자 및 그들 가족의 변화를 통하여 나타났다면 조선 배경 소설에서는

---

20 「王阿嫂的死」는 王阿嫂와 그의 남편이 지주의 압박을 받아 죽어가는 과정을 그렸다. 샤오홍의 강렬한 계급의식이 작품의 곳곳에서 직접적으로 드러나 있다.
21 「看風箏」은 혁명지도자가 대중을 위하여 작은 가정을 버림을 그렸다.
22 「夜風」은 지주의 압박과 착취를 받아오던 長靑과 그의 어머니가 반항의 대오에 가담하는 과정을 그렸다.

농민의 투쟁의식 약화를 통하여 반영된다. 한편 샤오홍은 칭도에서『생사의 마당』을 마감한 후 상하이로 이주하여 루쉰의 도움을 받아 상하이 문단에 등단하며 이때로부터 루쉰과 가깝게 지내며 루쉰의 영향을 많이 받게 된다. 따라서 작품도 계급의식을 직접적으로 문맥에 드러내던 하얼빈 시기와는 달리 계급성이 약화되는 동시에 예술성의 강화, 인성에 대한 탐구 등 방면으로 그 경향이 변화를 보인다.

5. 결론을 대신하여

강경애와 샤오홍의 소설을 전반부에서만 여성과 계급이라는 시각에서 볼 때 강경애의 작품은 여성주의적 성격이 약화되는 반면에 계급적 성격이 강화되는 추세이고 샤오홍은 계급적 성격이 약화되는 반면에 여성주의적 성격이 강화되는 추세로서 이들 사이에서는 많은 비교의 접점들을 찾아낼 수가 있다. 그러나 후반부에 이르면 두 작가의 작품은 창작경향의 변화로 인하여 그 비교의 접점을 찾기가 힘들어진다.

『인간문제』와『생사의 마당』은 각기 강경애와 샤오홍의 작품세계에서 전반기와 후반기를 나누는 교차점에 위치한 작품이다.『인간문제』와『생사의 마당』이 두 작가의 대표작이라는 이유로 지금까지의 연구는 이 두 작품 중심으로 진행되어 왔으며 또 오늘날 여성주의 문학의 흥행에 힘입어 여성주의 시각으로의 비교가 주류를 차지해왔다. 그러나『인간문제』와『생사의 마당』은 여성주의적 시각보다도 압제자에 대한 농민들의 투쟁이라는 일면에서 더욱 큰 비교의 가능성을 갖고 있으며 여성주의적 시각에서는 강경애의『어머니와 딸』이 샤오홍의『생사의 마당』에 더욱

다가가 있다. 그리고 계급적 성향을 띤 두 작가의 전기 작품들도 충분한
비교의 가능성을 갖고 있다. 이런 가능성에 대한 구체적인 비교는 이후의
과제로 남긴다.

참고문헌

이상경 편, 『강경애 전집』, 소명출판, 2002.
최원식 편, 『인간문제』, 문학과지성사, 2006.
萧　红, 『萧红全集』, 凤凰出版社, 2010.

이상경, 『강경애—문학에서의 성과 계급』, 건국대 출판부, 1997.
우　한, 「강경애와 소홍 소설 비교 연구 : 여성인물을 중심으로」, 서울대 석사논문, 2004.
최학송, 「강경애 소설의 주제와 변모양상 연구」, 인하대 박사논문, 2009.
하상일, 「식민지 여성의 현실과 사회주의 여성서사」, 『비평문학』 22호, 한국비평문학회, 2006.

张美红, 『中韩两位才女的悲剧意识 : 萧红, 姜敬爱比较研究』, 延边大学硕士学位论文, 2002.
陈国恩·任秀霞, 「萧红小说与"五四"文学传统」, 『北方论丛』, 哈尔滨师范大学, 2004.
吴香美, 『萧红与姜敬爱小说的女性意识研究』, 中央民族大学硕士学位论文, 2006.
刘艳萍, 『姜敬爱与萧红小说之创作比较研究』, 延边大学博士学位论文, 2009.
林贤治, 『漂泊者萧红』, 人民文学出版社, 2009.
张芳明, 『萧红小说的创作历程及传播』, 陕西师范大学硕士学位论文, 2009.
项　远, 『萧红新论』, 华东师范大学硕士学位论文, 2010.

해방 전 주요섭의 삶과 문학

1. 서론

주요섭(朱耀燮, 1902~1972)은 결코 「사랑손님과 어머니」로만 기억될 작가가 아니다. 주요섭 문학은 의외로 다양한 경향과 면모들을 갖고 있다. 반세기에 이르는 창작생애에 주요섭은 40여 편의 소설을 발표했으며 세 편을 유작으로 남겼다.[1] 소설 외에도 시, 희곡, 동화, 수필, 평론 등 여러 장르에 거쳐 창작활동을 하였으며 적지 않은 외국문학작품을 번역하였다. 때문에 주요섭은 중국의 부런대(輔仁大學校, 1934~1943)와 한국의 경희대(慶熙大學校, 1953~1972)에서 몇 십 년간 대학교수로 근무하였음에도 "후세에 이름을 남긴다면, 학자로서보다 작가로서 남기고 싶다"[2]고 작가로서의 자신

---

[1] 여기서는 한글로 창작된 소설만을 가리킨다. 한글 외에도 주요섭은 영어로 몇 편의 소설을 창작하였다. 영문소설은 아직 정리된 목차가 없기에 제외했다. 유작으로 남긴 세 편의 소설 중에서 「진화」(『문학사상』, 1973.1)와 「여수」(『문학사상』, 1973.1)는 이미 알려져 있다. 그러나 『떠름한 로맨스』는 『현대문학』 1987년 4월호에 실렸으나 지금까지 주목을 받지 못했다. 『떠름한 로맨스』가 바로 주요섭이 「제3차 아세아 작가회의 소득」(『현대문학』, 1960.6)이란 글에서 밝힌 "이번 회의에서 단편 하나를 쓸 주제를 포착해서 「괴상한 객고풀이」라는 제목을 사용해서 집필 중"이라던 소설이다. 주요섭은 이 소설을 최초의 기획대로 단편으로 끝낸 것이 아니라 중편으로 썼다.

의 정체성에 가장 큰 비중을 두었다.

기존의 주요섭 연구는 대부분 그의 문학을 '빈궁'을 소재로 하여 사회적 주제의식을 분명히 나타낸 1920년대, '사랑'을 중심으로 한 윤리적이고 미학적인 주제들을 다룬 1930년대, 무질서하고 혼란된 사회를 고발, 비판하는 것이 주류를 이룸으로써 다시 예술성보다는 사회의식이 강화된 1950년대, 인생의 문제와 죽음을 앞에 둔 사람들의 의식 문제가 많이 다루어지면서 현실의 추잡함을 고발·비판한 1960년대 이후 네 시기로 나누고 부동한 시기의 작품경향을 비교 분석하는 방식으로 진행되었다.[3] 이런 연구의 공통점은 각 시기를 대표하는 단편소설에 관한 연구를 통하여 주요섭 문학의 특점을 밝혀낸 것이다. 그러다보니 각 시기 사이의 내재적 연관성이 잘 밝혀지지 못하였다. 1920년대와 1950년대는 사회성이 강한 작품을 발표하였으며 그 사이에 있는 1930년대는 예술성이 강한 작품을 발표하였다고 하나 왜 그렇게 되었는가에 대해서는 간과하거나 간단히 주변 창작환경의 변화라고만 한다. 이는 너무 안일한 해석이다. 그리고 연구가 이처럼 몇몇 단편에만 치중되다 보니 주요섭 문학의 다양한 면모가 제대로 밝혀지지 못하였다.

주요섭 문학 연구 부진의 가장 큰 원인은 기초자료의 부실에 있다. 주

2　김용성, 「주요섭」, 『한국현대문학사탐방』, 현암사, 1984, 101면.

3　구인환, 「주요섭론」, 『아네모네의 마담』, 범우사, 1976; 김영화, 「주요섭론—사회와 인간」, 『현대 한국소설의 구조』, 문장사, 1983; 임윤정, 「주요섭 소설에 관한 연구—작품론적 접근」, 연세대 석사논문, 1990.
대부분의 주요섭 연구가 이 방법을 따르고 있다. 단지 연구의 범위를 어디까지 설정하는 가 하는 점에서 차이를 보일 뿐이다. 이 외에 주목할 만한 것으로 경향성 파악이라는 점에서 공통점을 갖는 계보학적 고찰 방법으로 진행한 연구와 아동문학에 대한 연구 및 미국 배경 소설에 대한 연구가 각기 한 편씩 있다. 한점돌, 「주요섭 소설의 계보학적 고찰」, 『국어교육』 103집, 한국어교육학회, 2000; 정선혜, 「휴머니즘과 근대성의 조화—주요섭의 아동문학 발굴조명」, 『돈암어문학』 13집, 돈암어문학회, 2000.9; 우미영, 「식민지 시대 이주자의 자기 인식과 미국—주요섭과 강용흘의 소설을 중심으로」, 『한국 근대문학 연구』 17호, 한국근대문학회, 2008.

요섭은 중국, 미국, 일본 등 해외에서 장기간 생활하였기에 이 시기 주요
섭의 행적에 관한 자료를 찾기 어려우며 나아가 생애사를 구성하거나 의
식세계를 추정하는 데 제약이 따른다. 오늘날 우리가 알고 있는 주요섭의
생애는 우선 양적으로 얼마 되지 않을 뿐만 아니라 그 속에는 잘못된 부분
도 적지 않다. 그리고 더욱 중요한 것은 작품 연보가 제대로 정리되지 못
하였다. 이런 기초자료의 부실은 주요섭 문학에 대한 본격적인 연구를 저
해한다.[4]

　주요섭의 대표작은 대부분 해방 전에 창작되었다. 이에 본고에서는 우
선 해방 전 주요섭의 생애사와 의식세계를 재구성한 기초상에서 해방 전
발표 소설에 대한 정확한 목차를 작성하여 주요섭 문학을 연구하는 기초
적 자료를 확정하겠다. 그리고 이 시기 주요섭 문학의 다양한 면모를 살펴
보며 나아가 1920년대와 1930년대에 서로 다른 경향의 작품이 창작된 원
인과 그 내적인 연관성을 찾아브고자 한다.

2. 등단작과 상하이 시기의 문학

　주요섭의 등단작에 대해서는 두 가지 설이 있다. 하나는 1921년 『매일
신보』 신춘문예에 3등으로 입선했다는 「깨어진 항아리」라는 견해이고
또 하나는 1921년 4월 『개벽』에 발표된 「추운 밤」이라는 견해이다. 「깨어

4　주요섭 작품 연보는 몇 차례 정리 된 적이 있지만, 모두 발표지가 빠지거나 발표시간이 정
　확하지 못하거나 작품이 누락되거나 번역 작품을 창작품으로 오인하는 등 문제점들을 보
　이고 있다. 정확한 작품 연보를 만들기 위해서는 원본과의 정밀한 대조와 작품의 진일보
　한 발굴이 필요하다.

진 항아리」가 등단작이라고 하는 사람들은 이 작품이 주요섭의 처녀작인 동시에 신춘문예에 3등으로 입선했다는 점을 강조하고[5] 「추운 밤」이 등단작이라고 하는 사람들은 이 작품으로 하여 주요섭이 문단의 주목을 받았음을 지적한다. 그러나 당시의 평론가들이 「추운 밤」에 대해 평을 한 기록은 지금까지 찾아볼 수 없다. 「깨어진 항아리」란 작품이 있다고는 하나 원문을 찾을 수 없으니 등단작의 지위를 자연히 그다음 작품인 「추운 밤」이 이어받은 것 같다. 때문에 이런 견해를 갖고 있는 사람들은 대부분 「깨어진 항아리」의 존재를 무시해버리고 「추운 밤」을 주요섭의 첫 작품으로 본다.[6]

주요섭은 훗날 자신의 창작활동을 돌이켜 보면서 여러 차례나 처녀작은 1919년 평양 감옥 유년감에서 같은 감옥의 한 성년 수감인에게 온 연애편지를 모방하여 쓴 "쎈티멘탈하고 비극적인 연애소설"이라고 했다. 그리고 감옥에서 나온 이듬해 겨울에 이 단편소설을 『매일신보』 신춘문예 현상모집에 응모하여 3등으로 당선되었음을 밝힌다.[7] 주요섭 본인은 거론한 적 없는 이 작품의 제목이 어떻게 「깨어진 항아리」가 되었는지는 모르겠지만 주요섭이 1919년 연말에 감옥에서 나왔으며 이로부터 이듬해 겨울에 신춘문예에 당선되었다고 하니 등단작이 1921년 『매일신보』 신춘문예에 3등으로 입선된 「깨어진 항아리」라는 말이 나온 것 같다. 그러나 정작 1921년 『매일신보』 신춘문예에서는 「깨어진 항아리」란 작품을 찾을 수 없을 뿐만 아니라 주요섭이 말한 내용의 "쎈티멘탈하고 비극적인 연애소설"도 찾아 볼 수 없다. 대신 1920년 신춘문예에 3등으로 입선한 '질그릇生'이란 사람이 쓴 「임의써난어린벗」이 주요섭이 말하던 작품과 아주 흡사하다. 1920년 신춘문예 '選者'가 쓴 「考選을맛치고」란 선후평을 보면 '질

5　이주미, 「주요섭 소설 연구」, 고려대 석사논문, 2003.
6　한점돌, 「주요섭 소설의 계보학적 고찰」, 『국어교육』, 한국어교육학회, 2000.
7　주요섭, 「나의 문학편력기」, 『신태양』, 1959; 주요섭, 「나의 문학적 회고─재미있는 이야깃군」, 『문학』, 1966.

그릇生'이 곧 주요섭의 필명임을 알 수 있다.[8] 1920년 신춘문예 입선작 「이미 떠난 어린 벗」이 곧 우리가 지금까지 주요섭의 등단작이라고 거론하던 「깨어진 항아리」인 것이다.[9]

주요섭의 처녀작이자 등단작인 「이미 떠난 어린 벗」(『매일신보』, 1920.1.3)은 편지를 속이야기로 하는 액자소설의 형태를 취하고 있다. 친구의 여동생을 사랑한 편지의 주인공 '나'는 혹시 거절당할지도 모른다는 불안감에 시종 사랑을 고백하지 못한다. 그러던 중, 친구의 여동생이 병으로 죽으며 본래 폐병이 있던 '나'도 지나친 슬픔에 건강이 더욱 악화된다. 학교를 그만두고 원산(元山)에 가 휴양하던 '나'는 형에게 이상의 내용을 편지로 남기고 죽는다. 훗날, 먼 여행에서 돌아온 형은 '나'가 편지를 쓰던 원산 추월관(秋月館)에 와 슬픔에 잠겨 이 편지를 읽는다.

친구의 동생을 짝사랑한 '나'와 동생을 잃은 형의 슬픔, 너무나 평범하면서도 간단한 스토리를 주요섭은 서두에서부터 감탄사를 남발하는 등 지나치게 감상적으로 서술하고 있다. 처녀작으로서의 미숙성이 분명한 작품이지만 동시에 주목할 점도 있다. 형식면에서 액자소설이라는 구조를 취함으로써 편지의 내용만으로 이루어질 수 있는 단조로움을 피면하였으며 '나' 외에 '형'이라는 시점을 배치함으로써 편지 속의 일인칭화자가 보여줄 수 없는 '나'에 관한 정보들을 제시해준다. 처녀작에서 보이는 형식면에서의 이런 노력과 실험은 1930년대의 「사랑손님과 어머니」와 같은

---

8 "질그릇生朱耀燮君의 「임의쩌는어린벗」은一人稱으로描寫혼作品이나主觀을揷入치안이혼點과材料의巧妙혼點은可히賞讚홀바이나戀愛小說로는너무空疎혼嫌이업지못ᄒ며描寫가좀不足혼感이잇다. 選者, 「考選을맛치고」, 『매일신보』, 1920.1.3."

9 주요섭의 초기 소설은 '항아리'란 이미지와 많은 연관을 갖는다. 처녀작 「이미 떠난 어린 벗」은 '질그릇生'이란 필명으로 발표되었으며 두 번째 발표작 「추운 밤」은 주인공 병서가 술단지를 깨는 것을 통하여 술만 마시면서 가정을 관계치 않는 아버지에 대한 불만과 분노를 표출했다는 이야기를 다룬다. 「깨어진 항아리」란 제목의 출현은 초기 소설에 자주 등장하는 이런 '항아리'이미지와 관련되는 것 같다. 특히 「추운 밤」과의 관계에 주목해볼 필요가 있다.

작품이 나오게 된 기초가 된다.

작품의 말미를 보면 「이미 떠난 어린 벗」은 1919년 12월 2일에 최종마무리를 한 것으로 되어 있다. 주요섭이 1919년 11월에 출옥한 점을 염두에 두면 「이미 떠난 어린 벗」은 출옥 후 바로 수정 보완하여 「매일신보」에 투고하였음이 분명하다. "감옥에서 나온 이듬해 겨울에 이 단편소설을 『매일신보』 신춘문예 현상모집에 응모하여 3등으로 당선되었다"는 주요섭의 회억은 잘못된 것이다.

주요섭이 상하이(上海)에 간 것은 1921년이다. 1920년 상하이에 갔다는 이왕의 기록은 상하이에 오기 전 일본에 들러 한동안 영어학교에 다닌 경력을 빠뜨렸다. 주요섭은 해방 전의 대부분 시간을 일본, 중국, 미국 등지에서 보내다 보니 이 시기의 연보는 빠뜨린 부분이 많을 뿐만 아니라 잘못 기록된 것도 많다. 이번에 주요섭이 흥사단에 가입한 적이 있음을 확인하였으며 가입 당시의 '흥사단 입단 이력서'를 찾아냄으로써 1902년 출생 당시로부터 1921년 흥사단에 입단하기까지의 행적을 보다 정확하면서도 소상히 알게 되었다. '이력서'에 의하면 이왕에 알고 있던 사립숭덕학교(私立崇德學校) 졸업시간, 상하이에 간 시간 등은 잘못된 것이었다. 그리고 주요섭은 1919년 11월 평양감옥에서 나온 후 한동안 사립숭실대학(私立崇實大學)을 다녔으며 1920년 10월부터 1921년 3월까지는 일본사립 세이쇼쿠영어학교(日京私立正則英語學校)를 다닌 것을 새로 확인했다.[10]

1921년 3월 상하이에 도착한 주요섭은 본래 직접 후장대학(滬江大學) 부속중학교에 입학하려 하였으나 기숙사가 부족하여 같은 재단이 운영하는 수저우 안처엉중학교(蘇州晏成中學校)를 잠간 다니고(1921.4~6) 다시 후장대학 부속중학교에 입학하였다. 1923년 중학을 마친 주요섭은 후장대학에 진학한다. 상하이에서 주요섭은 대부분 기간을 상하이 양수푸 메이저

10　'흥사단 입단 이력서' 전문을 부록으로 제시한다.

우루[上海楊樹浦眉州路]에 위치한 후장대 기숙사에 거주하였다.[11] 후장대학 시절 주요섭의 전공은 영문학이라는 설과 교육학이라는 설이 공존한다. 그러나 주요섭이 미국 스탠포드대학 대학원에서 교육학을 전공하였으며 후장대학 시절부터 「小學生徒의 衛生教育」(『동아일보』, 1925.8.25~11.15), 「공민 강화」(『조선농민』, 1926.4~5) 등 교육 관련 글을 쓴 것으로 보아 후장대학에서도 교육학을 전공한 것 같다.

상하이 시기 주요섭은 상하이한인유학생회[上海韓人留學生會], 상하이한인청년회[上海韓人靑年會] 등 단체에 가입하여 활발히 활동한 동시에 흥사단 원동지부[興士團遠東支部]에도 참여하였다. 1921년 상하이에 도착하여 바로 흥사단에 가입한 주요섭은 흥사단 144호 단원이었으며 후장대학 학생 위주로 구성된 흥사단 원동지부 제18반 반장이었다.[12] 상하이에서의 이상의 행적과 1919년 평양에서 『독립신문』을 제작 배포한 사실이 인정받아 주요섭은 2004년 건국훈장 애족장을 수여받았다.[13]

주요섭은 흥사단 원동대회에 정기적으로 참가하였으며 이 대회에서 개최한 강연회에서 「습관」(1922), 「마르크스와 우리」(1924), 「민족개조는 가능한가」(1925), 「민족주의와 사회주의」(1925) 등 제목으로 강연을 하기도 하였다.[14] 강연문의 내용은 확인할 수 없지만 제목으로 보아 민족주의 단체 흥사단의 주의와 주장을 다룬 것으로 추정된다. 동시에 이 시기 주요섭이 사회주의에도 주목했음을 알 수 있다.

상하이 시기의 주요섭 사상경향을 추정하려면 '상하이 5・30사건[15]'과

---

11 후장대학의 구체적 위치는 중국 인터넷 홈페이지 'www.baidu.com'에서 확인

12 주요섭의 흥사단 가입은 그에 앞서 이미 상하이에서 흥사단에 가입한 형 주요한(1919.5 상하이에 갔으며 1920.2 입단, 104호 단원)과 관계되는 것 같다. 흥사단 가입뿐만 아니라 주요섭의 전반 인생은 주요한으로부터 많은 영향을 받았다.

13 「순국선열・애국지사 148명 훈・포장」, 『조선일보』, 2004.8.14.

14 이상의 흥사단 관련 자료는 한국독립운동사 정보시스템(http://search.i815.or.kr/Main/Main.jsp)에서 찾음.

15 1925년 영국, 일본 등 제국주의자들의 착취에 반대해 상하이 학생, 노동자들이 중국공산

'북벌군의 상하이 진주사건'[16]을 빠뜨릴 수 없다. 이 두 사건은 주요섭이 훗날 쓴 글들에서 여러 차례 반복되어 나온다. '5·30사건' 당시 주요섭은 후장대학 학생들과 함께 상하이 노동자들로 하여금 총동맹파업을 일으키도록 선동하였으며 '북벌군의 상하이 진주사건' 당시에는 장제스(蔣介石, 1887~1975)가 공산당을 탄압할 때 후장대학에 있는 공산당원들의 피신을 도왔다. 그리고 이때 자신이 갖고 있던 근 50권의 좌경사상서적을 불살라 버렸다.[17] 이는 주요섭이 당시 사회주의자들과 함께 어울렸으며 또 사회주의에 공감하였음을 보여준다. 일제의 '동우회사건 기소문'을 보면 이 점이 더욱 명확해 진다.

대정15(1926)년경부터 미국의 곽임대(郭林大) 일파에서는 홍사단이 조선독립의 투사양성 또는 민족의 실력양성을 한 후에 혁명을 단행한다는 것은 미온적임으로써 직접적 혁명단이 되도록 하여야 한다고 주장하고 일방 상해에 있는 홍사단 원동위원부에서는 <u>주요섭 일파가 사회주의로 이행하여야 한다고 주장</u>하며, 다시 조선에서는 주요한 등의 급진분자로부터 수양동우회는 흡사 수양단체와 같은 형태이기 때문에 청년투사의 획득에 곤란함으로써 실력양성주의를 청산하고 정치적 훈련투쟁을 경(經)하여 직접적 혁명운동을 단행하여야 된다고 주장하므로 인하여 안창호는 홍사단운동의 이론통일을 도모하려고 소화2(1927)년 9월 조선으로부터 주요한을 초치 협의한 결과 홍사단 및 수양동우회를 혁명단체로 변혁하는 것은 사회정세의 변전과 함께 와해될 위험이 있는바 홍사단의 운동은 조선의 독립을 달성하는 때까지 계속하지 않으면 안됨<u>으로써</u>. (밑줄－필자)[18]

당의 지도 아래 일으킨 반제운동.

16 1927년 중국 국민당과 공산당 연합의 북벌군은 상하이를 점령했다. 상하이 점령 직후, 장제스(蔣介石)는 연합군 내의 공산당을 숙청하기 시작했다.

17 주요섭, 「상해관전기」, 『삼천리』, 1932.3; 주요섭, 「1925년 5·30」, 『신동아』, 1934.5; 주요섭, 「내가 배운 호강대학」, 『사조』, 1958.11.

주요섭은 '실력양성론'에 반기를 들고 흥사단이 사회주의로 이행하여 직접적 혁명운동을 할 것을 주장한다. 이로부터 상하이에서 주요섭이 비록 민족주의 단체 흥사단에 가입하여 활동하였지만 주요한 사상적 경향은 사회주의였음을 알 수 있다. 이는 또 상하이에서 창작한 작품들이 처녀작과는 판연히 다른 모습을 나타내게 된 사상적 배경이 된다.

사회주의자 주요섭은 민중의 문제에 주목함으로써 처녀작에서 보여주던 감상적인 창작경향에서 벗어난다. 「인력거꾼」과 『살인』은 이 시기의 대표작이다.

「인력거꾼」(『개벽』, 1925.4)은 주요섭이 "후장대학 2학년 재학 때 사회학 교수의 지도로 인력거꾼의 합숙소 현지 조사연구에 나갔다가 너무나 심한 충격[19]"을 받고 쓴 소설이다. 작품이 아찡이의 극히 비위생적인 거주지역에 대한 생생한 묘사로부터 시작되는 것은 이와 무관하지 않다. 8년째 인력거를 끌고 있는 아찡이는 이날도 아침 일찍 일어나 하루 일과를 시작한다. 주요섭은 인력거의 대여에서부터 부동한 신분의 손님을 실어 나르는 과정에 대한 자세한 묘사를 통하여 상하이 인력거꾼의 일상을 핍진하게 보여준다. 동시에 병원에서 접한 기독교에 대한 부정을 통하여 현실의 부조리를 더욱 부각시킨다. 아찡이가 바라는 것은 미래의 큰 행복이 아닌 현실 속에서 좀 더 나은 삶을 살았으면 좋겠다는 소박한 염원뿐이었으나 끝내는 그것마저 실현하지 못하고 과도한 달음박질 때문에 생을 마감한다. 아찡이가 죽은 이튿날 동거자인 뚱뚱보가 또다시 인력거를 끌며 그도 몇 년 후에는 아찡이와 같은 운명에 처할 것이라는 서술을 통하여 주요섭은 아찡이의 죽음이 단순한 개인적 죽음이 아닌 최하층 민중의 공통 운명임을 시사한다.

「인력거꾼」이 생계를 위해서는 육체를 혹사하지 않을 수 없는 인력거

18　재인용 : 김윤식, 『이광수와 그의 시대』 3, 한길사, 1986, 840면.
19　주요섭, 「나의 문학적 회고 ― 재미있는 이야깃군」, 『문학』, 1966.11, 198면.

꾼을 주인공으로 삼았다면 「살인」(『개벽』, 1925.6)은 생계를 위해서는 육체를 팔지 않을 수 없는 창녀를 주인공으로 한다. 「살인」의 주인공 우뽀는 극심한 기근에 쫓긴 부모에 의하여 양귀자(洋鬼子)[20]에게 팔려 정조를 잃으며 끝내는 상하이에 와 창녀가 된다. 3년간 묵묵히 창녀 노릇을 해오던 우뽀는 어느 날부터인가 매일 자신의 집 앞을 지나다니는 한 청년을 발견하고 이 청년을 짝사랑한다. 청년에 대한 사랑은 우뽀의 자의식을 자극하여 자신의 신분과 행위를 반성하게 한다. 주인할미가 우뽀에게 강제로 손님을 받게 하는 것을 계기로 우뽀는 여태껏 자신을 억압하고 착취해온 사람은 주인할미라는 것을 깨닫게 되며 급기야 주인할미를 칼로 찔러 죽이고 유곽에서 뛰쳐나온다.

　「인력거꾼」과 「살인」은 전반부에서는 아찡이와 우뽀의 일상이나 경력을 여실히 그렸으며 후반부에서는 이들의 의식 변화를 보여주었다. 아찡이는 미래의 행복을 제시하는 기독교에 대한 부정을 통하여 현실에서 좀 더 나은 삶을 살았으면 좋겠다는 생각을 분명히 하고 우뽀는 사랑을 통하여 자의식을 발견하고 반항심을 획득한다. 두 작품 모두 주인공의 각성을 구체적인 사건과의 유기적 연관 속에서 그리지 못하고 각성의 계기를 하나의 우발적 사건에 두고 있다. 이는 민중이 처한 객관적 현실과 이들이 취해야할 당위적 행동을 보여주고자 하는 주요섭의 의도가 작품 속에서 하나로 결합되지 못하고 서로 분리되어 나타난 것이다.

　「인력거꾼」과 「살인」은 이처럼 구성에서는 유감을 남겼지만 인력거꾼이나 기생과 같은 최하층 민중의 삶을 그렸다는 소재적 측면에서는 주목을 요한다. 알다시피 이 시기 주요섭은 사회주의를 수용하고 있었으며 '5·30사건' 당시에는 후장대학 학생들과 함께 상하이 노동자들로 하여금 총동맹파업을 일으키도록 선동하는 등 활발한 활동을 하였다. 사회주의

20　동양(東洋) 사람이 서양(西洋) 사람을 가리켜 부르던 말.

자 주요섭은 인력거꾼이나 기생과 같은 하층 민중의 삶을 소재로 하여 현
실의 부조리를 밝히고 현실에 대한 부정과 이로부터의 탈출이라는 자신
의 계급적 이념을 보여주었다. 때문에 상하이 시기 주요섭의 문학을 신경
향파로 보는 것은 문제가 있다.

「살인」이 발표된 직후, 김기진(金基鎭, 1903~1985)과 박영희(朴英熙, 1901~?)는
각기 평론을 발표하여 최서해(崔曙海, 1901~1932)의 「기아와 살육」(1925.6)과 주
요섭의 「살인」(1925.6)을 예로 들면서 최근의 창작계에 주인공이 살인을 하
든지 아니면 자살을 하는 것으로 최후를 맞이하는 새로운 경향의 작품들
이 나오는바 이것을 신경향의 문학이라고 할 수 있다고 했다.[21] 그 이후로
오늘에 이르기까지 「살인」이나 「인력거꾼」을 비롯한 상하이 시기 주요
섭의 문학은 신경향파문학으로 불리는 것이 보편화되어 있다.

'신경향파문학'이라는 말은 한국에서만 사용하는 것으로서 "'新'을 강조
한 것인지 '傾向'을 역살한 것인지 분간하기 어려울 만큼 객관적 지시성이
약하다."[22] 주요섭과 최서해는 여러 가지로 다른 작가이다. 최서해의 문학
은 체험의 문학이다. 최서해는 만주에서의 자신의 밑바닥 체험을 바탕으
로 종래의 한국 근대문학에서 찾아볼 수 없는 민중의 삶을 소재로 한 작품
을 창작하였다. 이때 작품의 소재로 사용된 민중의 삶은 곧 작가 자신이
체험한 삶이기도 하다. 민중의 자연발생적인 분노와 불만을 그렸다는 점
에서 최서해의 작품은 이왕의 작품들과 다른 '신경향적' 소설이라 할 수 있
다. 그러나 주요섭은 평양의 부유한 목사의 가정에서 태어났으며 당대 최
고의 교육을 받은 지식인이다. 주요섭에게 민중의 삶은 체험적인 것이
아니라 심정적 동조였다. 주요섭에게 인력거꾼이나 기생의 삶은 불합리
한 사회적 현실을 폭로 비판하는 소재였으며 주인공의 죽음이나 살인은

---

21   김기진, 「文壇最近의一傾向」, 『개벽』, 1925.7; 박영희, 「新傾向派의文學과 그 文段的地位」,
      『개벽』, 1925.12.
22   조남현, 「'傾向'과 '新傾向派'의 거리」, 『인문논총』 24호, 서울대 인문학연구소, 1990, 1면.

현실비판의 역도를 강화하는 수단이었다. 때문에 이 시기 주요섭의 문학은 신경향파문학보다도 동반자문학에 가깝다.

「인력거꾼」과 「살인」을 보면서 또 하나 주목할 점은 상하이라는 배경과 중국인이라는 주인공의 신분이다. 한국의 근대문학 작가들 중에는 최서해나 강경애, 안수길처럼 만주에서 장기간 생활하거나 이태준, 김동인처럼 만주에 잠깐 다녀오고 만주를 배경으로 훌륭한 작품을 쓴 사람은 많으나 만주 이외의 중국 지역을 배경으로 작품을 썼으며 나아가 그 작품이 한국의 근대문학에서 일정한 중요성을 가진 경우는 적다. 그리고 한국의 근대문학 작품 중에 나오는 중국인은 대부분이 부차적인 인물이며 나아가 부정적인 인물이다. 「인력거꾼」과 「살인」은 상하이를 배경으로 하였으며 중국인을 주인공으로 설정하고 이들의 삶을 그렸다. 이는 한국 근대문학의 배경 확장과 인물의 다양화에 일조하였다고 볼 수 있다. 사회주의자 주요섭이 중국인을 주인공으로 설정하여 작품을 창작하였으며 이를 조선의 독자들에게 보여준 것은 당시에 만연하였던 프롤레타리아 국제주의와도 일정한 관계가 있는 것 같다.

상하이 시기, 주요섭이 민중의 삶을 소재로 하여 강한 사회성을 지닌 작품 창작에 주력한 것은 사실이나 일부 예외도 있다. 상하이에서 창작한 유일한 중편소설인 「첫사랑 값」(『조선문단』, 1925.9~11, 1927.2~3)이 바로 그렇다. 「첫사랑 값」은 형식이나 내용면에서 등단작 「이미 떠난 어린 벗」과 많은 유사성을 갖는다. 「이미 떠난 어린 벗」이 편지를 속이야기로 한 액자소설의 형태를 취했다면 「첫사랑 값」은 일기를 속이야기로 한 액자소설의 형태를 취하고 있다. 일기의 주인공인 유경이는 중국 상하이에 유학 중인 조선인 학생이다. N이라는 중국인 여학생을 사모하는 유경이는 연정의 마음과 민족적 사명의식 사이에서 고민한다. 방학을 맞아 고향 평양에 돌아온 유경이는 유치원 교사 K와 약혼하지만 시종 N을 잊지 못한다. 예고된 마지막 회가 실리지 않아 유경이가 자살하게 된 구체적인 원인과 그간의 경과를 알 수 없으나 유경이가 유품으로 남긴 일기책을 읽고 있는 액자 밖의 서술자 김만수의 시선에 의하여 유경이가 거대한 고민과 번뇌 속에서 죽어갔음이 나타난다.

「이미 떠난 어린 벗」의 '나'가 사랑을 고백할 수 없는 원인을 단순히 거절당할지 모른다는 두려움에서 찾았다면 「첫사랑 값」의 유경이는 그 두려움이 나타나게 된 원인을 한·중 양국의 문화적 차이와 자신의 미천한 경제력이라는 구체적인 실체로부터 찾으며 나아가 자신은 민족적 사명감을 갖고 있다는 보다 중요한 이유로 사랑을 자제한다. 「첫사랑 값」은 내용이나 형식상에서 모두 「이미 떠난 어린 벗」보다 한층 성숙되었다.

3. 미국유학과 환멸

1927년 6월 주요섭은 상하이에서 중국 여권을 갖고 미국으로 떠났다. 여권을 내기 위하여 1927년 봄 주요섭은 중국 시민으로 입적하여 '귀화증'을 탔다. 이 '귀화증'은 1943년 봄 중국 베이핑[北平][23] 주재 일본 영사관 경찰서 특고계 형사에게 압수당했다.[24] 주요섭이 1930년대 후반 베이핑의 부런대학[輔仁大學]에서 장기간 교수로 근무할 수 있었던 것도 이 '귀화증'이 있었기에 가능한 것이 아닌가 싶다.[25]

1930년 2월 6일 『동아일보』는 「朱耀燮氏還鄕-미국에필업후」라는 기사

---

23   당시 베이징[北京]을 베이핑이라 불렀다.
24   주요섭, 「다시 타향에서 들여다본 조국」, 『신동아』, 1964.10, 64면.
25   당시 중국에서 활동하던 독립운동가들이나 중국에 장기 거주하며 일을 보던 사람들은 활동의 편리를 위하여 '귀화증'을 내는 경우가 많았다. '귀화증'을 내면 중국 공민으로 인정되어 일제의 탄압으로부터 좀 더 자유로울 수 있었다.

를 통하여 미국에서 스탠포드대학 교육과를 졸업하고 문학사의 학위를 받은 주요섭이 1930년 2월 4일 오후 3시에 평양에 도착하였으며 앞으로의 타산은 우선 조선 각지를 다니며 시찰한 후 출판사업에 종사하는 것이라는 사실을 보도한다. 이로 보아 1929년에 조선으로 돌아왔다는 이왕의 기록은 잘못된 것임을 알 수 있다.

귀국할 때의 예산대로 주요섭은 당시『동아일보』편집국장인 형 주요한(朱耀翰, 1900~1979)의 도움으로 1931년부터『신동아』의 주간을 맡게 된다. 조선에서 출판인으로 있는 4년 사이 주요섭은『동아일보』,『신동아』,『신가정』등 신문·잡지에 백여 편의 수필과 평론을 발표한다. 수필은 대부분 자신의 신변잡기를 다루었으며 평론은 여성과 아동의 교육과 관련되는 문제를 위주로 언급하고 국제정세와 세계 각국에 대한 소개도 적지 않게 진행하였다. 그리고 이 시기 아동교육에 관한 몇 편의 연구논문도 작성하였다. 때문에『삼천리』1932년 5월호의「文壇雜話-亞米利加系의 부진」이란 글에 보면 미국에서 공부를 하고 온 지식인들의 전체적인 부진을 지적하면서도 유독 주요섭만은 나름대로 활약한다고 한다.

활발한 평론 활동과는 반대로 소설 창작은 상대적으로 뜸한 편이었다. 이 시기 주요섭이 창작한 소설 중에서 주목을 요하는 것은「유미외기」와『구름을 잡으려고』이다. 이 두 편은 주요섭의 의식세계와 작품경향의 변화를 추정해보는 데 유용할 뿐만 아니라 한국 소설의 배경 확장과 소재의 다양화라는 점에서 모두 가치를 갖는다.

「유미외기(留米外記)」(『동아일보』, 1930.2.22~4.11)는 이전(李栓)이라는 고학생(苦學生)의 힘든 미국 생활을 보여준다. "돈도 벌겸 공부도 할겸"이라는 낭만적인 생각으로 미국에 온 이전은 고학 생활 3년에 대학을 졸업하지만 8백 달러의 빚을 진다. 빚을 갚기 위하여 이전은 공부를 계속하는 것을 포기하며 미국에 남아 불법 체류하여 돈을 번다. 주요섭은 이전의 취직활동을 통하여 미국사회를 다각도로 그려낸다. 동시에 이전의 친구 곽군, 박군, 황군 등 고학생들의 현황을 통하여 한인 유학생사회의 일면을 보여주기도 한다.

> 共通한 意見의 歸結은 이러햇다. '米國文明에는 機械發達'外에는 다른 아모것도 업다. 그럼으로 工學이나 機械學을 學習하려는 이는 잠간와서 實習해가면 有利할 것이다. 그 外에는 朝鮮靑年으로 留米할 다른 아모런理由도 업다. 더욱이 苦學으로 오는 것은 愚者의 짓이다.[26]

한인 청년들이 크리스마스에 가진 모임에서 의견의 일치를 보았다는 이상의 견해는 방금 미국유학을 마치고 귀국한 주요섭 자신의 미국문명과 고학생활에 대한 생각이기도 하다.

「유미외기」가 미국 유학생의 생활을 보여준다면 주요섭의 첫 장편소설인 「구름을 잡으려고」(『동아일보』, 1935.2.17~8.4)는 미국 이주노동자의 일대기를 그리고 있다.[27] 돈을 벌기 위해 인천에서 미국행 배를 탄 주인공 박준식은 엉뚱하게 멕시코 목화농장에 노예로 팔려간다. 4년간 고통의 나날을 보낸 박준식은 홍인종 아리바의 도움으로 끝내 미국 본토에 도착한다. 미국에서의 거듭되는 좌절에 낙망하여 무절제한 생활을 하던 중 준식이는 민족지도자의 감화로 새 출발을 하며 조선 여성과 사진결혼으로 가정까지 꾸린다. 그러나 아내는 다른 남자의 아이를 낳으며 또 그 아이를 남겨두고 한 조선 유학생과 눈이 맞아 달아난다. 비록 친자식은 아닐지라도 준식이는 아들 지미를 키우면서 잘 살아보려고 열심히 노력하지만 하는 일마다 실패하며 끝내는 극도의 낙망 속에서 죽어간다.

『구름을 잡으려고』는 "미국에 사는 교포들의 경험담과 내가 직접 겪은

---

26 『동아일보』, 1930.4.10.
27 『구름을 잡으려고』는 1930년대 초 조선에 있을 때 미리 쓴 것을 1935년 베이핑에서 『동아일보』에 연재하였다. 주요섭, 「나의 문학적 회고 — 재미있는 이야깃군」, 『문학』, 1966.

것을 토대로 한 일종의 다큐멘타리 소설"[28]이라는 것이 주요섭의 훗날 증언이다. 준식이를 통하여 미국 이주노동자의 생활 모습을 실감나게 그려내는 동시에 주요섭은 또 작품의 곳곳에서 미국에 있는 민족지도자들의 존재를 드러낸다. 『구름을 잡으려고』에 나타나는 민족지도자들은 당지의 한인노동자들을 인도하여 진취적인 삶을 살아가게 하며 협회를 조직하고 신문을 꾸려 민족의식을 고취하기도 한다. 그러나 이와 동시에 여러 파벌로 나뉘어 서로가 상대방을 헐뜯으며 공격하는 부정적인 모습도 보인다. 민족지도자들의 이런 부정적인 이미지는 「유미외기」에서도 나타난다.

사회 최하층에서 힘겹게 살아가는 인물을 그린다는 소재적 측면에서 이상의 두 소설은 1920년대의 작품들과 유사성을 갖지만 그 취급 방법은 확연히 다르다. 『구름을 잡으려고』와 「유미외기」는 리얼리즘적인 방법으로 재미 한인 유학생과 노동자의 삶을 여실히 보여줄 뿐 작가의 개입은 극도로 자제하고 있다. 미국 유학 당시와 귀국 직후에 쓰인 아래의 수필들은 이런 변화가 나타난 원인을 찾아보는 데 일정한 도움을 준다.

내가 직접 勞動者가 되어보기 전에 勞動階級云云 하는 것은 잠꼬대에 지나지 안는 줄 알엇슴니다. 내가 직접 勞動者가 되여보고 쏘 간간 業이업서서 배골아 가지고 거리로 나아가 방황하며 음식집유리창을 물끄럼히 들여다 보고서 잇쓸째 그째에야 참으로 勞動階級의生活이 엇더하다는 것을 깨닷게 됨니다. 지금에 와서 저는 뢰동게급을 위하야 일하는 사람이 될 것이 안이고 뢰동게급과 함께 일하는 사람이 될수잇는것임니다. 곳 자선사업에서 써나서 내일을 하게 되엇다는 말임니다.

미국은 資本主義發達의 그極에 달햇다고 보겟슴니다 그러나 無産階級의 XX은 아직 멀다고 봄니다. 이好경기가 게속되는동안 無産階級도 먹다남긴 부스럭이

---

28   위의 책, 198면.

를 주어먹으나마 부스럭이가 흔하니짜 배를 채울수 잇는 동시에 시재 배가 곱
프지 안으니짜 根本的變革을 생각하지 못하는 모양임니다.[29]

그대의우리네 靑年……아직幻滅을 늣겨본일이없는 希望에불타는愛X靑年들이
엇다.……커다란幻滅을늑긴후 熱情이식고 希望이죽은 산송장가튼몸. 十年前그날
에품엇든 抱負는 하나도 實現된것이 없이 그날熱烈히 論하든 이야기는 記憶쫓차슬
어질만침된 精神的으로 衰殘하야버린 나自身! 지금 혼자안저서 이글을 追憶삼아
쓰고 안저잇는 우서운 나!……이네사람은 인제는同窓도안이오同志도안이오.[30]

幻滅을 느끼기기前 타는 靑春의 情熱이 물불을 헤아리지 않을때 희망의 불꽃이
가슴을 뻐개는듯한 그時節과 또 그時局.[31]

계급투쟁보다도 경제투쟁에 열중하는 미국 노동자들의 현황을 보았을
때, 자신이 직접 노동자가 되어 일을 해 보고 또 처음으로 경제적으로 궁
핍한 삶을 체험했을 때 주요섭은 지난날에 가졌던 많은 생각들이 비현실
적이었음을 깨닫는다. 그리고 이 시기 주요섭은 또 거대한 환멸을 느낀
다. 주요섭이 환멸을 느낀 정확한 원인은 알 수 없지만 미국에서 보아온
민족지도자들의 당파싸움과 공동의 이상을 갖고 민족운동에 몸담았던
친구들의 변화 및 자신이 믿어오던 이론의 비현실성의 발견 등과 관련되
는 것 같다. 한마디로 이때 주요섭은 상하이 시기에 비하여 보다 냉철한
현실인식을 가졌으며 이는 그의 작품 속에서 급진적이면서도 관념적인
요소들을 제거하였다.

---

29   주요섭, 「米國의思想界와在美朝鮮人」, 『별건곤』, 1928.12, 160면.
30   주요섭, 「십년과 네 친구」, 『신동아』, 1932.12, 120면.
31   주요섭, 「晏成中學時節」, 『학등』, 1934.4, 25면.

4. 베이핑 생활과 예술성의 강화

1934년 9월 28일발 『동아일보』는 「輔仁大學敎授에朱燿燮氏就任」 라는 기사를 통하여 일전에 사정에 의하여 동아일보사를 사임한 주요섭은 지금 베이핑 부런대 교수로 피임되어 재직 중이며 담당과목은 '교육학'과 '서양문학'이라 밝히고 있다.

주요섭이 서울을 떠난 것은 1934년 9월 6일이었다. 당시 노산 이은상(李殷相, 1903~1982)이 그를 중국 선양(沈陽)까지 바래주었다.[32] 베이핑에서 주요섭은 '北京東城米市街靑年會寄宿舍(베이징 뚱청미스제 청년회기숙사)'에 거주하였다.[33] 부런대 교수로 있던 1938년, 주요섭은 베이핑 주재 일본 영사관에 불려가 조사를 받았다. 이때의 조사 기록서를 보면 일제는 주요섭을 '左翼思想抱持者(民思抱)'로 분류하고[34] "민족주의를 품고 있는 자로서 중국에 있는 조선인과 연락하여 불법행위를 할 우려가 있어 주의중임"이라 적고 있다.[35] 주요섭이 상하이 시기에 흥사단을 비롯한 각종 단체에 가입하여 활발히 활동한 반면에 상하이를 떠난 후에는 상대적으로 안정적인 삶을 산 것으로 보아 베이핑에서 주요섭에 대한 일제의 주목과 감시도 주요하게 상하이 시기의 행적 때문인 것 같다. 그리고 미국 유학을 거치면서 급진적 경향이 많이 약화되었으나 사회에 대한 비판의식을 계속하여 유지하고 있던 것도 일제가 베이핑에서 주요섭의 행적을 늘 예의주시한 원인이 되겠다.

베이핑에 오기 전 주요섭은 매일매일 계속되는 다망한 업무 때문에 정

---

32   주요섭, 「沈陽城을 지나서」, 『신동아』, 1935.2.
33   奧平康弘 편, 『昭和思想統制史資料』 24, 고려서림, 1991, 222면.
34   위의 책, 172면.
35   위의 책, 222면. (번역 – 필자)

신이 극도로 긴장되어 이런 상태가 계속되면 신경과민이 올 것만 같았다. 그리고 이 시기 자신의 창작에 대하여 극도로 회의를 느꼈다. 때문에 조선에서의 모든 일을 버리고 베이핑으로 오면서 다시는 창작에 손을 대지 않기로 결심했다.[36] 부런대학에서의 교수 생활은 그에게 물질적, 시간적 여유를 가져다주었다. 그리고 1936년에는 베이핑에서 신가정사의 여기자 김자혜(金慈惠)와 결혼함으로써 단란한 가정까지 이루었다. 때문에 주요섭은 "地球의 約三分之一쯤은 편답해본 經驗이 있거니와 이 北平에서처럼 몸과 정신과 마음의 平和를 누려본 경험이 일즉없었다"[37]고 했다. 이런 생활의 안정은 또다시 그의 창작 의욕을 자극하였다. 주요섭은 원고청탁에 의하여 베이핑을 소개하는 글을 쓰는 것을 시작으로 본격적인 창작 활동을 재개했다.

대표작 「사랑손님과 어머니」와 「아네모네의 마담」은 바로 이 시기에 쓰인 것이다. 「사랑손님과 어머니」(『조광』, 1935.11)는 여섯 살 난 어린 소녀 옥희의 시선으로 어머니와 사랑손님 사이의 사랑을 그리고 있다. 친구의 아내를 사랑하나 도덕적 이유 때문에 그 사랑이 불발로 그치고 만다는 점에서 「사랑손님과 어머니」는 강경애의 「번뇌」(1935.6~7)와 일치하다. 그러나 「사랑손님과 어머니」는 아이의 시선으로 어른의 사랑을 관찰한다는 독특한 시점을 사용함으로써 의외의 미학적 효과를 거둔다. 작품에서 옥희는 관찰자인 동시에 매개자이기도 하다. 어머니와 사랑손님은 모두 옥희를 이용하여 상대방을 이해하며 또 서로의 마음을 전달한다. 달걀, 꽃, 편지와 같은 사랑의 징표들은 모두 옥희를 통하여 오간다. 「사랑손님과 어머니」는 또 여러 가지 소품을 효과적으로 활용하고 있다. 특히 풍금은 어머니의 심경 변화를 잘 보여준다. 아버지가 돌아가신 후 한 번도 타지

---

36 주요섭, 「上海 '特急'과 北平」, 『동아일보』, 1934.11.11; 주요섭, 「나의 문학편력기」, 『신태양』, 1959.6.

37 주요섭, 「北平雜感」, 『백민』, 1937.6, 33면.

않았던 풍금을 사랑손님이 온 후 다시 꺼내 타다가 사랑손님이 가게 되니 또다시 간직해 둔다. 여기서 풍금은 어머니의 사랑을 의미한다.

「아네모네의 마담」(『조광』, 1936.1)은 다방 마담 영숙이의 짝사랑을 그리고 있다. 영숙이는 매일 다방에 찾아오는 한 학생을 사모하게 된다. 그 학생의 눈길을 끌기 위하여 영숙이는 학생이 좋아하는 '미완성 교향곡'을 자주 틀어주기도 하고 또 당시의 조선 여성으로서는 보기 드문 귀걸이를 끼기도 한다. 그러나 학생이 카운터 쪽을 바라본 것은 영숙이를 보기 위한 것이 아니라 그의 뒤에 있는 〈모나리자〉 그림을 보기 위한 것이었다. 자신의 사랑이 오해에서 비롯된 짝사랑이었음을 알게 된 영숙이는 귀걸이를 떼어내고 다시 평범한 일상으로 돌아온다. 「아네모네의 마담」에도 「사랑손님과 어머니」와 마찬가지로 주변의 도덕적 시선에 대한 의식 때문에 겪게 되는 사랑의 좌절이 있다. 학생과 교수 부인의 사랑이 바로 그렇다. 작품 속에서 영숙이와 학생의 사랑은 모두 미완성에 그치고 만다. 또 하나 주목을 요하는 것은 구성상에서 서프라이즈 엔딩을 사용한 것이다. 주요섭은 영숙이의 시점에서 이야기를 전개해나가다 나중에 영숙이도 모르던 또 하나의 사건을 제시함으로써 이야기를 반전시킨다. 그러나 이러한 구성은 독자들에게 신선함을 주는 동시에 전반부와 후반부가 부동한 시점에 의하여 서술됨으로써 초점이 흐려지는 단점이 있다.

「사랑손님과 어머니」와 「아네모네의 마담」은 비록 남녀 간의 사랑이라는 평범한 소재를 다루었지만 독특한 시각, 구성 및 생동한 묘사로 인하여 주요섭의 대표작으로 인정된다. 시각이나 구성과 같은 작품 형식에 대한 중시와 사랑이라는 소재에 대한 관심은 등단작 「이미 떠난 어린 벗」(1920)으로부터 보이며 이는 1920년대 중반의 「첫사랑 값」 등 작품을 통하여 1930년대의 「사랑손님과 어머니」와 「아네모네의 마담」으로 명맥을 이어오고 있다.

「사랑손님과 어머니」와 「아네모네의 마담」은 이 시기 주요섭 문학의 최고수준을 대표하는 작품임은 틀림없으나 문학 전체를 대표하는 것은 아니다. 1920년대에 비하면 많이 약화된 형태이지만 주요섭은 베이핑에서도 시대와 사회에 대한 관심을 보이며 이를 작품화하였다. 양적인 면에서는 이 부류의 작품이 훨씬 많다.

베이핑에서 쓴 작품의 절반 정도가 중국을 배경으로 중국에 거주하고 있는 조선인을 다루거나 조선을 배경으로 하되 재중 조선인과 관련되는 작품임에 주목해볼 필요가 있다. 주요섭은 베이핑에 거주하면서 재중 조선인의 삶을 국내에 전하는 동시에 외부의 시각에서 국내의 변화를 보여준다.

「북소리 두둥둥」(『조선문단』, 1936.3)은 북간도 독립운동가 유족의 이야기를 다룬다. 인선이 아버지는 인선이가 태어나던 날 새벽 총출동을 알리는 북소리를 듣고 '한사람 있구 없는 데 승부가 달렸'다며 총을 메고 나갔다가 전사한다. 어머니를 따라 조선에서 생활하였으나 인선이는 십여 살 되던 때부터 가끔 자신을 부르는 북소리가 들린다는 환각에 빠지더니 스무 번째 생일날 저녁에는 아버지와 같은 '한사람'이 되겠다며 어디론가 정처 없이 떠난다. 이야기가 조금 비현실적인 감은 있으나 1930년대 중반이라는 사회적 조건하에서 20년 전과 같은 생각과 각오로 투쟁을 이어가려는 사람이 있음을 보여준다는 점은 긍정할 바이다. 이야기의 서술자인 '나'가 자기의 아들도 지금은 멋모르고 북을 두드리나 앞으로 인선이와 같은 길을 선택할지도 모른다고 하는 것은 인선이와 같은 '한사람'이 앞으로도 계속 나타날 것임을 보여준다.

「봉천역 식당」(『사해공론』, 1937.1)은 해외 출입이 잦아 봉천역을 자주 거치던 화자 '나'가 역내 식당에서 9년 동안에 4차례나 목격한 한 조선 여성의 급격한 변신과 몰락에 경악한다는 이야기이다. 당시 조선에서 육로를 통하여 중국 관내로 가는 경우 대부분 신의주(新義州)→안동(安東)→봉천(奉天)의 코스를 밟으며 봉천에서 다시 관내의 각지로 이동한다는 점과 주요섭이 「봉천역 식당」을 쓰기까지 이미 중국 상하이와 베이핑에서 십여 년 생활한 점을 염두에 두면 이 작품은 주요섭이 다년간 봉천역을 다니면서 보아온 재중 조선인의 삶을 한 여성의 몸에 집약시켜 서술한 것이라 볼 수 있다. 때문에 '나'는 이 여성을 보면서 "해외로 떠도는 조선여성의 한 타입의 표본을 눈앞에 앉히고 보고있는 것같이 생각"된다.[38]

「의학박사」(『동아일보』, 1938.5.17~25)는 장기간 외국생활을 하다 귀국한 '나'의 눈을 통하여 의학박사 채동일의 변화를 보여준다. 20년 전에는 환자에 대한 사랑과 관심을 지니고 문제의 원인을 주관으로부터 찾던 채동일이 오늘날에는 원인을 설비의 부족 등 외부적 환경에서 찾으며 환자에 대해 불만을 토로하는 대비를 통하여 기술은 숙련되었지만 도덕적으로 타락한 모습을 그린다. 그리고 이런 채동일의 변화를 비판하는 '나'에 대하여 여동생이 작가인 '나'가 창작에 대한 열의도 채동일이 환자에 대한 태도의 변화에 못지않게 변했음을 지적하는 것을 통하여 이 시기 전반 조선인 사회에 만연된 도덕적 타락과 해이를 꼬집는다.

이상 작품의 특점은 일정한 시간적 차이를 두고 나타난 두 개의 조선인 사회 모습이다. 이때 조선인 사회는 조선 국내와 재중 조선인 사회를 모두 망라한다. 이는 주요섭이 베이핑에서 생활하면서 창작한 것과 무관하지 않다. 아버지의 뒤를 이어 아들 인선이가 '한사람'이 되기 위하여 나선다는 「북소리 두둥둥」처럼 시간이 흐를지라도 변치 않는 모습으로 나타나는 경우도 있지만 대부분의 경우 변화된 모습을 보여준다. 이때의 변화는 긍정적인 방면으로의 변화가 아니라 부정적인 방면으로의 변화이다. 변화의 결과는 도덕적으로 타락하거나 물질적으로 몰락한 모습이다.

1920년대 중엽, 상하이에서 사회주의에 심취한 주요섭은 자신의 실제 생활과는 거리가 있는 민중의 삶을 계급적 시각으로 작품화하였다. 그러나 1920년대 말엽의 미국행은 주요섭에게 지난날의 많은 생각들이 비현실적이었음을 깨닫게 하였으며 나아가 보다 냉철한 현실인식을 가져다

---

38 주요섭, 「봉천역식당」, 『사해공론』, 1937.1, 68면.

주었다. 때문에 이때로부터 그의 작품들은 현실에 대한 관심과 비판의식을 유지하면서도 급진적이고 관념적인 요소들을 버렸다. 그리고 소재를 자신이 직접 체험하였거나 자신이 속한 계층의 생활에서 찾았다. 이처럼 작품의 사회성이 약화되면서 강화된 것이 형식과 예술성에 대한 중시이다. 그리고 이런 작품의 형식과 예술성에 대한 중시는 1930년대 중엽에 처음으로 나타난 것이 아니라 처녀작에서부터 줄곧 추구하고 실험해온 것이라는 점에 주목할 필요가 있다.

5. 결론

한국의 근대작가들 중에서 주요섭은 해외체험이 가장 풍부한 작가이다. 장기간의 해외체험을 바탕으로 주요섭은 다양한 경향의 작품을 창작하였다. 그러나 이런 다양성에 비하여 주요섭 문학에 관한 연구는 「사랑손님과 어머니」를 중심으로 하는 몇몇 대표작에 국한되어 있다. 이는 주요섭의 생애사나 의식세계가 밝혀진 것이 적고 나아가 작품 목차마저 제대로 정리되지 못한 기초자료의 부실에 그 원인이 있다.

이에 본고는 '흥사단 입단 이력서'등 주요섭의 생애와 관련되는 여러 자료를 새로 발굴하여 이왕의 생애사에서 잘못된 부분을 바로잡는 동시에 많은 내용을 보충하였다. 그리고 새로운 자료의 발굴과 정리에 기초하여 주요섭의 의식세계에 좀 더 가까이 다가가고자 노력하였다. 1920년대의 주요섭은 비록 민족주의 단체 흥사단에 가입하여 활동하였지만 강렬한 사회주의 의식을 갖고 있었다. 그러나 이런 사회주의 의식은 미국유학을 거치면서 약화되었다. 1930년대 주요섭의 사상경향은 조금 더 구체적으로 따져봐야겠지만 사회주의와 민족주의 의식을 동시에 가졌으며 그 가운데서 사회주의적 경향이 강했던 것 같다. 이외 본고에서는 언급하지 않았지만 주요섭의 의식세계를 추정하면서 빠뜨릴 수 없는 것이 기독교의 영향이다. 주요섭은 평양 목사의 아들이다. '요섭'이라는 이름도 성경에 나오는 '요셉'의 이름을 따서 지은 것이다. 상하이의 후장대학교, 베이징의 부런대학교 등 주요섭이 다닌 대학교를 보면 모두 기독교대학이다. 주목을 요하는 것은 사회주의에 심취한 1920년대의 작품(「인력거꾼」, 「천당」 등)들을 보면 주요섭은 기독교를 부정, 비판하고 있다. 그러나 사회주의적 경향이 약화된 1930년대 이후의 작품에서는 기독교에 대한 비판이 사라진다. 기독교와 주요섭 문학 사이의 관계는 앞으로 좀 더 깊이 논의되어야 할 문제이다. 한마디로 주요섭의 의식세계는 민족주의, 사회주의, 기독교에서 그 뿌리를 찾아 볼 수 있으며 부동한 시기에 따라 일정한 변화를 거치지만 해방 전에는 사회주의적 경향이 강하였다.

본고는 이왕의 작품 연보에 잘못된 부분이 많음을 감안하여 해방 전의 창작소설 목차를 새로 작성하였다. 원문과의 비교 대조를 통하여 이미 알려진 작품 중에서 서지사항이 잘못된 것을 바로잡은 동시에 등단작 「이미 떠난 어린 벗」을 발굴해냈다. 「이미 떠난 어린 벗」의 발굴은 주요섭의 등단작에 대한 오해를 풀었으며 1920년대와 1930년대 작품 경향 변화의 원인을 이해하는데 중요한 단서를 제공했다.

1920년대 주요섭은 「인력거꾼」, 「살인」 등 사회성이 강한 작품을 위주로 발표하였다. 1930년대 초부터 작품 속에서 급진적이고 관념적인 요소들을 배제하고 현실을 리얼리즘적으로 반영하는 데 중심을 두었다. 이런 과정을 거쳐 1930년대 중엽에 이르러서는 사회성이 많이 약화된 반면 예술성이 강화된 「사랑손님과 어머니」, 「아네모네의 마담」 등 작품이 탄생하였다. 「사랑손님과 어머니」와 「아네모네의 마담」은 등단작 「이미 떠난 어린 벗」과 1920년대의 유일한 중편 「첫사랑 값」과 소재와 형식면에서 맥락을 같이 한다. 때문에 1930년대 중반에 예술성이 짙은 작품이 창작된 원인을 단지 주변 환경의 변화에만 돌린 이왕의 견해는 재고해야 한다.

　주요섭은 장기간 외국에서 생활하면서 당지 조선인의 삶을 작품화한 동시에 당지인도 작품에 등장시킴으로써 한국문학의 배경 확장 및 소재의 다양화에 일조하였다. 주요섭은 이미 연구된 것보다 앞으로 연구해야 할 바가 더욱 많은 작가이다. 우선 해방 후의 창작소설을 포함한 전반 작품에 대한 정확한 목차의 정리가 시급하다. 그리고 상하이나 베이징을 배경으로 하는 작품들과 당시 중국문학 작품들과의 비교 연구도 필요하다. 특히 「인력거꾼」이나 「살인」과 같은 1920년대의 작품과 당시 상하이에서 활동한 중국 좌익작가들의 작품 비교는 의의 있는 연구가 될 것이다. 이외 재미 한인의 삶을 그린 작품들과 아동문학에 대한 연구도 좀 더 깊이 진행해볼 가치가 있다.

『동아일보』,『조선일보』,『매일신보』,『신동아』,『신가정』,『개벽』 등.
한국역사종합시트템(http://www.koreanhistory.or.kr)
한국독립운동사 정보시스템(http://search.i815.or.kr/Main/Main.jsp)
국가전자도서관(http://www.dlibrary.go.kr)

김영화,「사회와 인간－주요섭론」,『월간문학』 10, 월간문학사, 1979.
김용성,『한국 현대문학사 탐방』, 현암사, 1984.
김윤식,『한국 근대문예비평사 연구』, 일지사, 2006.
손과지,『상하이 한인사회사』, 한울, 2001.
이어령,『한국작가전기 연구』하, 동화출판공사, 1980.
임윤정,「주요섭 소설에 대한 연구」, 연세대 석사논문, 1990.
이주미,「주요섭 소설 연구」, 고려대 석사논문, 2003.
이주일,「주요섭의 단편소설고」,『어문논집』, 중앙어문학회, 1976.
______,「주요섭론」,『한국현대작가연구』, 국학자료원, 2002.
이태동,「주요섭 평전」,『주요섭 미완성』, 벽호, 1992.
장춘식,『해방 전 조선족 이민소설 연구』, 중국민족출판사, 2004.
진영영,「주요섭 문학의 비판적 분석」, 이화여대 석사논문, 1971.
한점돌,「주요섭 소설의 계보학적 고찰」,『국어교육』, 한국어교육학회, 2000.
허계숙,「주요섭 연구」, 연세대 석사논문, 1984.
奧平康弘 편,『昭和思想統制史資料』 24, 고려서림, 1991.

	작품명	게재지	연재일
1	「이미 떠난 어린 벗」	『매일신보』	1920.1.3
2	「추운 밤」	『개벽』	1921.4
3	「죽엄」	『신민공론』	1921.7
4	인력거꾼	『개벽』	1925.4
5	살인	『개벽』	1925.6
6	첫사랑 값	『조선문단』	1925.9~11, 1927.2~3
7	영원히 사는 사람	『신여성』	1925.1
8	천당	『신여성』	1926.1
9	개밥	『동광』	1927.1
10	유미외기(留美外記)	『동아일보』	1930.2.22~4.11
11	할머니	『우라키』	제4호, 1930
12	진남포행	『신동아』	1932.1
13	셀스 껄	『신가정』	1933.5~11
14	구름을 잡으려고	『동아일보』	1935.2.17~8.4
15	대서	『신가정』	1935.4
16	사랑손님과 어머니	『조광』	1935.11
17	아네모네의 마담	『조광』	1936.1
18	북소리 두둥둥	『조선문단』	1936.3
19	추물	『신동아』	1936.4
20	미완성	『조광』	1936.9~1937.6
21	봉천역 식당	『사해공론』	1937.1
22	왜 왔든고?	『여성』	1937.11
23	의학박사	『동아일보』	1938.5.17~25
24	죽마지우	『여성』	1938.6~7
25	길	『동아일보』	1938.9.6~11.23
26	낙랑고분의 비밀	『조광』	1939.2

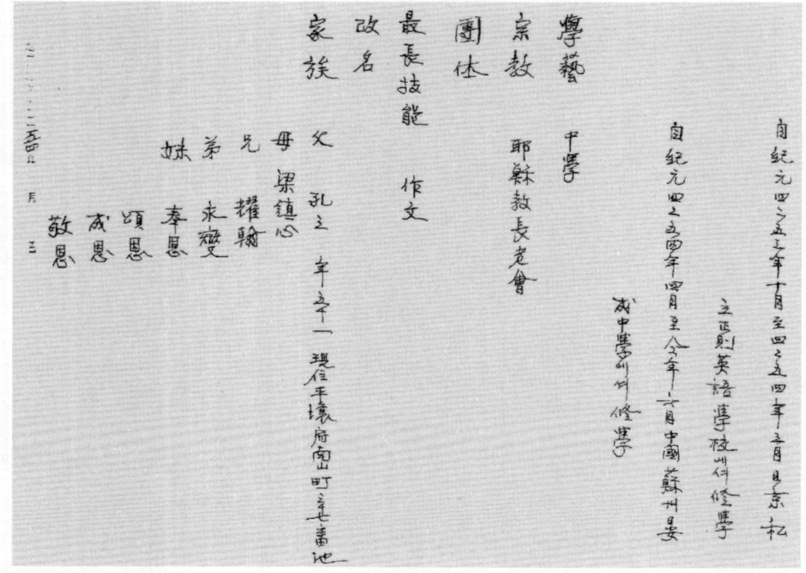

第一百四十四 團友 朱耀燮(주요섭) 履歷書

出生時 紀元 四二三五(1902)年 十二月 二十三日[1]

出生地 平南 平壤府 新陽里

居生地 自紀元 四二三五年 十二月 至四二五一年 五月 出生地

自紀元 四二五一年 六月 至四二五二年 三月 日本 東京

自紀元 四二五二年 三月 至四二五三年 九月 出生地

---

1   호적상의 기록으로는 출생일이 1902년 11월 24일이다. 이는 음력 생일을 말한다. 양력 1902년 12월 23일은 음력으로 1902년 11월 24일이 된다. 흥사단이 당시 미국에 본부를 둔 조직이었기에 출생일을 기록할 때 양력으로 적은 것 같다.

自紀元 四二五三年 十月 至四二五四年 三月 日本 東京

自紀元 四二五四年 四月 至同年 六月 中國 江蘇蘇州

自紀元 四二五四年 七月 至同年 九月 上海

職業 自紀元 四二四二年 四月 至四二五〇年 三月 私立崇德學校에서 修學 卒業

自紀元 四二五〇年 三月 至四二五一年 六月 私立崇實中學校에서 修學

自紀元 四二五一年 九月 至四二五二年 三月 日京私立靑山學院에서 修學

自紀元 四二五二年 三月 至同年 十一月 平壤監獄

自紀元 四二五三年 四月 至同年 七月 私立崇實大學에서 修學

自紀元 四二五三年 十月 至四二五四年 三月 日京私立正則英語學校에서 修學

自紀元 四二五四年 四月 至同年 六月 中國 蘇州 晏成中學에서 修學

學藝 中學

宗敎 耶穌敎(예수교) 長老會

團體

最長技能 作文

改名

家族 父 孔立(공립) 年五十一 現生 平南 平壤府 南山町 三七番地

母 梁鎭心(양진심)

兄 耀翰(요한)

弟 永爕(영섭)

妹 奉恩(봉은)

頌恩(송은)

成恩(성은)

敬恩(경은)

입단일 紀元 四二五四年 ●●月 ●●日

'만주'체험과 김조규의 시

1. 재만 조선인 시문학과 김조규의 시

김조규(金朝奎, 1914~1990)는 『재만조선시인집』의 편집자로 잘 알려져 있다. 지금까지 발굴된 자료에 의하면 재만 조선인 시문학은 1920년대의 『민성보(民聲報)』[1]에서 제일 먼저 시작된 것으로 볼 수 있다. 1930년대에 들어서면서 『북향』[2] 등을 통하여 그 맥을 이어오다가 『만선일보(滿鮮日報)』[3] 시기에 이르러 전성기를 맞이하였다. 『만선일보』 지면을 통한 활발

---

1 『민성보』는 1927년 12월부터 1931년 1월까지 룽징[龍井]에서 한문(漢文)과 조선문으로 발행되었다. 사장은 관준언(關俊彦)이었고 조문판 주필은 주동교(朱東敎), 편집은 심여추(沈茹秋), 주동욱(周東郁) 등이었다. 『민성보』에 게재되었던 시작품으로 현재까지 전해지고 있는 것은 겨우 9편이다.
2 『북향』은 룽징에서 발행된 문예동인지이다. 1935년에 1호를 내고 1936년에 2~4호를 냈다고 하는데 현재 전해지고 있는 것은 1936년의 제2호부터 제4호까지 모두 3권이다. 문예종합지로서 시, 수필, 소설, 희곡, 비평 등 여러 장르의 작품들이 두루 게재되어 있으나 편수를 따지면 역시 시가 가장 많다. 동요와 번역시까지 포함하여 모두 43편의 시가 게재되었다.
3 『만선일보』는 1937년 10월, 룽징의 『간도일보(間島日報)』(1920년대 창간)와 신징의 『만몽일보(滿蒙日報)』(1933년 창간)를 통합하여 창간한 신문이다. 현존하는 자료는 1939년 12월 1일부터 1942년 10월분까지인데 그중에서도 1939년 12월 1일부터 1940년 9월 30일까지만 영인본으로 간행되어 있고 나머지는 결호가 많은데다가 마이크로필름 형태로 소수의 도서관에 소장되어 있다.

한 창작 활동은 1942년에 이르러 마침내『만주시인집(滿洲詩人集)』[4]과『재만조선시인집(在滿朝鮮詩人集)』[5]이란 두 권의 시집을 발간하기에까지 이른다. 현존하는『만선일보』가 많지 않아 이 시기 재만 조선인 시문학에 대한 전반적인 고찰이 어려운 조건하에서『만선일보』에 발표되었던 작품을 모아놓은 상기 두 권의 시선집은 오늘날 재만 조선인 시문학의 수준과 특점을 살펴보는 가장 좋은 자료라고 할 수 있다.

만주 이주 초기부터『만선일보』에 시를 발표한 김조규는『만주시인집』에 세 편의 시가 실리고『재만조선시인집』에는 다섯 편의 시가 실렸다. 동시에『재만조선시인집』의 편집을 맡았으며 1943년에는 편집기자로『만선일보』에 입사하기까지 한다. 이는 재만 조선인 문단에서 차지하는 김조규의 위치를 보여주는 것이다.

김조규는 1931년 10월 5일「연심(戀心)」이『조선일보』에 발표되고 동년 10월『동광』에서 모집한 현상공모에서「검은 구름이 모일 때」가 1등으로 당선된 것을 계기로 시창작의 길에 들어서게 되었다. 김조규의 시는 크게 해방 전과 후로 갈라볼 수 있다. 지금까지 김조규의 시에 관한 연구는 대부분 해방 전 작품의 변화양상과 각 시기의 특점에 주목하는 형식으로 진행되어 왔다. 논자에 따라 일정한 차이가 있지만 해반 전의 작품을 현실에 대한 비극적 인식을 나타낸 초기 단계(1931~1937), 모더니즘을 수용한 '단층', '맥' 동인 단계(1937~1938), 다시 리얼리즘에로 나아간 재만 시기의 단계(1938~1945) 등 세 단계로 나눈다.[6]

보다시피 김조규는 재만 조선인 시문학을 대표하는 사람인 동시에 재만 시기 김조규의 시는 또 그의 전반 시작에서 독특한 일면을 갖고 있다.

---

4 1942년 9월, 신징[新京]의 제일협화구락부 문화부에서 간행 했고 편집자는 박팔양(朴八陽)이다.

5 1942년 10월, 간도 옌지에 있던 예문당(藝文堂)에서 간행 했고 편집자는 김조규이다.

6 권영진의「김조규의 시 세계-해방이전의 작품을 중심으로」(『숭실어문』9호, 숭실어문학회, 1992)가 대표적이다.

때문에 재만 시기 김조규의 시에 관한 정밀한 연구는 김조규의 전반 시세계에 대한 이해를 깊이 하는데 도움이 될 뿐만 아니라 재만 조선인 시문학을 정확히 바라보는데도 일조할 수 있다.

2. 김조규의 만주 인식과 이주

조선인의 만주 이주는 크게 세 단계로 나누어 볼 수 있다. 첫째 단계는 넓게는 조선조 후기(17세기)로부터 1905년 '을사보호조약' 이전까지로서 '월경이민 시대'라 할 수 있고 둘째 단계는 조선이 일본제국주의의 반식민지로 전락하게 되는 '을사보호조약' 체결(1905)이후부터 만주사변(1931) 직전까지로 '망명·유랑이민 시대'라 할 수 있으며 셋째 단계는 만주사변이후부터 해방되기까지(1945)로 '정책이민 시대'라 할 수 있다.

김조규가 시작 활동을 한 시기는 조선인의 만주 이주에 있어 '정책이민 시대'에 해당한다. 이 시기는 1929년의 농업공황에 따른 대규모적인 농민분해, 중일전쟁(1937)·태평양전쟁(1941)에 돌입한 일제 전시체제에의 즉각적 편입 등으로 대다수 조선민중이 정책이민으로 만주 등지에 내몰리고 있었다.[7] 주변에서 흔히 보게 되는 만주 이민의 모습은 자연히 김조규의 관심을 끌게 되었으며 이를 작품화하기에 이른다. 김조규의 유일한 소설인 「윤초시」(『中央』 2, 1935)는 바로 정책이민을 소재로 씌어졌다. 시에서도 만주 이민의 모습은 자주 등장한다. 「離別-宋·朴을 보내며」(『朝鮮中央日報』, 1934.5.4)와 같은 작품은 친구를 만주로 떠나보내는 슬픈 심경을 그

---

7   윤영천, 「일제강점기 만주지역 조선유이민 시와 '오랑캐령'」, 『서정적 진실과 시의 힘』, 창
     작과비평사, 2002, 283~287면 참고.

리고 있다.

　'파파에게'라는 동일한 부제가 붙은 「다시 북으로」와 「북으로 띄우는 편지」는 만주에 있는 지인과의 교신을 소재로 썼었는데 김조규의 만주인식을 나타내고 있어 주목할 필요가 있다.

零下 三十九度

북쪽 겨울은 몹시 맵다더라

松花江畔의 푸른 逍遙가 눈 속에 묻혔으려니

한여름 부풀었던 네 노스탈쟈가

지금은 들판 白楊木 가지에서 어이없이 떨겠고나

그렇게 구슬프던 胡弓 소리도 하늘에 얼었다지

아무리 추워도 南쪽 바라지만은 封하지 말아라

어름길 千里-아득한 南녘 地平線을 바라보기에

追憶에 젖은 네 눈동자마저 얼어서야 되겠니?

南方이 그리우면 冊床에 기대앉아

햇빛 훤-한 들窓살을 헤어보렴

—「다시 北으로—破波에게」, 2·3연(『新人文學』, 1936.3)

大陸의 여름은 몹시 뜨겁다더라

들판의 氣候는 몹시 거칠다더라

웬일인지 들창에 턱을 고인 네 얼굴이 해쓱해만 보인다

뜰가에 높이 자란 高粱 이파리가 네 푸른 노스탈쟈를 어지럽히지나 않니

(한밤에 세치(三寸)나 여름은 자란다는데…….)

南쪽이 그리우면 黃昏을 데리고 먼-松花江가으로 逍遙해라

노래가 그리우면 아아 흘러오는 胡弓의 旋律을 조용히 어루만지거라

바람과 季節과 疲勞와 네 나이`밖에 너를 싸 안는 아무것도 없지?

異域의 胡弓 소리는 미칠 듯한 鄕愁를 눈물겨운 寂寞으로 이끈다더라

— 「北으로 띄우는 便紙−破波에게」, 4 · 5연(『崇實活泉』 15호, 1937)

‘파파’라는 동일한 대상에 보내는 편지 형식으로 쓰인 「다시 북으로」와 「북으로 띄우는 편지」는 각기 겨울과 여름을 시간적 배경으로 한다. 그리고 두 시에 나오는 ‘송화강’이라는 강 이름으로부터 우리는 파파가 북만에서 생활하고 있음을 알 수 있다. 남만과 동만은 조선국경과 인접해 있기에 일찍부터 이주민이 많이 가서 생활하였다. 때문에 정책이민으로 이주한 사람들은 미개간 지역인 북만으로 가는 경우가 많았다. 시적화자는 자신이 알고 있는 북만에 대해 이야기 하면서 향수에 젖어 있는 파파를 달래고 있다. 시적화자에게 북만의 겨울은 우선 “영하 삼십구도”라는 매서운 추위로 다가온다. “心臟까지 스며`드는 이 추위 속에서 북만의 겨울은 생기라고는 찾아볼 수 없는 지극히 차가운 존재로 그려진다. 대신 북만의 여름은 몹시 뜨겁다. 여기에 기후마저 몹시 거칠다. 시적화자가 알고 있는 북만은 한마디로 마음을 안착하고 정착해 살아갈 공간이 아니다. 때문에 몸은 비록 북만에 있어도 파파는 늘 향수에 젖어있으며 시적화자는 남쪽 바라지를 봉하지 않기, 송화강가에서 소요하기 등 다양한 권유로 파파의 향수를 달랜다.

「다시 북으로」와 「북으로 띄우는 편지」는 만주라는 공간과 그 속에서 살아가는 이주민에 대한 김조구의 인식을 보여준다. 김조규에게 만주는 몹시 춥고 삭막하거나 몹시 뜨겁고 거친 공간으로 각인되어 있으며 만주 이주민은 이 속에서 향수를 달래면서 생활하고 있다.

1938년 초봄, 김조규는 부정적인 이미지들만으로 받아들여지던 만주에 이주하게 된다. 만주 간도에 이주한 김조규는 조우양촨농업학교[朝陽

川農業學校에서 영어와 역사를 가르친다. 김조규가 만주행을 선택한 동기와 경위는 자세히 알려져 있지 않지만 일제의 탄압이 중요한 원인인 것으로 추정된다. 평양 숭실중학교 재학 시절인 1929년, 김조규는 광주학생사건으로 체포되어 6개월간 평양 감옥에서 미결수로 복역한 적이 있다. 이때로부터 김조규는 해마다 '메이데이'나 '광주학생사건기념일'을 전후하여 평양경찰서에 예비 검속되었으며 숭실전문학교 졸업 후에는 일본 유학을 시도했으나 불령선인이라는 낙인이 찍혀 도강증을 받을 수 없었다. 김조규가 1937년 봄에 캐나다 선교부에서 설립한 함경북도 성진의 보신중학에 영어 교사로 부임한 것은 일본 유학이 좌절되었기 때문이었다. 성진에서의 생활도 일제의 감시와 탄압으로부터 자유롭지 않은 것 같다. 만주 이주 후에 쓴 첫 시 「바다의 추억」을 보면 이 시기의 모습이 드러나 있다.

　그 누구도 들어 줄 사람 없는
　그 파도소리를 너는 슬퍼하느냐
　바다를 잃고 생소한 산 속에서
　추억의 이정표를 나는 지키고 있다.

　책을 끼고 나서면
　부르는 듯 손질하던 야학당 불빛
　해당화 가득 핀 언덕길 넘어오던
　네 흰 옷자락이
　추억의 손수건인 양 표표이 가슴에 펄럭인다

　때 아닌 폭풍에
　야학당 패쪽이 산산 깨어지고
　구두발에 채이어

책상 네 다리가 떨어져 나가던 날

밭으로 마을로 도망치던

그 밤의 파도 소리, 뱃고동 소리…

바다,

버릴 수 없는 추억이여

너를 잃고 잠들 수 없는 마음

언제든지 돌아가리

네 곁으로 돌아가리

1938.9

—「바다의 추억」, 3.4.8.11연(발표지 미상－육필원고)[8]

　이 시에서 향수에 빠져 있는 시적화자는 김조규 자신이라고 봐도 되겠다. 항구 도시 성진을 떠나 간도의 농촌 마을인 조우양촨에서 새로운 삶을 시작하는 김조규는 이때의 심경을 '바다를 잃고 생소한 산 속에서 추억의 이정표를 나는 지키고 있다'고 표현한다. 이 '추억의 이정표'속에 김조규의 성진 생활이 담겨져 있다. 저녁이면 야학당에 나가 학생들을 가르쳤으며 이 야학당이 어느 날 탄압을 받아 선생과 학생이 뿔뿔이 흩어졌다는 시의 내용은 곧 김조규의 성진 생활인 동시에 김조규가 만주에 이주한 원인을 설명해주는 것이기도 하다. 시의 마지막 연에 주목해볼 필요가 있다. 향수에 젖은 시적화자는 지난날을 돌이켜보면서 언젠가는

8　재만 시절 김조규는 적지 않은 미발표 작품을 남겼다. 일부 논자들은 김조규의 미발표 작품은 검열제도 때문에 발표를 보류한 것이라고 하나(석화, 「김조규 시문학 연구」, 『시와 삶의 대화』, 한국학술정보, 2006) 미발표 작품이 다루는 소재나 경향성이 『만선일보』에 발표된 김조규의 다른 작품과 특별한 차이가 없는 것을 보아 검열 때문만은 아닌 것 같다. 1930년대 말기에 가면서 작품 발표 지면이 급격히 줄어든 것이 그 원인이 아닌가 싶다. 때문에 본고에서는 미발표 작품과 발표 작품을 따로 나누지 않고 함께 논의하고자 한다.

다시 학생들이 있는 곳으로 돌아가겠다고 한다. 이는 김조규가 만주에서의 새로운 삶에 애착을 갖지 못하였으며 기회만 되면 이곳을 떠나고자 함을 보여주는 것이기도 하다.

1938년 초봄부터 1943년 가을까지 김조규는 조우양촨농업학교에서 학생들을 가르치면서 비교적 적막한 삶을 살았다. 이때의 심경은 『만선일보』에 발표한 「白墨塔序章」(1940.9.5), 「어두운 精神」(1940.11.19) 등 산문에 잘 나타나 있다. 조우양촨에서도 김조규는 시 창작을 계속하였다. 그리고 기회가 되는 대로 학생들을 반일반제(反日反帝) 사상으로 교양하였으며 자신이 창작한 「삼등대합실」, 「연길역 가는 길」, 「남풍」 등 작품을 학생들에게 읊어주기도 하였다. "앵글로 색슨의 太陽이 바다의 階段을 내린다"는 「남풍」의 첫 행 때문에 김조규는 학생들로부터 '앵글로색슨'이라 불렸다.[9]

조우양촨농업학교에서 6년간 근무한 김조규는 1943년 가을부터는 신징의 만선일보사에서 박팔양(朴八楊), 안수길(安壽吉) 등과 함께 편집기자 생활을 하게 된다.

3. 김조규의 만주 생활, 고독과 향수

김조규의 만주 생활도 '파파'와 별반 다름이 없었다. 만주에서 그를 동반한 것은 고독과 향수였다. 김조규 만주 시편의 핵심은 자신이 느끼는 고독과 향수에 대한 시적 형상화라고 할 수 있다.

---

9   현룡순, 「김조규 선생을 회상하여」, 『김조규시전집』, 흑룡강조선민족출판사, 2002; 설인, 「김조규선생님과 『춘향전』」, 위의 책.

서러운 想念을 끄을고 오는 밤의 옷자락

싸늘한 季節의 觸手가 皮膚에 스민다

저녁이면 가라앉은 울화의 湖心은 깊다

밤, 나의 들窓은 紅酒가 넘쳐흐르는 琉璃窓이다

사랑을 잃고 北으로 쫓겨 온 에트랑제

옛 女人을 잊지 못한단다 깨어진 꿈이 서럽단다

이 거리엔 燈불도 드물다 人跡도 없다.

머얼리 郊外로 돌아가는 驛馬車의 疲勞한 방울소리

들窓을 열면 푸른 湖水가 밀려들련만

오오 落葉진 가지에 남은 追憶의 果實

차(蹴)라. 깨뜨려라 안타루자의 夜曲. 흰 주먹을 쥐어본다.

허나 慎怒마저 여윈 나의 房. 아하 紫煙의 꼬리가 기일다

—「에트랑제」 전문(『동아일보』, 1938.10.23)

시적화자는 자신을 "北으로 쫓겨 온 에트랑제"라 칭한다. 에트랑제란 이방인이란 말이다. 이는 시적화자가 자신을 지금 생활하고 있는 지역의 일원으로 생각하는 것이 아니라 이 지역 사람들과는 구별되는 존재로 규정함을 말한다. 그리고 자신이 이곳에 오게 된 것은 자의적인 것이 아니라 불가피한 상황에 의한 타의적인 선택이었음을 강조한다. 때문에 '북'에서의 생활은 행복하지가 않다. 한없이 조용한 저녁이면 시적화자는 끓어오르는 울화를 삭이면서 지난날의 추억에 잠긴다. 그리고 또다시 용기를 내려고

"흰 주먹을 쥐어보기"도 하지만 그 분노는 곧 담배연기처럼 사라진다.

　김조규가 일제의 탄압을 피하여 만주에 이주하였다는 전기적 사실을 참고하면 이 시의 시적화자는 김조규 자신이라고 볼 수 있다. 김조규는 만주에서 자신의 신분을 이방인이라고 한다. 이는 만주를 개척하고 이곳에 뿌리 내려 정착해 살려는 대다수의 이주민들과는 전혀 다른 현실 인식이다. 이방인이라는 말 속에는 자신이 만주로 온 것은 부득이한 선택이었으며 만주생활은 망명생활, 유랑생활이라는 인식을 기저에 깔고 있다. 이 때문에 김조규의 만주 생활은 더욱 고독하였으며 늘 향수에 젖어 있은 것 같다.

　「연길역 가는 길」과 「삼등대합실」은 김조규의 고독과 향수를 보여주는 대표적인 시이다.

벌판 위에는
갈잎도 없다. 高粱도 없다. 아무도 없다.

鐘樓 너머로 하늘이 무너져
黃昏은 싸늘하단다.
바람이 외롭단다.

머얼리 停車場에선 汽笛이 울었는데
나는 어데로 가야 하노?

호오 車는 떠났어도 좋으니
驛馬車야 나를 停車場으로 실어다 다고

바람이 유달리 찬 이 저녁
머언 포풀라 길을 馬車 위에 홀로.

나는 외롭지 않으련다.

조금도 외롭지 않으련다.

庚辰 11月

—「연길역 가는 길」 전문(『朝光』 63호, 1941.1)

　　김조규의 만주 시편에서 가장 빈번하게 사용된 소재는 '기차'와 '역'이다. 「삼등대합실」, 「북행열차」, 「대두천역에서」, 「한 교차역에서」, 「연길역 가는 길」 등의 시가 이에 해당한다. '기차'와 '역'은 우선 이동, 즉 현재적 공간으로부터의 탈출이라는 의미를 내포하고 있다. 동시에 소통, 즉 현재적 공간을 외부의 공간과 이어주는 역할을 하기도 한다. '기차'와 '역'을 소재로 많은 시를 지은 것은 고독과 향수에 빠져있으며 또 이로부터의 탈출을 갈망하는 김조규의 심경과 무관하지 않다.

　　「延吉驛 가는 길」의 기본정서는 고독이다. 시적화자에게 있어 옌지는 외롭고 쓸쓸한 공간으로서 탈출의 대상으로 여겨진다. 외로운 공간에 어두움마저 찾아오며 또 멀리 역에서 울리는 기적(汽笛)소리는 이젠 시적화자가 이곳을 떠날 기회가 없음을 알려준다. 이미 열차가 떠나버린 역으로 가면서 시적화자는 "나는 외롭지 않으련다. 조금도 외롭지 않으련다"라고 자신에게 말을 건다. 외로운 자신을 달래는 이런 모습은 시적화자가 느끼는 고독을 더욱 부각시킨다.

고향 사투리가 듣고 싶어

오 가는 사람들로 붐비는

저녁 停車場으로

내 蹌蜋이 나아오다

예서 고향이

몇 천 몇 백리이뇨?

南行列車에 탄 길손이 부러워라

보내는 사람도 없는데 손을 들어

멀리 사라지는

푸른 신호등을 바래주노라

人生은 뭇자욱 어지러운

三等待合室

행복보다도 不幸으로 가득찬

三等待合室

(할머니 그 늙으신 몸에

北行列車를 더 타시렵니까?)

눈물의 북쪽 만리 아하라

쫓기우는 족속이여

1941, 가을 조양천에서

— 「삼등대합실」, 1.2.3.4연(『新撰詩人集, 現代文學選』金大 出版)

향수에 젖어 있는 시적화자에게 "고향 사투리"는 고향이나 다름없다. 귀향할 수 없는 시적화자가 향수를 달래기 위한 수단으로 역에 나와 고향 사투리를 듣는다는 시적 설정은 고향을 그리는 마음을 극대화시켜주고 있다.

시적화자는 지금 "행복보다도 不幸으로 가득한 三等待合室"에 나와 있다. 시적화자가 있는 역에 나온 사람들은 대부분 힘겨운 삶을 살아간다. 힘겨운 현실을 벗어나는 길에는 두 가지가 있다. 하나는 남행열차를 타고 고향으로 돌아가는 것이고 또 하나는 다시 북행열차를 타고 고향과 더욱 먼 곳으로 떠나는 것이다. 향수에 잠긴 시적화자는 자신은 보내는 사람도 없으면서 남행열차를 탄 사람들을 향해 손을 들어 바래준다. 시적화자에게 남쪽에 있는 고향은 잃어버린 낙원이며 돌아가야 할 근원적인 정신의 공간이다. 대신 북행열차를 타는 사람들에게는 같은 민족으로서 연민의 정을 느낀다. 아직도 정착하여 안정적인 삶을 살지 못하고 계속하여 떠돌아다니는 할머니를 보면서 시적화자는 "쫓기는 족속"이라는 점에서 그와 동질감을 갖는다.

4. 김조규의 눈에 비친 이주민의 삶

재만 시절 김조규는 자신이 느끼고 있는 고독과 향수를 시로 형상화 했을 뿐만 아니라 만주 이주민의 삶에도 주목하여 이들의 모습을 시에 담았다.

경상도, 평안도, 관북 사투리
제 고장 기름진 땅 누구에게 빼앗기고
이리도 멀고 먼 이역 땅
두메 막바지에 흘러왔담?

쫓기는 신세라 이제 또한
얼마나 많은 눈물
무거운 근심을
이 大陸 황무지에 쏟을 것인가

흐트러진 머리를 쓸어올릴 생각도 없이

흙바닥만 뚫어지게 들여다보는 여인
눈물자욱 마르지 않은 걸 보니
오는 길에 애기를 굶어 죽인 게로구나

할머니는 천리길 걸어 아들 면회갔다가
'비적'의 어머니라 구두발에 채여
감옥 문간에서 쫓겨났다지요?
먹다 배린 벤또를 주어 먹는
얘야 너는 그렇게도 배가 고프냐?

— 「大肚川驛에서」, 3~6연(『만선일보』, 1941.4)

다더우촨[大肚川]이란 오늘날의 옌볜조선족자치주 왕칭현의 소지재 왕칭[汪淸]을 가리킨다. 「大肚川驛에서」는 「삼등대합실」에서 간단히 언급하였던 만주 이주민의 삶을 더욱 구체적으로 보여준다. 경상도, 평안도, 관북 사투리를 두루 들을 수 있는 다더우촨역은 식민지 조선의 축도라고 할 수 있다. 이는 조선 각지에서 온 이주민들이 다더우촨 주위에서 생활하고 있음을 보여준다. "제 고장 기름진 땅 누구에게 빼앗"기고 만주에 와서 새로운 삶을 찾지만 이들은 아직도 완전한 정착을 하지 못하고 "쫓기는 신세"에 처해 있다. "오는 길에 애기를 굶어 죽인" 여인과 "아들 면회갔다가 '비적'의 어머니라 구둣발에 채여" 쫓겨난 할머니의 모습은 시적 화자가 다더우촨역에서 만난 이주민들의 삶이 얼마나 비참한 것인가를 생생하게 보여준다.

풀 한포기 돋지 못한 墳墓의 언덕엔
뼈만 남은 枯木이 한 그루
깊은 가난 속에 파묻힌 초가 지붕들

창문은 우묵 우묵 안으로만 파고 들었다

여기는 流浪의 정착촌
쫓겨 온 移民 部落

누구를 막으려
무엇을 경계하여
토성을 두 세 길 쌓고도 모자라
숨은 참호까지 깊이 팠느냐

오늘도 또 한 사람의 '통비분자'
묶이어 성문 밖을 나오는데
〈王道樂土〉 찢어진 포스타가
바람에 喪葬처럼 펄럭이고 있었다.

1941.8 盧土溝에서

— 「찢어진 포스타가 바람에 날리는 풍경」, 1.2.3.6연(발표지 미상—육필 원고)

시에 그려진 이민 부락의 분위기는 음산하기 그지없다. "풀 한 포기 돋지 못한 墳墓", "뼈만 남은 枯木", "깊은 가난 속에 파묻힌 초가 지붕", "우묵 우묵 안으로만 파고 든 창문"으로 묘사되는 이민 부락의 모습과 성문 밖에서 펄럭이는 '왕도낙토'라는 포스터는 너무나 선명한 대조를 이룬다. 이는 외부에 알려진 만주국의 허상과 실제 만주국 속에서 살아가는 이주민의 힘든 삶의 모습을 상징적으로 보여주는 것이다.

「찢어진 포스타가 바람에 날리는 풍경」은 일제가 간도 로우투거우(老头沟)에 조성한 집단부락을 소재로 한 시이다. 당시 간도에 이주한 많은 이주민들은 산간벽촌에 화전을 부치거나 밭뙈기를 부치면서 산거(散居) 생활을 하였다. 일제는 이들 이주민과 항일유격대사이의 연계를 차단시키기 위하여 인가를 한 곳에 집중시킴으로써 이른바 '민비분리(民匪分離)'의 '집단부락'을 건설하였다.[10] 시에 나오는 "流浪의 정착촌"이며 "쫓겨온 移民部落"이라는 것은 바로 일제가 강제로 건설한 집단부락이다. 그러나 집단부락을 건설하였다고 하여 이주민과 항일유격대사이의 연계가 끊어진 것은 아니었다. "오늘도 또 한 사람의 '통비분자'묶이어 성문 밖으로 나온다"는 것은 연계가 존재함을 반증한다. 여기서 '통비분자'란 항일유격대와 연계를 가진 집단부락의 거주민을 가리킨다. 「찢어진 포스타가 바람에 날리는 풍경」은 일제에 의하여 강제된 삶을 살아가는 이주민들의 비참한 생활 모습과 반항 정신을 보여준다.

5. 결론을 대신하여

김조규는 일제강점기 재만 조선인 시문학을 대표하는 사람 중의 하나이다. 1938년 일제의 탄압을 피하여 만주에 이주한 김조규는 1945년 3월 조선으로 되돌아가기까지 이곳에서 7여 년의 시간을 보냈다. 재만 시절 김조규는 고독과 향수를 주요한 소재로 시작활동을 하였으며 이주민의 삶을 반영한 작품도 적지 않게 창작하였다. 고독과 향수를 소재로 한 작품은 만주에서 자신은 이방인이라는 인식을 전제로 외로운 이국생활과 간절한 고향 생각을 그려냈다. 이주민의 삶을 그린 작품을 보면 만주 이주민은 아직도 정착을 하지 못하고 유랑하는 모습이거나 가령 정착을 하였다

---

10 우영란, 「괴뢰 만주국 시기의 집단부락에 대하여」, 『중국 조선족사연구』 1, 서울대 출판부, 1996 참고.

할지라도 자의에 의한 정착이 아니라 일제에 의해 강제된 정착의 모습이
다. 만주 이주민의 삶을 이주, 개척, 정착이라는 세 개의 단계로 나누어 본
다면 김조규의 시에 그려진 이주민의 모습은 아직도 자신이 자리 잡고 살
아야 할 적합한 터전을 찾지 못한 '이주'의 단계에 머물렀다고 볼 수 있다.
김조규의 시에는 만주에서 새로운 터전을 개척하는 이주민의 모습이라
든가 만주를 새로운 고향인 '북향'으로 생각하고 이곳에 정착해 살아가는
이주민의 모습이 없다. 이 점에서 김조규의 시에 나타난 조선인은 '이주
민'보다는 '유랑민'에 더욱 가깝다. 이는 김조규가 안수길이나 천청송처럼
만주를 자신이 뿌리 내리고 생활해야할 '북향'으로 생각하지 않고 하나의
망명지, 유랑지로만 여긴 현실인식과 무관하지 않을 것이다.

참고문헌

숭실어문학회, 『김조규시집』, 숭실대 출판부, 1996.

연변대학 조선언어문학연구소 편, 『김조규시선집』, 흑룡강조선민족출판사, 2002.

구마키 쓰토무, 「김조규연구(상)」, 『숭실어문』 14집, 숭실어문학회, 1998.

_____________, 「김조규연구(중)(하)」, 『숭실대학교 대학원논문집』, 숭실대학교, 1999.

권영진, 「김조규의 시세계」, 『숭실어문』 9집, 숭실어문학회, 1992.

권　철, 『중국 조선족문학』 상, 연변대 출판사, 2000.

신규호, 「시인 김조규론」, 『성결대학교 교수논문집』 27집, 성결대학교, 1998.

오양호, 『일제강점기 만주 조선인 문학연구』, 문예출판사, 1996.

우대식, 「김조규 시연구」, 숭실대 석사논문, 1996.

윤영천, 『한국의 유민시』, 실천문학사, 1987.

장춘식, 『일제강점기 조선족 이민문학』, 민족출판사, 2005

조규익, 「재만시인, 시작품 연구―김조규의 해방 전 시를 중심으로」, 『온지논총』 2집, 온지
　　학회, 1996.

조상준, 「김조규의 시세계 연구」, 성결대 석사논문, 2004.

『만선일보』를 통해 본 만주 조선인 문학

만주 조선인 문학 건설에 관한 '지상토론'을 중심으로

1. 서론

만주사변(1931.9.18) 직후인 1932년 3월 1일, 일제는 청 말(淸末)의 선통제(宣統帝)였던 푸의[傅儀]를 주석으로 하고 각부 장관은 실력 없는 중국인을 내세우고 실권자 차관은 일본인으로 한 소위 만주국(1932~1945)을 건립하였다. 그리고 지도이념의 하나로 청인(淸人)을 비롯한 조선인, 몽골인, 백계러시아인, 그리고 일본인 등의 이른바 오족협화(五族協和)와 대동단결(大同團結)을 내세웠다. 건국 초기부터 신문 및 통신에 대한 통제에 각별한 주의를 기울이던 일제는 1937년 중일전쟁 후에는 신징(新京, 오늘날의 창춘)의 『만몽일보(滿蒙日報)』와 룽징[龍井]의 『간도일보(間島日報)』를 통합하여 1937년 10월 21일에 "일본의 국책적 견지에서 만주국에 있는 조선인의 지도기관"으로 『만선일보(滿鮮日報)』(1937~1945)를 창간하였다.

급격히 증가되어 가고 있는 조선인 이주민들에게 만주국의 건국이념이라든가 국책 또는 이주민과 관계되는 각종 정책 홍보를 주요 사명으로 삼은 『만선일보』는 창간 후 '협화미담 현상모집'을 비롯하여 '금연문예작품 대현상모집', '군가 모집', '개척가사 현상모집' 등을 통하여 정기적으로 작품을 공모하고 당선작에 고액의 상금을 주는 등 국책문학을 적극 장려하였으며 1938년부터는 신춘문예 제도를 도입하여 만주 조선인의 창작 의욕을 불러 일으켰다. 『만선일보』에서 실시한 이러한 일련의 문예작품 현상공모와 신춘문예 제도의 영향을 받아 만주 조선인의 작품 활동은 활기를 띠기 시작하였으며 이는 또 『만선일보』 학예면 문학작품의 수준 향상으로 이어졌다.

동시에 이 시기에 이르러 만주 조선인은 백만을 훨씬 넘게 되었다. 수적으로 증가되었을 뿐만 아니라 만주 조선인 사회의 교육도 일정한 체계를 형성하여 중등 교육을 받은 지식인들이 적지 않게 배출되었다. 그리고 만주국 건국 이후에는 종종의 원인으로 하여 조선 내에서 많은 지식인과 문인들이 만주에 와 교직을 담임하거나 신문사에 근무하였다. 이러한 사회적 여건의 변화는 만주 조선인 문학이 발전할 수 있는 기초적 조건을 마련하였다.

이러한 제반 환경의 변화에 발맞추어 『만선일보』는 1940년 1월 12일부터 2월 6일까지 총 21회(제11회 연재분은 현재 결호 상태)에 걸쳐 「만주조선문학건설신제의(滿洲朝鮮文學建設新提議)」란 제목하에 지상토론을 벌려 만주 조선인 문학의 현황과 발전방향에 관한 논의를 진행하게 된다.

본고에서는 1940년 초에 있은 이 '지상토론'을 다시 돌이켜 보는 것을 통하여 당시 문학인들의 만주 조선인 문학에 대한 인식과 그들이 건설하려 했던 만주 조선인 문학이란 어떤 것이었는가를 알아보고자 한다.

2. '지상토론'의 취지 및 발표문

만주에 사는 조선인의 수가 백만을 넘으며 또한 조선인은 자신의 말과 글을 갖고 있으니 조선인의 문학이 없을 수 없으며 오늘날의 만주 조선인

문단은 너무 산만하고 중심적 존재가 없다는 인식하에 진행된 이번의 지
상토론은 만주 조선인 문단 건설에 관한 여러 의견을 종합하여 문학인들
의 참고에 이바지하며 문단의 향할 바를 검토해보자는 취지를 내세웠다.
　이번 토론에는 황건, 윤도혁, 김귀, 박영준, 김춘강, 이광현, 현경준, 신
서야, 안수길, 송지영 등 만주에 거주하고 있는 열 명의 문인이 참가하였
다. 그들이 발표한 문장의 제목을 통하여 우리는 이번 지상토론에 관한 대
체적인 윤곽을 잡아볼 수 있다.

滿洲朝鮮文學建設新提議[1](『만선일보』 1939.1.12~1940.2.6)

(1.12) 滿洲朝鮮人文學과 文學人의 信念 / 黃建(상)

(1.13) 滿洲朝鮮人文學의 特殊性 / 黃建(중)

(1.16) 滿洲朝鮮人文學의 今後發展策 / 黃建(하)

(1.17) 滿洲朝鮮文學의 傳統性과 特異性 / 尹道赫(상)

(1.18) 滿洲文學의 方向과 文學人의 態度 / 尹道赫(중)

(1.19) 明日의 文學史와 作品의 價值 / 尹道赫(하)

(1.20) 農民文學의 方向으로 / 金貴(상)

(1.22) 國民文學으로부터 世界에 進出토록 / 金貴(하)

(1.23) 作家의 輩出과 讀者의 向上을 緊急動議 / 朴永濬(상)

(1.24) 現段階의 眞實한 批評과 發表機關의 期待 / 朴永濬(하)

(1.25) 이날 신문을 찾을 수 없음.

(1.26) 文學의 精神을 創定하고 搖籃을 만들어 놋차 / 金春崗(하)

1　처음에는 「만주조선문학 건설 신제의」라는 제목으로 연재를 시작했으나 4회, 5회(윤도
　혁의 글 上·中)에서는 「만주조선문학 건설 신제창」으로 바뀌었고, 제6회(윤도혁의 글
　下)에서는 다시 「만주조선문학 건설 신제의」로, 그리고 제17회 연재분(김귀의 글)부터 또
　다시 「만주조선문학 건설 신제창」으로 바뀌어 21회까지 연재되었다. 그러나 특별한 의도
　에서 제목을 바꾼 것은 아닌 듯하고, 또 의미상 큰 차이가 없어 보여 이 글에서는 연재 시작
　초기의 「만주조선문학 건설 신제의」를 그대로 사용한다.

3. 만주 조선인 문학 건설의 필요성

토론에서 제일 먼저 제기되는 것은 만주 조선인 문학 건설의 필요성에 대한 강조이다. 황건은 만주국에서 생활함은 고향에 돌아가기 위한 준비에서만이 아니라 만주에서 생활하는 그 생활 자체 속에 의의가 있지 않으면 안 된다고 하며 우리가 가진 환경과 시대에 대한 이해로부터 만주 조선인 문학의 진실한 발전이 시작될 것이라고 한다. 그리고 고향을 떠나는 의의는 고향에서 못본 것을 체득(體得), 창조하는데 그 귀중한 의의가 있다고 한다.

박영준은 황건보다 더욱 분명히 이 점을 지적하고 있다. 박영준은 만주가 이젠 일시적인 거주지가 아니고 뼈를 묻고 살 영주지가 되었다고 하며 생활의 근거가 있는 곳에 생활의 반영이 없을 수 없으며 따라서 마음의 표현이 없을 수 없다고 한다.

만주 조선인 문학 건설의 필요성으로 또 사회적 환경의 변화를 들기도 한다. 황건은 오늘날의 만주 조선인 사회는 경제적 초창기를 넘어 문화적 맹아기에 들어섰다고 하며 오늘날 만주 조선인 문학은 계몽적 사명을 짊어지고 있다고 한다.

'지상토론'의 첫 회 연재분에 게재된 「기자서문」은 이러한 만주 조선인 문학 건설의 필요성을 집약적을 보여주고 있다.

> 이곳에 사는 우리수효가百萬을 넘으며 우리에게는 말이 잇고, 글이 잇스니거기에짜라서 文學이업슬수업다. 勿論過去에도이곳에서 朝鮮文化方面의 各種作品이發表되지안흔것은아니나 그는 너무도 散漫하엿스며 너무도點點不一하엿든것이다. 文壇的으로그럴듯한 中心的存在라는것이거의 업섯다하여도 過言은아닐것이다. 그러나 언제까지고 이것을 그대로 내버려 둘 수는 업는가한다. 오늘부터라도새出發을하여 뚜렷한存在를世上에알리고 못 알리기는 숫혀우리의힘에 달렷다. 우리의손으로 이것을建設하고 우리의 손으로 이것을 거두지 안흐면 안 될것을 새삼스리 느낀 우리는 느젓스나마 이 問題를 가장眞摯하게 檢討해나가지안흐면 안 될까한다. 滿洲에朝鮮文學을 建設하랴면 어썬方面, 어썬角度에서 어썬形式 어썬手法等等으로 着手하며 開拓해나가야될까 여기에對하야 滿洲안에게신 여러분의 意見을綜合하여 文學人의參考에 이바지하며 우리文壇의 向할바길을 檢討해볼까한다.[2]

총적으로 만주 조선인 사회의 생활기반의 상대적인 안정과 그로부터 오는 인식의 변화가 만주 조선인 문학의 발전을 요구한다고 볼 수 있겠다. 이 시기에 이르러 만주 조선인은 만주가 더는 하루 이틀 살다 떠나는 하나의 '정거장'이 아니라 뿌리를 내리고 정착해야할 곳이라는 인식을 갖게 되며 이는 또 자신이 생활하고 있는 곳에 대한 관심으로 이어지는

---

2   「기자서문」, 『만선일보』, 1940.1.12.

것이다. 이러한 관심의 작품화가 곧 만주 조선인 문학이라 할 수 있다. 그리고 작가의 측면에서 보면 황건의 지적과 같이 민중계몽의 사명도 중요한 요소로 작용한다고 할 수 있다.

4. 만주 조선인 문학의 역사와 현황

만주 조선인 문학 건설의 필요성에 대한 인식은 자연히 만주 조선인 문학의 역사와 현황에 대한 관심으로 이어진다. 만주 조선인 문학의 역사와 현황에 대해서는 만주 조선인의 수(數)에 비하여 너무나 빈약하다는 것에는 모두 의견을 같이 하나『민성보』,『간도일보』,『만몽일보』를 거쳐『만선일보』에 이르는 전(前) 시기의 문학에 대한 인식의 차이에 따라 오늘의 만주 조선인 문학은 '초창기'라는 견해와 '재건'이라는 견해로 갈라진다.

황건, 윤도혁, 이광현 등은 만주 조선인 문학은 지금 초창기라고 말한다. 황건은 만주 조선인 문학은 만주에 있어서의 유일한 조선인 언론기관인『만선일보』를 통하여서만 미미(微微)하나마 작품 활동을 진행함과 아울러 다소의 주장을 들고 파행적 행각(行脚)을 하여왔지만 그것은 너무나 분산무계획적(分散無計劃的)이었으며 근일에 와서는 그것마저 종식(終熄)을 고하려는 운명에 처한 상태라고 귀결하며 백만이 넘는 엄청난 인구를 갖고 있는 만주국내 조선인이 향유하고 있는 문학 상태는 실로 한심한 것으로서 우리는 지금까지 이렇다 할 문학 활동이란 것을 가져보지 못하였으며 따라서 조선인 문단이란 명목을 부칠 수 있는 하등(何等)의 문단 형태도 갖지 못하였다고 말한다.

황건은 만주 조선인 문학이 이처럼 초창기에 처한 것은 만주의 문학인

들이 문학수련의 목표를 조선 중앙문단에의 진출에 두고 그곳에서의 영
화를 동경한 나머지 만주에서의 활동, 실천이라든가 자신이 서식하고 있
는 이곳 문단의 건설에 대해서는 모든 의욕을 상실, 망각하고 있기 때문이
라고 하며 조선문단에는 좋은 작품을 보내면서도 만주에서는 그 나머지
태작(馱作)을 부끄럼 없이 발표하거나 조선에는 발표하나 만주에는 발표
하지 않는 등 행위를 질책한다.

　윤도혁은 과거에는 정치적 환경이 불리하여 산사(散沙)와 같이 무통제, 무
질서한 생활을 하였기 때문에 문학이 없었으나 '건국' 후, 벌써 8년이라는 긴
세월이 지나도록 문화적으로 이렇다 할 성과가 없고 체형(體形)을 가추지 못
한 것은 우리의 가장 탄식해 마지않을 일이라고 하며 문학에 있어서는 전연
황무지 그대로임을 부정할 수가 없다고 한다. 윤도혁은 또 간도 지방을 중심
으로 하고 있는 몇몇 문학인들이 예전의 『간도일보』당시부터 현재의 『만선
일보』학예면에 이르기까지 작품 발표를 계속하고 있으나 5, 6년 전이나 지
금이나 작품 수준이 제고되는 모습이 보이지 않음을 지적하고 있다.

　이광현은 과거에 우리의 문화 중심지였던 룽징에서 『간도일보』를 모
체로 하여 문학의 태기(胎氣)가 보인 적이 있었고 그 후, 신징의 『만몽일
보』시대를 거쳐 『만선일보』로 개제(改題)된 오늘에 이르기까지 이를 활무
대로 신진무명(新進無名)의 문학인들이 부단한 문학행동을 하였으나 아직
문단이란 것을 형성하지 못하고 그 권외(圈外)에서 설계도만을 되풀이하
고 있는 상태라고 하며 만주 조선인 문학은 퇴조(退潮)도 아니요 입조(入
潮)도 아닌 처녀지 그대로라고 말한다.

　만주 조선인 문학은 초창기에 놓여 있다는 이상의 논자들과는 달리 안
수길은 만주 조선인 문학은 재건이라고 한다. 안수길은 만주에는 조선인
문학이 있으나 그것이 아주 미미하여 죽은 거나 다름없기에 우리는 그것
을 다시 일으켜 세워야 한다고 한다.

　만주 현지 출신인 안수길은 만주 조선인 문학이 걸어온 여정을 상세히

소개하는 것을 통하여 사실로서 만주 조선인 문학의 존재를 증명하려 한다. 안수길은 조선인의 만주 이주에 있어서 가장 빛나는 성과를 맺고 있는 곳은 간도 지방이라고 한다. 백만 만주 조선인 중 6할의 인구를 점하고 있는 사실도 그렇거니와 문화와 경제에 있어서도 벌써 20년 전부터 기반이 굳어져 제법 틀을 잡게 되었으며 문학도 이 시기에 벌써 배태되었다고 한다. 『동만시보』(『간도일보』의 전신)와 『민성보』 두 신문이 룽징에서 발간되어 문예면에 시, 소설, 수필, 평론 등이 발표되었으며 논쟁 같은 것도 가끔 있어 이 시기에 아직 문단은 형성되지 않았으나 무질서한 가운데서도 양적으로는 화려한 것이 있었다고 한다. 그러다가 만주사변 직후에 간도에는 문학도를 비롯한 지식인들이 많이 들어오게 되었으며 『북향』이라는 잡지도 발행하기에 이르렀다고 한다. 이리하여 간도에서의 조선인 문학은 『북향』이라는 잡지를 에워싸고 본격적으로 성장하려 하였고 이때에야 비로소 문단이라는 것이 형성되었다고 한다. 『북향』이 4호까지 발간되고 더 나오지 못하게 되자 『북향』을 중심으로 하던 문학운동은 그 후 자취를 감추게 되었다고 한다. 당시 문단의 해체에 대하여 안수길은 동인들이 직업을 갖고 있어서 한 곳에 모여 있지 못하고 서로 유리(流離)하였다는 것과 인테리들의 자존심과 우유부단으로 말미암은 용두사미적 연약성이 하나의 원인이며 또 문학을 일생의 업으로 하겠다고 말은 하나 내심에 있어서는 이것이 과연 남아(男兒)의 업(業)일까 하는 회의 등으로 말미암아 직업을 따라 서로 유리되어버린 후, 그 직업의 분망(奔忙)을 극복하지 못하고 그대로 밀렸기 때문이라고 한다. 이러한 만주 조선인 문학의 역사를 돌이켜 볼 때 오늘은 문단의 침체기로서 우리는 문단을 재건하여야 한다는 것이 안수길의 견해이다.

　만주 조선인 문학의 역사와 현황에 대한 인식에서 '초창기'라는 견해를 갖고 있는 논자들은 대부분 만주에 이주하여 온 시간이 상대적으로 짧다는 공통점을 갖고 있다. 이들은 모두 만주 조선인 문인들의 작품 활동은 승인하나 작품의 수준이 낮다는 것과 분산적이고 무계획적이었다는 점을 강조하며 아직 하나의 문단을 형성하기까지는 이르지 못하였기에 만주 조선인 문학은 '초창기'에 놓여있다고 보고 있다. 이것은 비교 우위에 있는 조선 내의 문학을 기준점으로 설정하였기에 기존의 만주 조선인 문학은 불모지요 황무지로 밖에 보이지 않은 것이다. 만주 출신 문인인 안수길은 만주 조선인 문학이 걸어온 여정에서 동인지 『북향』을 하나의 기준점으로 설정하여 이때로부터 만주 조선인은 자신의 문학을 가졌음을 강조하며 만주 조선인 문학은 '초창기'가 아닌 '침체기'에 처해 있다고 하며 '재건'할 것을 제기하고 있다.

5. 만주 조선인 문학이 나아갈 길

'지상토론'의 핵심 논제는 만주 조선인 문학이 앞으로 나아갈 방향에 대한 모색이라고 할 수 있다. 위의 논의는 모두 이 논제를 해명하기 위한 준비 과정이라고 볼 수 있다. 만주 조선인 문학의 진로에 관한 논의는 대체적으로 만주 조선인 문학과 조선문학과의 관계에 관한 논의와 만주 조선인 문학의 성격에 관한 논의로 나누어 볼 수 있다.

1) 만주 조선인 문학과 조선문학과의 관계

만주 조선인 문학이 조선문학과 밀접한 관계를 갖고 있다는 점에 대해서는 모든 논자가 시인하는 바이다. 문제는 이러한 만주 조선인 문학과 조선문학 사이의 관계를 앞으로 어떻게 이끌어 나가는가이다.

황건은 위대한 문학일수록 위대한 생활의 승화에서 이루어지는 것이 며 그것을 통한 위대한 인간혼(人間魂)의 발현(發顯)에서만 시작되는 것이 므로 만주 조선인 문학이란 끝까지 만주국이라는 이 대륙이 갖는 성격을 떠나서는 안 되며 우리들 사회적, 역사적 생활 속에서 발양되어야 한다 고 한다. 그러나 동시에 우리의 선조가 우리의 고향에 있고 우리의 성장 이 고향을 떠나서 없다는 것과 한가지로 우리 만주 조선인 문학도 고향 의 개념을 떠나서는 도저히 생각할 수 없는 것이므로 조선문학이 갖고 있는 전통과의 연결을 잊어서도 안 된다고 한다. 이 전통과 연결을 잘 하 는 동시에 우리는 또 이 전통과 분리하여 성장함으로써 만주 조선인 문 학이 조선문학 그대로의 연장이 되거나 조선문학의 지방적 역할에 머무 르지 말게 하여야 한다고 한다.

윤도혁은 지금 만주에 있는 문학가와 문학애호가들은 모두 조선의 문 학체계를 그대로 연장, 계승하고 있을 뿐만 아니라 이념에 있어서도 만주 라는 독자성을 충분히 발굴해내지 못하였다고 본다. 윤도혁은 만주 조선 인 문학이 조선문학의 30년 전통을 무시하여서는 안 되는 것은 당연한 것이나 동시에 조선문학을 모체로 하되 더 광범한 세계관이 있어야 하고 좀 더 스케일이 큰 주관을 가져야 하며 만주라는 특이성을 뚜렷하게 나 타내지 않으면 안 된다고 한다. 윤도혁은 만주는 면적상으로 보아서도 조 선의 7, 8배는 됨으로 우리의 주관도 그만큼 광대하여야 하고 수많은 민족 이 잡거하고 있으니 우리의 생활도 특이하고 미묘한 바가 있으며 타민족 과 함께 생활하게 되는 운명에 처하게 됨으로 그만큼 우리의 주관이나 세 계관이 커진다고 하며 조선 내에서보다 더 한층 원관(遠觀)으로써 우리의 문학을 설정축성(設定築成)시키지 않으면 안 된다고 한다.

신서야는 만주 조선인 문학은 선천적으로 1930년의 조선문학이라는 유 산을 갖고 있으니 이 유산을 비판적으로 계승하고 섭취하여야 하며 동시에 후천적으로 갖고 있는 성격-자주성을 공고 발양하여 양자를 유기적으로 결합시켜 혼연일체의 완전한 한 개의 성격을 형성하여야 한다고 한다.

새롭게 건설하는 만주 조선인 문학은 조선문학의 전통을 계승하면서도 만주라는 지역적 특점을 반영한 이중의 성격을 동시에 겸비하여야 한다는 것이 이상 논자들의 견해이다. 만주의 지역적 특점에 있어서 대부분의 논자들이 대륙이라는 점을 강조하며 광범한 세계관과 큰 스케일을 지적하고 있다.

이와는 반대로 조선문학과의 단절을 요구하는 논자도 있다. 김귀는 만주에서 성장하려는 조선인 문학은 민족협화의 정신을 근간으로 하여 초민족적인 특이의 만주 국민문학의 수립에 궁극적 목적을 둘 것을 주장하며 만주 조선인 문학은 조선문학의 연장도 아니고 모방도 아니라고 하며 조선문학과의 단절을 제기한다. 그는 만주 조선인 문학은 그 표현의 주체를 조선인의 생활에만 두지 말고 만주국 구성 민족의 전반 생활을 향하여 움직이고 또한 건립되어야 한다고 한다. 김귀의 이러한 주장은 만주국의 오족협화를 염두에 둔 것으로서 만주 조선인 문학을 만주국의 국책문학과 일치시키는 것이라 볼 수 있겠다.

2) 만주 조선인 문학의 성격

만주 조선인 문학의 성격에 관하여는 두 가지 견해가 존재하고 있다. 하나는 이곳 문인들의 진지한 검토에 의하여 결정되어야 한다는 판단유보론이고 다른 하나는 농민문학의 길을 걸어야 한다는 주장이다.

황건은 만주 조선인의 생활이 이민성에 그 근원을 두고 있다하여 만주 조선인 문학이 곧 이민문학이요 농민문학이 되어야 한다고 주장함은 지나친 속단이라고 하며 만주에도 내성문학(內省文學), 심리주의문학(心理主

義文學) 등이 발전할 근거가 있으며 도회생활을 중심으로 하는 문학도 능히 나타날 수 있다고 한다. 이는 어디까지든 문학인 자체의 교양형태, 환경, 성격, 소질의 여하에 의존해야 하는 것으로서 만주문학으로서의 독자적 성격을 체득, 창조하려 부단히 지향하는 곳에 그 해답이 있다고 한다.

신서야도 만주 조선인의 대부분이 개척민이라 하여 만주 조선인 문학이 곧 농민문학이여야 한다는 것은 너무 협량(狹量)이며 근시안적 편견이 아닐 수 없다고 한다. 그는 시야를 돌려 만주국의 현실을 대국적으로 관찰할 때, 비단 농민문학만 존재한다는 이유는 성립될 수 없는 것이며 만주 조선인 문학이 대륙문학, 건설문학, 이민문학 혹은 그 외의 어떤 형태를 가질지는 문학인 자체의 교양형태와 성격, 소질여하에 의하여 만주 조선인 문학으로서의 독자적 성격을 획득 창조할 수 있을 것이라고 한다.

이와 반면에 김귀는 만주 조선인 문학은 농민문학이여야 한다고 한다. 그는 만주는 아직 넓은 황무지를 개간하여가는 농민이 전 인구의 대다수를 차지하고 있으며 그 생산방식이 원시적 농경을 위주로 하고 있으며 또한 조선의 자유개척민 혹은 집단개척민은 대부분이 농촌으로 가서 토지 개간에 종사하고 있음으로 농민문학이 성립할 수 있을 것이라고 본다. 새롭게 건설하는 농민문학의 특점으로 김귀는 만주의 농촌은 일본이나 조선처럼 개인의 토지 점유로 인한 지주 대 소작인의 투쟁이 그렇게 격화되어 있지 않으며 만주의 지역은 무변한 광야로서 지금도 미개척 처녀지가 얼마든지 있고 농민은 원시적 생산방식으로라도 인력(人力)만 자란다면 얼마든지 수확을 할 수 있으며 만주국에는 또 농민에 유리한 국책이 있는 만큼 여기에서는 소작쟁의가 있을 수 없다고 한다. 새롭게 건설하는 농민문학은 또 웅대한 대륙개척의 정신을 표현해야 하며 생신한 사실주의방법으로 전형적인 만주농민의 성격을 창조하여야 한다고 한다.

이번 지상토론에서 농민문학론을 적극 주장한 사람은 김귀 한 사람뿐이었으나 당시 만주 조선인 문학을 건설함에 있어서 농민문학론은 많은 지지를 얻은 것으로 보인다. 만주 조선인 문학은 만주 문인들의 진지한 검토에 의하여 결정되어야 한다는 판단 유보론을 제기한 사람들이 모두 농민문학론을 거론한 것과 당시에 발표된 많은 작품들이 농민문학론을 반영한 것은 이를 반증해주고 있다.

3) 조선 기성문인들이 보는 만주 조선인 문학

이번 '지상토론'을 하는 사이 『만선일보』는 또 유진오, 이기영, 안석영, 박영희, 최정희, 이찬, 방인근, 채만식, 노자영 등 문인들을 상대로 「半島文壇으로부터 滿洲朝鮮文學을말함」란 설문조사를 진행하였다.

「半島文壇으로부터 滿洲朝鮮文學을말함」(만선일보 1940.1.26~2.3)
一. 滿洲內에서 朝鮮文으로 發表된 作品을 읽어보신 일이 게십니까
一. 貴下께서 滿洲에 對한 作品을 쓰신다면 어느 方面에서 取材하시겟습니까
一. 將來 할 滿洲朝鮮文壇에 對한 希望을 말슴해주십시오.

첫 번째 질문에 대하여 대부분의 사람들이 만주에서 발표된 조선문 작품을 읽어본 적이 없다고 대답하고 있다. 두 번째 물음에 대해서는 이민생활, 그중에서도 이주농민의 생활을 그리고 싶다는 사람이 대부분이고 세 번째 물음에 대해서는 이민생활과 스케일이 큰 대륙적인 문학을 희망한다는 사람이 대부분이다. 이는 '지상토론'에서 만주 조선인 문인들이 제기한 주장과 유사하다.

6. 만주 조선인 문학 발전을 위한 건의

'지상토론'에 참가한 논자들은 또 만주 조선인 문학의 발전을 위하여 구체적인 건의를 제기하고 있다. 논자에 따라 일정한 차이가 있으나 대부분 중첩되는 내용이 많기에 그것들을 하나로 종합해 보면 아래와 같다.

1	『만선일보』을 통하여 유기적 문단연락을 도모할 것.
2	협화회 문화부 문예반에 가입 활동할 것.
3	동인지의 출현을 도모할 것
4	작품집의 출판을 획책할 것.
5	선배 대가(大家)들이 후배를 지도할 것.
6	만주국의 중심도시인 신경에 조선인예술협회 같은 조직을 두고 지방에는 그 분회를 둘 것.
7	문학상을 설치할 것.
8	조선 내 문인들과 항상 유기적 연결을 취할 것.
9	문인의 대우를 제고할 것.
10	전문 비평가를 배양할 것.
11	문학도 자신이 적극적으로 노력할 것.
12	이번의 토론을 실천에 옮길 것.

7. 결론

『만선일보』에서 조직한 이 '지상토론'은 전 단계 만주 조선인 문학에 대한 한차례의 총화인 동시에 앞으로의 발전 방향에 대한 모색이라고 할 수 있다. 토론은 만주 조선인 문학의 빈약성을 제대로 짚어내어 재건의 필요성을 더욱 부각시켰다. 만주 조선인 문학의 발전 방향에 대해서는 여러 가지 가능성들을 제기함으로써 하나의 모식에 의한 '닫힌 문학'이 아닌 여러 가지 가능성들에 의한 '열린 문학'의 길을 선택하였고 개선점에 대한 구체적인 방안들을 제기함으로써 만주 조선인 문학의 성장과 발전에 적합한 주변 환경 창조에 노력하였다. 비록 일제의 국책 문학적 성격을 띤 내용들도 있으나 그것은 만주국이라는 괴뢰정부의 기관지에서 진행된 토론이란 점을 감안한다면 이해가 간다.

만주에서 발간된 소설집『싹트는 대지』(신영철 편, 1941),『만주시인집』(박팔양 편, 1942),『재만조선시인집』(김조규 편, 1942), 소설집『북원』(안수길, 1943) 등의 출판시기가 모두 이 '지상토론' 이후였다는 것은 이번의 토론이 단순한 한차례의 논의에 그치지 않고 진정 만주 조선인 문학의 발전에 큰 영향을 미쳤음을 보여준다.

『만선일보』, 1940.1.12~2.6
오양호, 『일제강점기 만주 조선인 문학 연구』, 문예출판사, 1996.
채　훈, 『일제강점기 재만한국문학연구』, 깊은샘, 1990.